KB207243

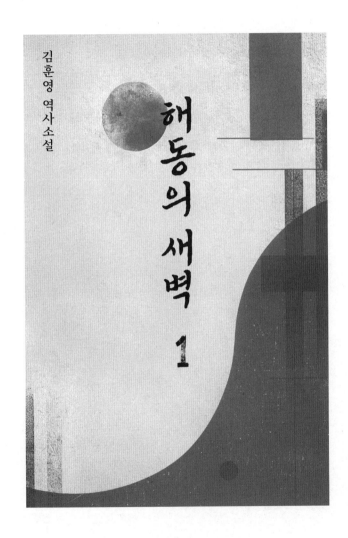

김훈영 역사소설

해동의 새벽 1

휴앤스토리

김훈영

1972년생. 서울 소재 대학에서 공학을 전공하
다 법학으로 전공을 바꿔 미국에서 로스쿨을
졸업한 뒤, 서울 소재 대학원에서 법학박사 과
정을 수료하였다.
학교 졸업 후 국회사무처와 법률회사에서 근
무, 그 뒤 벤처캐피탈리스트, 상장기업 대표
등 기업인으로 활동하다 현재 작품 창작에 전
념하고 있다.
전작으로는 『Annotation Of The Warsaw
Convention』(영문)이 있다.

추천사

＼**김진명** 작가

"예상을 훌쩍 뛰어넘는 거작을 만났다. 무엇보다 이 소설은 재미있다. 수많은 인물이 등장함에도 불구하고 극도로 사실적이고 치밀한 묘사 덕분에, 책을 덮은 뒤에도 그들의 얼굴과 목소리가 오랫동안 뇌리에 선명히 남아 있었다. 등장인물들은 마치 내 기억 속에서 오래전부터 살아온 사람들처럼 익숙하게 생동한다.

작가는 이들이 살아가는 시대를 더할 나위 없이 정밀하게 고증하여, 한 편의 역사서에 필적하는 정확성을 이끌어냈다. 덕분에 독자는 소설을 읽는 동안 수천 장의 오래된 사진첩을 넘기는 듯한 생생한 체험을 하게 된다. 정확하고 단단한 시간과 공간의 무대 위에 가상의 인물들을 빚어내 이토록 힘 있는 이야기를 엮어낸 작가의 솜씨는, 머지않아 그를 대가의 반열에 올려놓을 것임을 확신하게 한다.

저자는 1930년대 식민지배의 시대부터 전쟁과 가난이 켜켜이 쌓인 거친 세월을 관통하며, 나라와 민족을 지탱해온 힘이 무엇인가를 스스로 묻는다. 그리고 성실과 정직, 무엇보다 책임 있는 헌신 속에서 그 답을 찾아온 여정을 글 곳곳에 조용히 새겨 넣는다. 그 정신은 오늘날 거의 실종된 '노블레스 오블리주'의 신념으로, 이 작품의 보이지 않는 대들보가 되고 있다.

더 나아가 이 작품은 존재란 무엇인가, 무엇이 옳은가, 어떻게 살아야 하는가에 대한 근원적 물음을 품는다. 등장인물들은 각자 자신이 뿌리내린 향토적 삶을 바탕으로 형성되어, 인간 존재란 결국 자신이 지나온 시간과 배경의 산물임을 조용하지만 확고히 증언한다. 그러므로 최선의 삶이란 곁에 있는 이웃을 돌보고 사회와 함께 걸어가는 것임을 뭉근한 감동 속에 일깨워준다.

이 소설은 전통 대하소설이 자주 그려온 선과 악의 단순한 대립을 넘어선다. 삶 그 자체가 지닌 험난함을 유일한 악으로 삼고, 인간에게 주어진 이 운명적 한계상황을 어떻게 극복할 것인가라는 근본적 구원의 문제를 조용히 제기한다. 그리고 긴 여정을 통해, 이 원초적 악을 넘어서는 해답은 결국 '성실'에 있음을 독자 스스로 깨닫게 한다.

또한 저자는 힘 있는 주인공들의 선행과 성공을 조명하는 한편, 소설 곳곳에 등장하는 수많은 약자들에게도 따뜻하고 깊은 서사를 빠짐없이 마련해 준다. 이를 통해 '약자와의 동행'이라는 저자 자신의 신념을 작품 속에 온전히 살아 숨 쉬게 한다. 무엇보다 강력한 디테일로 쌓아 올린 이 사실적 재미야말로, 이 대하소설이 지닌 압도적 힘이다. 그 힘은 독자에게 역사의 발전에 대한 든든한 신뢰와, 인간에 대한 깊은 울림을 함께 안겨준다.

부디 많은 이들이 이 위대하고도 재미있는 여정을 함께 하기 바란다."

\신동호 아나운서, 전 MBC 100분 토론 진행자
"역사는 돌처럼 무겁다. 그것은 진실이라기보다는 권력의 의지로 쓴 기록이며, 삶이라기보다는 권력자들의 이름을 빛내기 위해 편집된 연대기이다. 그러나 문학은 다르다. 문학은, 그 무거운 돌 아래 눌려 신음하던 자들의 목소리를 발굴해 내고, 비로소 역사를 '살아 있었던 시간'으로 바꿔낸다. 이 소설이 하는 일이 바로 그러하다. 역사의 뒷면에 남겨진 이름 없는 자들의 삶을 하나하나 되살려, 잊힌 시간에 다시 심호흡을 부여하는 것이다.

김훈영의 문장은 단순하지 않다. 그것은 어느 날 갑자기 쏟아진 영감의 분출이 아니라, 오래 곰삭은 사유와 숙성된 문장력의 결실이다. 그의 서술은 건조한 보고가 아니라, 마치한 장 한 장 누에가 고치를 짜듯, 그렇게 정성스럽고 절제된

호흡으로 이어진다.

그의 이야기는 감정에 의존하지 않는다. 오히려 감정을 멀찍이 거두어둔 채, 더욱 차가운 눈으로 시대를 바라보고, 더욱 따뜻한 시선으로 사람을 바라본다. 바로 이 이중의 응시는, 쉽게 모방할 수 없는 김훈영만의 미덕이다.

그가 그려내는 시대는 결코 낭만적이지 않다.

그것은 제국의 발밑에서 무너진 주권, 죽은 이를 위한 애도가 허락되지 않았던 전장, 서로가 서로를 의심해야 했던 피의 이념의 시간이다. 그러나 그 속에서도 인간은 끝내 인간으로 살아남고자 애썼다. 굶주림 속에서도 자식의 배를 먼저 채우고, 목숨보다 부끄러움을 먼저 걱정하던 사람들.

김훈영은 바로 이들―역사책에는 결코 등장하지 않는, 그러나 역사의 진짜 주인공이었던 이들의 삶을 좇는다. 그리고 그 삶을, 문학의 언어로 정숙하게, 그러나 또렷하게 다시 호명해낸다.

그는 법학도로서 질서와 구조의 언어를 알고 있으되, 그것을 넘어서는 문장의 품격과 정신의 깊이를 함께 갖춘 보기 드문 글쟁이다. 사투리는 지역의 방언이 아니라 삶의 온기이며, 풍경은 배경이 아니라 감정의 거울이다. 이 모든 것이, 그의 문장에서 살아 숨 쉰다. 작가가 허락한 문장은 언제나 절제되어 있고, 그 절제 속에서 오히려 더 깊은 슬픔과 분노와

연민이 배어 나온다.

무엇보다 김훈영이라는 작가 자신 또한 근현대사 못지않은 격랑의 세월을 견뎌온 사람이다. 문장을 짓기 이전에 그는 삶을 먼저 견뎠고, 문장을 다듬기 이전에 먼저 고통을 다스려야 했다. 그래서 그의 문장은 단지 지적인 것이 아니라, 고통의 인내를 통과한 자만이 가질 수 있는 무게를 갖는다. 그는 단순히 '아는 자'가 아니라, '겪은 자'이며, 동시에 그것을 말로 꺼내는 데조차 주저함이 없었던 '기억하는 자'다.

이 작품은 그 대기록의 서문과도 같다. 앞으로 이어질 장대한 연작의 시작이자, 시대와 인간에 바치는 작가의 첫 번째 선언이다. 지금 이 첫 권을 읽는다는 것은, 마치 오래된 지하의 유물을 손에 들고 그 진흙 속에서 인류의 역사를 더듬는 고고학자의 심정과도 닿아 있다.

이후의 이야기는 이제 막 그 첫 삽을 들었을 뿐이며, 더 많은 이름들이, 더 아픈 진실들이, 더 격렬한 시간들이 이 연작 속으로 다가오고 있다.

기대라는 말로는 부족하다. 독자는 이제, 이 여정의 끝을 함께 바라보는 동행자가 되었다.

책장을 덮는 순간, 이 이야기는 끝나지 않는다. 오히려 거기서부터가 시작이다. 우리의 뇌리와 가슴 속 어딘가에 오래도록 남아, 역사에 대해 다시 묻게 하고, 인간에 대해 다시 돌아보게 만들며, 결국 우리 자신의 삶에 대해서도 조용한 질문을 건넨다.

이것이야말로, 진짜 문학의 일이 아니겠는가."

\ **김성태** 비비안 그룹 명예회장

"교과서에 나오는 역사를 곧이곧대로 믿지 않는 사람으로서, 나는 이 소설이 단지 어떤 시대를 풀어놓은 글이 아니라는 생각이 든다. 이 글에는 지금도 여전히 유효한 질문들이 담겨 있다. 우리는 무엇을 위해 침묵해야 하고, 또 어떤 것을 주장하기 위해 부르짖어야 하는가. 이 책은 그 질문을 독자 앞에 조용히 내어놓는다."

\ **박명환** 변호사, 전 청와대 국민소통비서관

"이 글을 읽으며 정의를 물어야 했던 시대, 침묵 속에서 끝내 목소리를 잃지 않으려 했던 이들의 고뇌와 용기가 묵직한 울림으로 다가온다. 이 작품은 시대를 통과한 양심의 기록이자, 인간다움을 향한 조용한 기도다. 저자 김훈영을 오래 보아 왔던 개인으로서, 긴 시간을 투자해 각고의 노력으로 결국 훌륭한 서사를 만들어 낸 그에게 찬사를 보낸다."

＼**한성구** 영화(황해, 반창꼬, 담보 등) 제작자

"재미있다! 책장이 잘 넘어간다. 두어 시간만 투자하면 깊이 있는 감동에 더해 역사적 지식도 덤으로 얻을 수 있는 작품이다. 시간이 흐를수록 희망과 존엄이 교차하는 서사 속에서 우리는 시대의 증언자를 만나고, 마음이 흔들린다. 혼자 감동을 즐기기엔 아까운 작품을 소개한다."

저자 서문

역사는 끊임없이 현재와 조응(照應)한다.

전 세계가 제국주의 광풍에 휩싸여 있던 1910년, 한반도
는 일본에 의해 강제로 병탄(竝呑)되었다. 이후 1945년 태평
양전쟁의 종식으로 불완전하게나마 우리 민족의 손에 쥐어
졌던 주권은, 곧바로 38선이라는 경계와 함께 두 동강 나버
렸다. 남과 북에 각각 들어선 대한민국과 조선민주주의인
민공화국은 참혹한 전쟁을 치른 끝에 휴전선을 사이에 두고
지금까지 적대적 관계를 이어오고 있다. 진영의 논리와 이
념의 우수성, 양국 간 정통성 논란은 차치하더라도 남과 북
에 각각 우리 민족의 나라를 세우고 발전시켰다.

남쪽의 대한민국은 빠른 산업화와 경제 발전을 이루어 세
계 10위권의 경제 강국이 되었으며, 세계인들이 열광하는
독창적 대중문화를 통해 문화강국의 위상마저 누리고 있다.
북쪽의 조선민주주의인민공화국은 어려운 국제적 환경 속
에서도 핵 무력을 완성해 우리 민족이 오래전부터 꿈꿔 온
무력 강성대국으로의 존재감을 드러내고 있다.

우리 민족의 이러한 대약진은 잠깐의 국운으로는 절대 설

명될 수 없다. 오랜 기간 담금질을 거듭하며 켜켜이 쌓아온 민족의 집단적 역량과 시대마다 출현했던 참된 지도자들이 국경과 이념을 넘나들며 피땀 흘려 완성한 값진 결과물이라 할 수 있다. 이런 거대한 역사의 수레바퀴 속에 등장하는 수많은 겨레 구성원은 때에 따라 역사적 사건의 주인공이기도 했고, 때로는 방해꾼들 내지는 방관자이기도 했다.

나는 이 작품을 통해 시대의 흐름 속에 역사라는 이름을 빌려 함부로 박제시켜 버리는 과정에서 소외되거나 왜곡되고, 심지어 의도적으로 은폐되었던 수많은 작은 영웅들의 이야기를 조명하고자 했다.

작품 속에는 역사적 사건과 실존 인물이 등장하며, 허구와의 혼동을 방지하고자 필요한 경우 주석을 달았다. 또한 등장인물들의 개성과 시대적 배경을 살리기 위해 지역 방언을 사용하였으나 독자의 이해를 돕기 위해 순화된 표현을 병행하였다. 외국어 대화는 특별한 경우를 제외하고 우리말로 풀어썼으며, 지명과 인명의 표기는 상황에 따라 한국·중국·일본식 독음을 혼용하였다.

이 작품이 특정한 정치적 메시지를 전하려는 것은 아니다. 다만, 독자들이 각자의 시각으로 이야기를 받아들이고 역사를 보다 입체적으로 바라볼 수 있기를 바란다.

전문 작가가 아닌 저자가, 어찌 보면 무모해 보일 수도 있는 이 지난한 작업을 진행하는 데 힘이 되어주고 용기를 북돋워 준 홍모 형과 내 삶의 사표(師表)이기도 한 동호 형, 오랜 기간 변함없이 꾸준한 관심을 둔 명환 형, 내가 도울 일 있으면 언제나 얘기하라며 따뜻함을 느끼게 해 줬던 무뚝뚝 성태 형, 작품 배경의 묘사 중에 중국의 지명과 지리적 특성에 대한 지식 부족으로 가끔 길을 찾지 못해 헤매던 저자에게 자신이 알고 있던 상세 정보를 알려 주어 문제의 실마리를 찾는 데 큰 도움을 주었던 홍열 형, 고된 대학원 과정을 수행하면서도 저자를 돕기 위해 귀한 품을 보태 주었던 조카 예진과 일본 관련학을 전공하며 때때로 일본 현지 고급 정보를 검색해 준 민희, 식민시대 자료조사를 위해 자신의 소중한 시간을 기꺼이 내어준 규중, 글의 얼개를 구성하는 과정에서 조력을 아끼지 않았던 아내, 그리고 필요할 때마다 소중한 도움을 주었던 정아와 시철, 록기 형, 상엽 형, 병권, 홍원 형, 동욱, 봉수, 광선 등 여러 친구에게 감사의 마음을 전한다. 이 오랜 작업을 진행하는 동안 여러 도움을 받았지만, 미처 언급하지 못한 주위 분들께 진심으로 깊이 감사드린다.

2025년 입춘

김훈영

차례

1952

1952년 대한민국 임시수도 부산.

먼바다에서 들려오는 묵직한 저음의 뱃고동 소리는 흡사 큰 고래의 울음소리와도 같다. 제각기 다른 높낮이를 가진 여러 울음소리가 검푸른 새벽하늘을 헤엄쳐 육지로 들어온다. 큰고래와 작은 고래의 크고 작은 울음소리와 함께 하늘빛이 서서히 제 색깔을 찾아가는 이른 아침 무렵, 부산시청 건너편 큰 길가에 있는 남강 상회의 바깥쪽 함석 문짝을 한 장 한 장 떼어내는 이민규, 짙은 눈썹 아래 빛나는 지적인 눈동자에선 교양 있는 귀공자의 풍모가 느껴진다. 떡 벌어진 어깨와 근육질의 팔뚝, 짧고 단정한 머리에 더해 그가 신은 깨끗하게 손질된 군용 워커 신발을 봐서는 흡사 특수정보부대 대원과 같은 지적 매력과 강인함이 함께 느껴진다.

이민규가 아라비아 숫자 1에서부터 12까지 쓰인 함석 문짝을 모두 떼어내자, 안쪽에서 웃자란 벼같이 길고 연약한 체형을 가진 강수찬이 유리 미닫이문을 열고 나오며 이민규에게 아침 인사를 건넨다.

"지배인님 안녕하심까? 좋은 아침임네다!"

어린 친구의 평안도 사투리가 퉁명스럽다. 그러면서도 나이답지 않은 무표정한 얼굴에서는 왠지 모를 진중함이 묻어나온다.

"오냐, 수찬아! 허허…… 밤새 밸 일 없었드나?"

이민규의 사람 좋은 웃음과 그리 억세지 않은 절제된 경상도 억양이 정겹다.

"지배인님도 참! 별일 있을 기 뭐 있갔슴까? 한창 전투가 벌어지고 있는 전방에서는 미군하고 우리 국방군이 목숨을 걸고서리 고조 빨갱이 놈들과 맞서서 우리를 지켜 주고 있고, 저쪽 길 건너 시청 입구에 서 있는 저 군인 아자씨들은 저리 밤새도록 눈을 부라리고서리 우리 점방 앞을 도둑놈들한테서 지켜 주고 있는데 말임다! 별일 있을 거이 없씀다!"

수찬의 말과 같이 길 건너 부산시청 정문을 지키고 서 있는 초병들은 미동도 하지 않고 이쪽 전방을 주시하고 있다. 인도와의 경계가 불분명한 차도에는 자전거와 소달구지, 그리고 군용 지프와 트럭이 지나다니고, 손수레를 끄는 상인들과 지게를 등에 진 짐꾼들도 인도와 차도를 넘나들며 부지런히 아침을 깨운다. 시멘트 블록으로 세워진 회색 담벼락과 검은 콜타르를 바른 나무 전봇대엔 '휴전협정 결사반대! 북진통일 완성하자!' '우리의 원수 빨갱이를 때려잡자! 인류의 적 공산당을 쳐부수자!' 등의 구호가 적힌 벽보와 현수막들이 어지럽게 거리를 장식한다.

이민규가 떼어낸 함석 문짝들을 가게 양옆 공간에 정리하면서, 그와 함께 보조를 맞춰가며 부지런히 손을 움직이는 강수찬에게 묻는다.

"오전 중에 진주, 하동, 함안 쪽하고, 부산 시내 물량들을 모조리 실어내고 나서는, 오후에 경부선으로 밀양하고 대구하고 대전에 물건들을 보내야 할 낀데 짐꾼 양반들 모두 연락들은 해놨제?"

그의 질문에 강수찬이 유리 미닫이문을 활짝 열어 고정하며 대답한다.

"어제 저녁때까지 기다리던 물건들이 다 안 들어왔씀다. 오전 중에 진주하고 하동 쪽에 보낼 물건들을 보내고서리 부산 시내 물량을 처리하고, 곧바로 고조 훈련소 앞 창고에서 물건들을 실어와야 하갔씀다. 그래서리…… 오늘은 시내하고 진주 방향 짐꾼 양반들만 불렀지 아임까!"

"그래? 그라모…… 오후에는 내가 훈련소 앞 창고에 직접 가봐야 하겠구마는…… 바쁘게 생깄구마!"

"그쪽 일꾼들도 이미 일을 시작했을기야요! 지배인님께서는 오전에 여기 일 마치고 나서리 오후에 창고에 가셔서

는 고조…… 모시냐…… 고조…… 물건들 숫자하고…… 고
조…… 목적지 표시된 것만…… 고조…… 확인해 주시면 될
거 같습네다."

수찬이 갑자기 말을 더듬거리며 안절부절 길 건너편을 힐
금힐금 바라본다. 매일 아침 같은 시간에 수찬이 왜 이런 행
동을 보이는지 이민규는 그 이유를 알고 있지만 지금껏 굳
이 아는 체를 하지 않아 왔었다.

경남여중을 다니는 근처 포목 도매상 집 막내 딸아이가 매
일 아침 남들보다 일찍 등교할 때마다 지름길을 놔두고 부
러 이쪽 길을 이용하는데, 오늘도 어김없이 건너편 길을 걸
으며 이쪽을 빤히 쳐다본다. 수찬과 눈이 마주치고, 비슷한
또래의 예쁘장한 여중생을 바라보는 수찬의 수줍은 눈빛과
이런 수찬의 반응을 내심 즐기는 꼬마 아가씨의 당돌한 신
경전이 이민규에겐 나름 재미있는 구경거리이다.

전쟁 통에 고향인 평양에서 피난을 와 이곳에서 점원 노릇
을 하고 있는 강수찬이지만, 항상 깨끗하게 세탁해 다려 입
은 옷차림새와 반듯한 외모 때문에 아무도 그를 가난한 피
난민 아이 취급을 하지 않는다.

"수찬아!"

"예?"

"니 와 그라노?"

"뭐가 말임까?"

"와 말을 그리 더듬어 쌌노?"

"제가 언제 말을 더듬었다고 그러십까? 아닙네다! 고
조…… 고조…… 오후에 지배인님께서리 훈련소 창고에 가
셔서 말임다……."

"알았다! 마, 트럭은 준비됐제?"

이성에 대한 수줍음을 놀려 먹자니 그의 순수한 마음에 수
치심이라도 생길까. 이민규가 의도적으로 화제를 돌린다.
순간 당황했던 수찬은 해방감을 느낀다.

"예! 김 기사님 말이, 고조 늦어도 한 시까지는 훈련소 앞
에 도착하겠다고 했시요!"

두 사람이 이야기를 나누는 동안 포목 도매상 집 막내딸은
시야에서 사라지고, 힐긋 본 그녀의 마지막 뒷모습에 아쉬
움을 느낀 강수찬은 지그시 눈을 감았다 뜬다. 잠시 짧은 한
숨을 내쉬고는 다시 부지런히 몸을 움직인다.

"수찬아! 내가 이틀 동안 장부를 제대로 파악을 몬 해가
그라는데, 창고에 물건들 재고는 충분한 것 같드나?"

"점빵 문 닫을 정도는 아니야요. 그렇지마는…… 주문 들
어오는 대로 마구 다 받을 수는 없는 처지이니까니 지배인
님께서리 오늘은 고조 재고 파악을 제대로 해주셔야 할 거
입네다!"

"그래야겠구마는⋯⋯. 오키나와에서 오는 배는 다음 주나 돼야 도착할 긴데, 요즘같이 주문이 많이 올 것 같으마는⋯⋯ 무신 일인지 요시 물건들 나가는 기 정신이 없다. 오늘은 우짜믄 훈련소 앞 창고에서 내가 날밤을 꼬박 새야 하는 기 아인지 모르겠구마는⋯⋯."

이들이 말하는 '훈련소'는 부산 서면에 위치한 주한미군 부대(캠프하야리아)를 일컫는다. 태평양전쟁이 끝나기 전까지 이곳은 일본군이 병사와 군무원의 훈련소로 쓰던 곳이었다. 일본이 패망하고 미군이 이곳을 접수하여 현재는 미군이 그들의 주둔지로 사용하고 있었다. 해방된 지 어느새 7년이 지났지만 부산 사람들은 아직 이곳을 '훈련소'라 부르고 있다.

이민규의 오랜 친구이자 이들의 고용주 김영하가 운영하는 남강상회가 일부러 군부대 앞에 창고를 지은 것은 이 도매 점포를 시청 정문 앞에 차린 이유와 같다. 잡화 도매회사 남강상회는 전쟁이 발발한 1950년도에 문을 열어 수입 주류와 수입 담배, 식료품과 의약품 등을 직접 수입해서 판매해 왔는데, 전쟁 통에 느슨해진 치안 때문에 고급 물건들을 취급하는 상점들은 범죄자들의 손쉬운 표적이 될 수도 있었다. 치안이 불안하던 시절, 관공서 앞이나 군부대 출입문 앞은 비교적 안전했기에 도소매 점포는 시청 앞에, 물류 창고는 군부대가 배치된 곳에 자리를 잡은 것이다. 무장군인과 헌병이 밤낮없이 오가는 길목에서 영업함으로써 남강상회 직원들은 한밤중에도 고가의 물건을 안전히 보관, 운반할 수 있었다.

"지배인님! 이거이…… 이거이 뭔가 잘못 적힌 것 같습네다! 여기 한번 봐 주시라요!"

강수찬이 점포 안에서 작은 양주 박스를 들고나오며 고개를 갸우뚱한다.

"뭐꼬? 뭐 문제 있나?"

"이거이…… 술 종류 같은데 말임다. 처음 보는 상표에다가…… 가격이 터무니없이 잘못 적혀 있는 것 같습다. 이거이…… 100만 원이라고 적혀 있는데 말이야요. 종필 오마니가 가격을 잘못 적었을 리가 없는데 말이야요. 카무스라고 적혀 있고 코크나크라고 읽어야 합네까? 이거이 뭔가 잘못된 것 같습네다. 얼마 전에 미제 재봉틀 한 세트를 80만 원에 팔았었는데 말입네다."

들고 있는 물건을 이리저리 살피며 질문을 하는 수찬을 힐긋 쳐다본 이민규가 하던 일을 멈추지 않고 별일 아니라는 듯 대답한다.

"아~ 그거! 꼬냑이라꼬, 불란서 술이다. 엄청시리 독하고

해동의 새벽

비싼 술인데 미군들도 쫄병들은 구경도 못 하는 기고, 장교들도 별들…… 장군들이나 돼야 묵을 수 있는 고급술인 기라. 이건 급수가 높은 기라서 100만 원 받아야 하는 기 맞고, 벌써 임자가 정해져 있는 물건이다. 세 병이 있을 긴데 한 병은 보수동 정 마담한테 팔기로 했고, 두 병은 대구로 보내야 할 기다. 그라고 상표 이름은 '까무스'라고 읽으면 안 되고 '까뮈'가 맞는 기라. 불어는 읽는 방법이 영어하고는 쪼매 다르다. 나중에 불어 읽는 방법도 내가 알려줄 테이 지금은 내가 구해 준 옛날 군사영어학교 교재로 부지런히 영어 공부해라! 알겠제?"

"구해 주신 교재는 벌써 머릿속에 다 들어 있시요! 어제도 열두 시 넘어가도록 외우고 또 외우지 않았겠습까. 그렇지 않아도 얼마 전에 사장님께서리 문제를 내주시고 시험을 봤더랬는데, 열 문제 중에 한 문제만 틀리고 다 맞았더랬습네다!"

"오냐! 그래, 그래야 가르치는 사장님도 내도 보람이 있지! 우리 수찬이 머리 좋은 거는 우리 사장님도 알고 내도 알고 부산 사람 다 아는 거 아이가?"

"자랑질하고 싶어서리 그런 말씀 드린 건 아닙네다. 고조 걱정하시지 마시라고 말했더랬었는데…… 칭찬이 과하시니까니 내래 부끄럽습네다! 그건 그렇다 치고, 이거이…… 말이 됩네까? 요 앞 경남중학교 교감 선생님 봉급이 20만 원이라고 들었는데 말임다. 먹고 살이 찌는 것도 아닌데, 고조 거름으로 쓰는 똥이 되는 것도 아니고, 오줌 한 번 싸므는 없어지는 술 한 병이 100만 원이 뭐입네까?"

수찬의 불만 섞인 질문에 허리를 편 민규가 손에 묻은 먼지를 털며 답한다.

"내가 파는 물건이지만도, 이 물건들이 우째 이리 잘 팔리는지 이해가 안 가는 기라! 일본 동경에서도 이런 일은 흔한 일이 아인데 말이다! 전쟁 나고 사람들이 모두 미친 기라!"

사실이었다. 중일전쟁이 발발했던 1937년부터 일본이 패망한 1945년까지 일본에서든 식민지 조선에서든 내로라하는 부자들도 함부로 사치품에 돈을 쓰지 못했다. 일본이 지배했던 36년 동안은 사회 분위기 자체가 절약을 미덕으로 삼았던 시기였고, 중일전쟁이 확대되던 1938년 이후에는 '국가총동원법'이 발효되면서 경제력 있는 일본 본토의 귀족들조차 소비에 있어서는 남의 눈을 의식할 수밖에 없었다. 그러다 태평양전쟁이 벌어졌고, 갑자기 해방을 맞은 한반도는 한동안 지독한 인플레이션과 사회 불안을 겪게 되었다. 소비시장은 위축되어 있었고, 1948년 정부수립 이후에도 농지개혁 등 경제적 대변혁이 벌어지는 동안 시중 경기는 꽁꽁 얼어붙어 있었다. 그러던 중 한국전쟁이 발발했는데, 서방의 문물이 한꺼번에 밀려 들어오고, 전쟁 중 한 차례의 대규모 남진과 북진이 있고 난 이후로 기존 한반도를 지배하던 여러 가치관이 무너졌다. 게다가 기존 권력 계층의 도덕적 해이와 난리 통에 생겨난 신흥재력가들의 졸부기질 등이 더해지면서 전쟁특수의 중심이 된 임시수도 부산은 말 그대로 흥청망청한 도시가 되고 있었다. 특히 도시의 중심지인 광복동, 남포동, 동광동, 서면 일대의 거리는 급격히 늘어난 인구 때문에 사람들로 넘쳐났고, 돈과 사람들이 몰려드는 이곳은 밤이 되면 각종 댄스홀과 클럽들로 불야성을 이루었다.

민규가 점포 안에서 물건이 가득 들어 있는 상자들을 들고 나오며 가게 앞 길가를 빗자루질하고 있는 수찬에게 큰 목소리로 묻는다.

"그나저나 종필 어무이는 종필이가 아프다 카심서 엊저녁에 일찍 퇴근하신다 들었는데, 그래, 일찍 드가싰드나?"

"예! 종필이래 기침감기가 심하다고 하시면서 저녁 여섯 시 지나서 평소보다 조금 일찍 정산을 마치고 들어가셨더랬습네다. 어쩌면은 오늘 아침에도 조금 늦으실 수도 있을 것 같습네다."

"니가 모르는 소리다. 천하없어도 종필 어무이는 늦게 나오실 분이 아이다. 엊저녁에 벌씨로 종필이 봐줄 사람 수배했실끼구마. 책임감이 얼마나 강한 분인데! 이럴 때는 마, 내 마음이 마…… 마이 불편쿠마는. 고마 직접 종필이 옆에 있으시라 캐도 말씀을 안 듣고…….”

이민규가 말을 계속하며 가게 안 짐들을 들어내 진열하고 있다. 빗자루질을 마친 수찬도 민규를 거들어 가게 안에 있는 물건들을 하나하나 능숙하게 꺼내어 바깥쪽에 진열하고, 간판 아래 접혀 있는 차양을 펼쳐 고정대에 받쳐 천막을 설치한다. 말없이도 두 사람의 손발이 척척 들어맞는다.

이민규와 강수찬이 부지런히 물건을 정리하는 동안 남색 치마와 흰색 저고리 차림에 머리를 단정하게 빗어 넘겨 비녀를 꽂은, 얼추 서른 안팎의 나이로 보이는 종필 어머니가 한 손에는 서류 가방을, 다른 한 손에는 보자기로 싼 도시락을 들고 가게 입구로 들어선다.

“종필 오마니 오십네까? 종필이는 좀 어떻습네까?”

강수찬이 손에 묻은 먼지를 털며 큰 동작으로 종필 어머니 앞으로 와서 아침 인사 겸 아이의 안부를 묻고, 옆에 선 이민규도 고개를 숙여 인사한 뒤 종필 어머니의 안색을 살피며 대답을 기다린다. 종필 어머니가 옅은 미소를 지으며 두 사람에게 답한다.

“네, 걱정들 해주신 덕분에……. 지배인님 안녕하세요? 수찬이도 잘 잤고? 가게에서 자는 수찬인, 아직까지 새벽에는 쌀쌀하니까 이불 잘 덮고 자야 한다. 어제는 내가 일찍 들어가는 바람에 혼자 고생 많았지?"

평소보다 일찍 퇴근했던 어제저녁 이후의 가게 상황이 걱정되었나 보다.

"일없습다! 어제 창고로 들어온 물건들 수량 파악이 안 됐다고 해서리…… 여기서 물건을 받을 수가 없어서 일찍 문을 닫았더랬습다. 종필이는 일없음까?"

강수찬이 다시 종필이의 상태를 묻는다. 모두에게 아이의 차도가 우선이다.

"종필이는 많이 좋아졌어. 좋은 해열제에, 좋은 항생제에, 지배인님께서 김 내과 원장님께 말씀을 잘해 주셔서 특별히 미군 부대에서 나온 귀한 약을…… 난리 통에 의약품이 귀한데, 정말 고마운 일이지. 그리고 이거…….'"

종필 어머니가 부드러운 경상도 억양으로 감사 인사를 겸한 대답을 하며 들고 온 도시락 보자기를 수찬에게 전한다.

"수찬아! 이거 가지고 들어가 상 차려서 지배인님하고 얼른 아침 식사해라. 곧 배달꾼들 몰려올 텐데 시간이 없을 기다. 빈 그릇은 설거지하지 말고 그대로 치워 두고…… 남자가 설거지하는 거 아이다."

수찬이가 받은 도시락 보자기를 이민규가 얼른 가로채어 가게 안으로 들어가며 큰 소리로 너스레를 떤다.

"아이고! 나는 마 매일 아침 종필 어무이가 갖다주시는 아침밥 묵는 재미로 출근한다 아입니꺼! 매번 고맙십니데이~ 수찬아! 얼른 드가자."

"매일 따뜻한 밥을 못 드시는 게 맘에 걸려요. 얼른 지배인님도 가정을 꾸리셔야죠."

"……."

이민규는 아무 답을 않는다. 두 사람이 가게 안으로 들어가 개다리소반에 작은 밥상을 차려 식사를 하는 동안 종필 어머니는 들고 온 장부를 책상 위에 펼쳐 놓고 연필을 손가락에 끼운 채로 부지런히 주판알을 튕긴다. 이쪽저쪽 계산을 맞춰가며 장부에 뭔가를 열심히 적는 그녀에게 길 건너 편에서 빈 지게 한쪽 끈만 어깨에 둘러멘 채 다가오는 짐꾼 김성철이 큰 소리로 인사한다.

"아이고! 종필 어무이, 안녕하신교? 오늘도 내가 일등으로 왔지예?"

"네-에, 어서 오세요. 아침은 잡숫고 오시는 거죠?"

"하모요! 다 묵고살자꼬 하는 일인데요. 든든하이 묵고 왔심더! 지배인님하고 작은 지배인 수찬이 하고는 안에 있는 가배요?

"네, 식사하고 계시네요. 수찬이가 곧 나올 테니 조금만 기다리세요. 오늘 시내 배달 물량이 많던데…… 어제처럼 세 분이 같이 움직이셔야 할 텐데, 얘기는 들으셨죠? 다른 분들은 같이 안 오시나요?"

"알고 있심더! 저 뒤에 판술이하고 종호하고 리어카 끌고 오고 있심더. 지게 하나하고 리어카 하나하고 조 맞차 가꼬 댕기모 딱 좋심니데이!"

깡마른 체격이지만 힘깨나 쓸 것처럼 보이는 김성철이 웃으며 말을 잇는다.

"그건 그렇고요, 종필 어무이! 우리는 운제 장거리 배달 맡기 줄랍니까? 시내 운반비하고 마진으로는 핵교 댕기는 얼라들 공납금 대기도 빡빡한데 말입니더. 대구나 포항 같은데 자리가 나오모 꼭 종필 어무이가 지배인님하고 사장님한테 이바구 해가꼬, 우리 좀 꽂아 주이소."

이때 김성철과 한 조로 움직이는 조판술과 이종호가 도착해서 김성철 옆에 나란히 서서 허리 숙여 인사한다. 김성철이 고개를 돌려 두 사람을 힐끗 한 번 쳐다보고는 계속 말을 잇는다.

"우리 모도, 작은 지배인 수찬이가 적어준 구구단 모조리 다 외워가꼬, 엊그제 쪽지 시험도 백 점 맞고 통과 했심더. 꼭 장거리 자리 나거든 우리한테 주시야 합니데이!"

김성철의 애원 조의 부탁에, 옆에 서 있는 조판술과 이종호도 무슨 내용의 대화인지 얼른 눈치채고는 덩달아 표정과 몸짓으로 읍소한다. 모두들 간절한 표정으로 두 손을 공손히 모으고 허리를 반쯤 숙인 채로 종필 어머니의 대답을 기다린다.

"그 문제는 제 소관이 아닌걸요. 수찬이하고 지배인님이 사장님께 말씀드려서 결정할 일이지요. 그런데, 제가 보기엔 굳이 부탁하지 않아도 여기 세 분 모두 성실하시고 정직하신 걸 남강상회 사람들 다 아는 사실이니 아마도 자리가 나는 대로 세 분께 돌아갈 것 같네요."

왜정 때 진주에서 고등여학교를 다녔다던 그녀, 억양은 경상도식이지만 어휘는 세련된 표준어를 사용하고 있다.

"아이고! 그리 봐 주시니 엄청시리 고맙구마요! 그래도 추천이라 카는 기 얼마나 중요한 긴데요! 종필 어무이가 꼭 지배인님하고 수찬이 하고 사장님한테 꼭 천거해 주이소."

종필 어머니의 칭찬과 희망적인 말에 세 남자 모두 서로를 바라보며 싱글벙글한다. 곧이어 이민규와 강수찬이 식사를 마치고 점포 입구로 나온다. 그사이에 가게 앞, 양옆, 길 건너 인도에 제각기 도착해 리어카와 지게를 세워 둔 남강상회의 배달꾼들 십여 명이 이쪽을 바라보고 있다. 이들은 모두 부산 시내와 경상권 일대에 남강상회의 물건을 직접 배송할 배달꾼들이다.

부산·경남뿐만 아니라 경북과 충청권까지 퍼져 있는 거래처에 남강상회가 직접 고용한 배달꾼들을 통해서 물건을 배송하는 데에는 나름의 이유가 있다. 운송업자를 통한 화물 운송을 하게 되면 고가물품의 도난과 분실, 파손 등의 책임 소재가 모호하다. 또한 물건의 규격, 수량, 품질 등에 있어서 거래 당사자 양측의 이견과 시빗거리가 생길 수도 있는데, 전담 배달꾼이 직접 발로 찾아가서 물건을 전해주고, 상태를 서로 확인하고, 수금까지 하게 되면 여러모로 서로에게 정확한 거래가 되는 것이다.

구역과 거래처가 배정되면 그 배달꾼은 자기가 맡은 거래처를 상대로 계속해서 배송과 수금을 책임지게 되는데, 이들 대부분은 더하기, 빼기, 읽기와 쓰기 등 기본적 사칙연산과 계약내용을 인지할 줄 아는 사람들이었다. 그럼에도 실무 능력에서 부족함이 발견되면 강수찬이 기본 산수와 한글, 상용한자 등을 가르치기도 했다.

운송 수단은 배달꾼 각자가 알아서 이용했는데 도보로 가든, 우마차로 가든, 정기 노선 대중교통을 이용하든, 철도를 이용하든, 화물의 안전과 보존은 오롯이 이들의 책임이었다. 이들이 배달과 수금업무를 직접 전담하면서 남강상회에서는 원거리 거래처의 재고상태와 영업 현황 등을 실시간으로 파악할 수 있게 됐고, 이들을 통해 지역별 소매시장 동향 등 전국 시장의 정보도 수시로 전해져 왔다. 아울러 거래처

사업주의 건강이며 가족의 관혼상제 대소사 등 소소한 정보까지 알아 오는 통에 남부지역 실업인들과의 소통이 남다를 수밖에 없었다. 게다가 거래대금을 이들이 당일 수금함으로써 상회의 현금 흐름이 좋아지고, 미수채권이 거의 발생하지 않음으로써 채권관리 비용이 들지 않아 좋았다. 물론, 이 배달꾼들에게 역시 운송료 외에 일정 수준의 유통마진을 보장해 주었기에 처음에는 지게 하나로 시작한 사람이 자전거, 리어카, 우마차, 트럭 등을 순차적으로 장만하는 경우가 생겨났다. 이들의 역량이 늘어남에 따라 남강상회의 상권도 넓어지는 긍정적 효과도 발생했다. 남강상회가 처음 영업을 시작하고 불과 2년도 되지 않아 이 정도의 외형을 갖추게 된데에는 이들 배달꾼의 활약이 큰 역할을 했다.

강수찬이 가게 앞에 도착해 있는 사람들을 확인하고는 해당 장부를 들고나와 이들을 하나하나 불러 모은다.

"자! 여기들 봐 주시라요! 오늘 부산 시내 배달해 주실 분들, 김성철 아자씨! 조판술 아자씨! 그리고 이종호 아자씨! 이쪽으로 와서 가게 안에 상자에 번호 붙여 놓은 거이 있는데, 1번부터 21번까지는 보수동에 있는 유엔 상사이고요, 22번부터는 동아극장 뒤에 있는 한일상회. 그리고…… 60번까지 적혀 있을 거입네다. 여기 60개 모조리 실어내야 하는

데 말입다. 이종호 아자씨하고 조판술 아자씨 두 분이서 짐을 좀 실어내시고…… 김성철 아자씨는 이쪽으로 오셔서리 저하고 장부 좀 맞춰 보자구요."

길가에 서서 담배를 입에 물고 뭔가를 적던 김성철이 헐레벌떡 강수찬에게 다가온다. 조판술과 이종호는 가게 안으로 들어가 능숙히 짐을 옮기기 시작한다. 이때 갑자기 강수찬이 큰소리로 김성철에게 무안을 준다.

"담뱃불 끄시라우요! 지금 뭐하시는 겁네까? 여기 모조리 인화성 물질인데 불이라도 나면 어쩌자고 이러십네까? 얼마 전 용두산 우남공원 대화재사건 기억 못 하심까? 산에 덮인 판자촌 집들이 모조리 잿더미가 돼버렸는데, 이거이 무슨 짓입네까?"

김성철이 얼른 들고 있던 담배를 바닥에 버리고는 큰 동작으로 과장되게 꽁초를 발로 비벼 끈다. 길 건너편에서 담배를 피우며 차례를 기다리던 다른 배달꾼들도 조용히 쪼그려 앉아 담뱃불을 바닥에 살살 비벼 끄고는 꽁초를 조심스레 호주머니에 집어넣는다. 남은 꽁초는 나중에 다시 피울 요량들이다.

강수찬의 말 대로 최근 부산에서는 여러 차례의 대화재가 있었다. 용두산 남쪽으로 빼곡히 들어선 판잣집들이 모조리 불에 타버리는 사건이 있었고, 부산역의 대화재 사건과 영주동 산꼭대기 대화재 사건, 그리고 신선대 쪽 적기(아카사키)의 어마어마한 판자촌 대화재는 그렇지 않아도 힘든 삶을 사는 피난민들을 더욱 비참하게 만들었었다. 항간에 널리 퍼진 소문에 의하면 부산(釜山)의 지명에 쓰는 '釜' 자가 가마솥, 큰 솥을 뜻하는 한자이기에 이렇듯 수시로 큰불이 난다고들 한다.

나이 차가 제법 나는 어린 친구의 핀잔이지만 모두 옳은 말이고, 남강상회에서의 지위가 있기에 그의 호통 섞인 야단에 모두들 주의한다.

김성철이 뒷머리를 긁적이며 사과한다.

"아이고! 내가 깜빡했네! 작은 지배인 미안타!"

"조심하셔야 함다! 한순간에 잿더미가 되는 수도 있시요! 아시잖슴까?"

"하모! 작은 지배인 말이 맞네, 맞아! 내가 미안타! 조심하꾸마!"

난리 통에 이만한 일자리가 없는데, 이럴 때 관리 점원인 강수찬에게 밉보이면 하찮은 배달꾼 하나쯤은 쉽게 해고당할 수도 있다. 아니, 남강상회에서의 해고는 그 사람의 평판을 망가뜨릴 수도 있는 주홍글씨가 되기도 하였다. 일례로 얼마 전 낮술에 취해 강수찬에게 욕지거리를 하며 지게 작대기를 휘둘렀던 함경도 출신 백씨는 결국 그날 이후 이곳에서 일거리를 받지 못하고 쫓겨났는데, 부산 시내에 이 사건에 대한 소문이 파다하게 퍼지는 바람에 백씨는 기차 역전과 시장통에서의 지게꾼 일도 제대로 할 수 없게 되었다고 한다.

"오늘도 세 분이서 한 조로 움직이셔야 하갔습네다. 지난번처럼 김성철 아자씨가 조장을 맡아주셔야 되갔는데 말입네다. 이종호 아자씨는 그렇다 치고, 조판술 아자씨하고는 누가 사이가 나쁘다거나 불만들을 갖는 경우는 없었지요?"

"절대 그런 거 없다. 우리가 얼마나 손발이 잘 맞는데!"

강수찬의 질문에 김성철이 두 손을 내저으며 절대 아니라고 대답하지만 강수찬이 보기에 조판술과 김성철은 물과 기름 같은 성격이다. 뭐든지 대충대충 좋은 게 좋은 거라는 식의 김성철에 비해서 꼬장꼬장한 성격을 가진 조판술은 여차하면 노동조합이라도 결성할 수 있을 만큼 반골 기질과 고집이 있는 사람이다. 그를 잘 살펴보라는 이민규의 말이 있었고, 남강상회 사장인 김영하 사장도 지나는 말로 조판술 씨의 숨겨진 기질에 대해 염려를 한 적이 있었기에 강수찬 역시 유심히 살피는 중이다.

"여기, 적어둔 대로 물건 가격 옆에 운송비하고 유통마진을 각각 적어 두었는데 말임다. 빨간 글씨로 적어 놓은 거이 세 분 몫이야요. 세 분이서 무조건 똑같이 나누셔야 함다.

누가 무거운 걸 들었네, 누가 일을 많이 했네 함서 단 일 원이라도 똑같이 나누지 않으시면 나중에 큰 사달이 날 겁네다. 명심하시라요!"

"하모 하모!"

"그리고 말씀입네다. 물건값을 받는 즉시 종필 오마니한테 입금하시고, 저녁때 퇴근하심서 마진과 운반비를 현금으로 정산받으시라요. 물건 대금 가지고 다니심서 쓰리꾼 아이들이라도 만나믄 낭패를 볼 수 있으니까니, 아시갔지요?"

"하모! 매번 그래 한다 아이가?"

당시 부산에서는 성인 불량배들로 인해 전쟁 통에 불어난 많은 전쟁고아들이 범죄자로 길러지고 있었다. 전국 각지에서 모인 범죄 조직들이 부모를 잃은 어린아이들을 데려다가 온갖 못된 짓을 가르치고 시키고 있었는데 그로 인해 부산은 소년범들의 무법천지가 된 지 오래다.

"여기 적어둔 대로 각각 거래처 물건들 보면 말입네. 소매점에서 얼마에 팔아야 한다고 다 적어 놨으니까니 가격 지키라고 해주셔야 함다. 급하다고 싸게 처분하시믄 다시는 물건 안 준다고 신신당부하시고, 그리고 중요한 거! 물건 내리면 그 즉시 돈 받으셔야 함다. 잠시 뒤에 주갔다, 5분 있다가 주갔다, 다녀오면 주갔다 할 경우에는 다투거나 왈가왈부하지 마시고서리…… 그냥 조용히 물건을 들고 나오시라요. 절대 싸우시거나 목청 높이지 마시구요! 아시갔지요?"

"알지! 하모, 안 싸운다! 거래처도 손님이고 손님은 왕인데…… 외상도 절대 안 되고, 헐값에 물건 푸는 것도 안 되고……. 하모, 안다!"

김성철의 사람 좋아 보이는 웃음이 가식 없어 보인다. 이렇게 두 사람이 물건 수량과 가격을 맞춰 보는 사이에 조판술과 이종호가 리어카에 한가득 짐을 싣고, 나머지 상자들도 가게 입구 한구석에 쌓아둔다. 어차피 한두 번에 배달이 끝나지 않을 물량이라 상점 안에서도 잘 보이는 곳에 모아둔다.

김성철과의 대화를 마친 강수찬이 길 건너편을 넘겨다보며 큰 소리로 다른 사람을 부른다.

"다음은 진주 가시는 분들. 공상훈 아자씨! 박찬일 아자씨! 이쪽으로 와주시라요!"

길 건너편에 쪼그리고 앉아 작은 문고판 책을 읽고 있던 공상훈이 얼른 일어나 길을 건너온다. 박찬일은 어느새 가게 앞에 와 있다. 서로가 웃으며 인사를 하고 공상훈이 강수찬 앞에 선다. 이 조의 조장은 공상훈이다.

"두 분 오늘도 기차로 가실 거이지요?"

"예, 여기서부터 리어카에 실어서 역전까지 가서, 다시 기차에 옮겨 싣고 갈 생각입니다. 여섯 상자 모두 양주병이라

깨지기 쉽고 무거워서…… 트럭을 대절하기보다는 기차가 낫습니다."

"진주 역전에서도 문제 없갔지요?"

"예. 그쪽에서 사람이 리어카를 가지고 나오기로 했으니 그건 걱정 안 해도 될 겁니다."

조곤조곤 낮은 목소리로 말하는 공상훈에게는 샌님의 냄새가 난다. 서울 사람이라고 하는데, 서울이 수복되고 나서도 부산에 눌러앉은 걸로 봐서는 뭔가 말 못 할 사연이 있어 보인다.

"무거운 건 둘째 치고 잘 깨지는 유리병이 많으니까 조심하셔야 할 겁네다. 그런데 공상훈 아자씨께서는 왜 자꾸 저한테 존대를 하심까? 말씀 좀 낮춰 주시라요."

"네…… 하지만 저는 이게 편합니다. 버릇이 이렇게 들었으니, 부지배인님이 이해해 주세요."

"예. 그러시다믄 뭐…… 편하신 대로 하시라요. 그런데 저는 공상훈 아자씨가 말씀을 자꾸 높이시니까 몸 둘 바를 모르갔습네다. 그나저나 여기, 물건 목록하고 가격표가 있습네다."

강수찬이 손에 들고 있던 서류철에서 진주 방향으로 가는 물품 목록과 그와 관련된 여러 장의 서류를 가려내어 공상훈에게 두 손으로 공손하게 전하고, 공상훈도 두 손으로 받는다. 두 사람 모두 바쁜 와중에 빼먹기 쉬운 사소한 존중의 표현들을 생략하지 않으려 노력하는 모습들이 보인다. 장사치들의 무례함이 전혀 엿보이지 않는 대화와 몸가짐들이다.

공상훈과 강수찬이 대화를 마친 뒤 각자 자기가 맡은 일을 위해 몸을 돌리는 순간, 시내 방향으로부터 요란한 소리로 달려오던 군용 지프차 두 대가 상점 앞에서 급정거를 한다. 앞 차량에서 대위 계급장을 단 사내가 작은 지휘봉을 들고 내리고, 뒤 차량에서는 광택이 나는 검정색 철모를 쓰고 선글라스로 시선을 감춘 헌병 세 명이 대위 뒤를 따라 남강상회 앞으로 다가온다.

이들을 발견한 이민규가 들고 있던 물건들을 그 자리에 내려놓고 손에 묻은 먼지를 털며 이들에게 달려오고, 강수찬은 이들의 대화 공간 확보를 위해 두어 걸음 물러선다. 가게 앞에서 물건을 싣거나 정리하던 배달꾼 십수 명은 두려움에 질린 얼굴을 하고 슬금슬금 뒤로 물러선다. 덤덤해 보이는 강수찬과 달리 일꾼들은 모두 긴장한 모습들이다.

전시에 헌병의 존재는 민간인들에게 특별함으로 다가온다. 이들은 군인들 사이에서뿐만 아니라 민간에도 위엄의 상징이자 공포의 대상이기도 했다.

"아이고! 박상민 대위! 아침부터 무신 일이고?"

황급히 달려와 이들을 맞이하는 이민규가 대위 계급장을

단 사내 앞에 서서 반가운 웃음을 보낸다.

"민규! 영하 어디 갔어?"

두 사람이 서로 말을 놓는 것으로 보아 매우 가까운 사이 같다. 사람들의 관심이 집중된다. 다만 배달꾼들은 헌병들과 눈이 마주칠까 봐 두려워서 시선을 내리깔고, 귀만 쫑긋 세운 채 고작 저들을 힐끔힐끔 쳐다보는 것만이 소심한 그들의 호기심 해소의 방법이다.

헌병들이 입은 군복은 칼같이 다려져 있다. 깨끗이 손질해서 광을 낸 군화에서는 빛이 반사되고 있다. 군인은 전투를 하지 않을 때는 훈련을, 훈련을 하지 않을 때는 과시를 하는 일도 해야 한다. 평시에는 최대한 근엄해야 하고, 가상의 적에게는 최대한 두렵게 보여야 하고, 민간에는 절제된 모습으로 경외심을 주어야 한다.

"우리 김 사장은 와? 헌병대에서 찾을 일이 뭐가 있노?"

"글쎄 영하 지금 어디 있냐니까?"

"김 사장 2주 전에 서울 갔다! 올 때가 되기는 했는데 연락이 없네. 이틀 전부터는 아예 전화도 없고…… 사흘 전쯤에 서울이라캄서 전화가 오기는 왔었는데……."

"서울이라고 하면서 전화가 왔었다고?"

"하모! 내가 와 자네한테 거짓말을 하겠노?"

민규의 말을 들으며 미심쩍은 표정을 짓는 박상민 대위에게 민규가 다시 묻는다.

"박 대위! 와 그라노? 무신 일이고?"

잠시 허공을 응시하며 뜸을 들인 박상민 대위가 이민규의 팔을 잡고 한쪽 구석으로 데려가 낮은 말로 속삭이듯 얘길 한다.

"사흘 전 영하가 이곳 남강상회로 전화를 한 발신지가 서울이 아니라 부산이었어. 헌병대에서 이미 조사를 해봤는데 영하는 일주일 전에 이미 부산에 와 있었던 거야. 대통령 각하께서 직선제 개혁안 때문에 계엄령 선포한 건 알고 있지?"

이 말에 화들짝 놀라는 민규, 박상민 대위에게 되묻는다.

"직선제 개헌[1]은 벌써 물 건너간 기 아니었나? 지난번에, 국회에서 부결됐다고 알고 있는데! 계엄은 금정산에 무장공비가 나타난 것하고, 국제공산당 사건 때문이 아이고? 국회의원 중에 공산당 당원이 몇 명 있다꼬 밝혀짐서 계엄선포한 거 아니었나? 나는 신문을 보고 그리 알고 있었는데? 뭐꼬? 우리 영하한테 무신 일이 생긴 기고? 우리 영하고 계엄하고는 또 무신 상관이고?"

"표면적으론 자네 말이 맞는데…… 사실 대통령 직선제에 반대하는 의원들이 표적이야. 물론 그 국회의원 중 몇몇이 공산당원이란 혐의점도 있고…… 그런데 지금 특정 국회의원을 영하가 보호해 주고 있다는 첩보가 들어왔어. 이 봐 민규! 혹시 영하 소식 들으면 꼭! 반드시, 나한테 최우선적으로 알려 줘야 해! 그리고 영하한테 꼭 전해! 나한테 빨리 연락하라고 말이야. 재수가 없어서 경찰이나 내 권한 밖의 다른 사정기관에 체포가 되더라도 나한테 연락을 먼저 하라고. 알았지? 요즘 같은 시절에는 근거 없는 오해만 가지고도 큰 사고가 날 수도 있어!"

"알았다 박 대위! 무신 말인고 알겠다! 내가 수소문해서 꼭 전하도록 하꾸마! 고맙다 박 대위! 시국이 시국인지라 공산당하고 엮이게 되모…… 고마 낭패 아이가? 박 대위! 자네가 알다시피 내나 우리 김 사장이나 공산주의에 치를 떠는 사람 아이가? 그런데 우짜자꼬 국제공산당 사건에 우리 영하가 관여가 됐는지…… 자네가 이래 와가꼬 알려 주는 바람에…… 아니 이럴 게 아이라 안으로 들어가자! 들어가서 차나 한잔하면서 이바구 잠깐 하고 가라!"

"아니야! 지금 여기서 자네와 길게 이야기할 수가 없네. 보는 눈도 많아. 지금 표면적으로는 내가 영하의 소재 파악을 위해 온 것이니 당장은 안 되고, 나중에 조용히 혼자 오겠네. 그때 자세한 이야기 나누세. 일단 나는 가겠네!"

박상민 대위가 함께 온 헌병 대원들을 인솔해서 그 자리를 떠나자 사람들은 어리둥절한 표정으로 이민규만 바라본다. 모두들 엉거주춤 자신들이 어떻게 해야 할지 눈치만 보는 모양새다.

　이민규가 이들을 향해 큰 소리로 별일 아니니 하던 일 계속하라고 큰소리로 안심시킨다. 이어 상점 안으로 들어가 전화기를 든다. 그동안 책상에 앉아서 장부를 정리하던 종필 어머니가 자리를 비켜준다. 궁금한 게 있지만 당장은 묻지 않기로 맘먹은 그녀가 가게 안쪽으로 들어가 민규와 수찬이 아침 식사 후 대충 정리해 둔 빈 도시락 그릇이며 반찬 그릇들을 뒤꼍 수챗가로 가져간다.

　어리둥절하게 서 있던 사람들이 각자 하던 일을 계속하고, 강수찬이 길 건너편에 서 있는 배달꾼들을 향해 손짓하려는 찰나에 갑자기 강수찬의 등 뒤에서 큰 목소리가 들린다.

　"동작 그만! 모두들 동작 그만! 스톱하시오! 스톱! 스톱! 동작 그만 몰라? 동작 그만! 모든 물건들 다 그 자리에 내려놓고! 여기 주인 양반 어디 있나?"

　항공점퍼에 군화를 신은 사내 둘과 말쑥하게 민간 재킷을 입은 서양인이 가게 앞으로 다가온다. 사내 두 명 중 한 명은 선글라스를 쓰고 있고, 조금 전 소리를 치던 사내는 금테 안경을 쓰고 있다. 금발에 푸른 눈의 서양인, 키가 2m는 족히 넘어 보인다. 큰 키를 감안하더라도 유난스레 코가 크다. 일행 모두 명찰이나 계급장을 달고 있지 않은 걸 보면 군인은 아닌 듯싶은데, 조금 전 한 무리의 헌병들이 다녀간 터라 사람들이 더 두려움을 느낀다.

김성철이 들고 있던 상자를 바닥에 놓고는 호기심에 살짝 앞으로 나선다. 그러다가 뚜벅뚜벅 걸어오는 세 남자에게 길을 터주려 다시 뒷걸음질 치다가 자신이 내려놓은 상자에 다리가 걸려 뒤로 나자빠진다. 조판술이 김성철을 부축해 일으켜 세우고, 이종호가 슬금 다가와 김성철과 조판술 옆에 바싹 붙어 선다. 긴장이 흐르고, 모두들 움직임을 멈춘다. 강수찬이 하던 일을 멈추고 조금 전 고함을 크게 지른 금테 안경의 사내에게 다가서 차분하게 묻는다.

"어디서 오신 분들입네까?"

최대한 턱을 들어 근엄한 척하던 금테 안경의 사내가 억지로 젖힌 목의 각도 때문에 강수찬을 향한 시선이 부자연스러울 정도로 아래를 향한다. 강수찬에게 과장된 낮은 음성으로 퉁명스럽게 말한다.

"꼬마야. 넌 알 거 없고! 주인 양반 어디 계시냐?"

심하게 무시하는 투다. 이때 어딘가와 통화를 하던 이민규가 급하게 통화를 마무리하고 전화기를 내려놓는다. "이거는 또 뭐꼬!" 하며 달려 나와 강수찬의 앞을 가로막고는 사내 앞에 서서 두 손을 앞으로 모으고 공손히 묻는다.

"어디서들 나오셨습니꺼? 사장님은 지금 출타 중이신데예……."

"어디 멀리 갔소? 우리가 지금 아주 바쁘니 빨리 연락해 이리 데려오시오!"

"아이고, 멀리 가신 줄 알았는데 조금 전에 들은 말로는 그거는 아인 거 같고…… 그렇다꼬 당장 오실 수는 없는 형편인데, 무신 일이신지……. 제가 여기 지배인인데 제가 그 이유를 알모 안 되겠습니꺼?"

이민규의 말을 들은 사내가 아무 대꾸 없이 주위를 천천히 둘러본다. 이쪽을 지켜보던 사람들, 사내와 눈이 마주치자 무슨 죄라도 지은 양 놀란 자라처럼 목을 움츠리고 고개를 숙인다. 함께 온 서양인은 큰 키와 높은 콧대 때문에 더욱 위압적으로 보인다. 사람들은 모두 그 외국인의 몸짓 하나하나에 더 관심을 둔다.

서양인들이 어떤 사람들인가! 일본과의 전쟁에서 승리하면서 태평양 일대를 모조리 접수했고, 6·25 개전 초기 파죽지세로 밀고 내려오던 조선인민군을 패퇴시키고, 중공군이 인해전술로 밀고 내려와서 1·4후퇴를 한 뒤에도 곧 전열을 가다듬어 다시 서울을 되찾은 엄청난 사람들이다. 그런 서양인이 포함된 알 수 없는 모 기관에서 나온 자들이 큰소리로 '동작 그만!'을 외치는데 누군들 주눅이 들지 않겠나.

지나가던 행인들은 구경거리가 생겨서 좋다는 표정으로 멈춰서 이쪽을 주시한다. 지팡이에 도포 자락을 날리며 휘적휘적 걸어가던 노인도, 재잘대며 늦은 등굣길을 가던 여학생들도, 머리에 광주리를 이고 가던 부녀자 서넛의 무리도 걸음을 멈춰 호기심 어린 눈빛으로 이쪽을 바라본다.

안경 쓴 사내가 이민규에게 다그치듯 다시 묻는다.

"그렇다면, 당신이 여기 주인장이 없을 때 이곳 영업을 책임지는 자요?"

"예! 그렇습니다만…… 도대체 무슨 일로…….."

"우리는 미군정청에서 나왔소! 미군 헌병대에서도 협조공문을 받아서 나왔는데, 이곳에서 부정 물품을 대량으로 취급한다는 첩보가 있어서 조사하러 나왔으니 협조하시오!"

"우리는 부정 물품 같은 거는 취급 안 하는데…….."

대답하는 이민규가 말꼬리를 흐린다.

"세상에 도둑놈이 나 도둑놈이요, 하는 거 봤소? 조사하면 다 나오게 돼 있으니 일단 협조하시오."

이때 강수찬이 이들 가까이 한 발짝씩 다가서며 이들의 대화 내용과 표정을 조심스레 살핀다. 군정청에서 나왔다는 미국인은 미동도 없이 먼 곳을 주시하며 서 있다. 이민규가 정색을 하며,

"아입니더! 우리는 정식으로 수입된 물건을 판매하지 개인들이 들고 오는 물건은 아예 취급을 안 합니더. 그런 야매 물건은 도떼기시장(한국전쟁 당시 사람들이 바글거리던 부산 국

제시장을 일컫는 고유명사) 쪽에 가보시면 많을 깁니다!"

"에헤—이! 왜 이러시오, 다 아는 사람들끼리! 여기 딱 봐도 미군 PX 물건들 잔뜩 쌓여있고, 사람들이 이리 몰려와서 물건 거래들을 하는데…… 영업허가증은 가지고 있소? 이리 가져와 보시오!"

이 말을 듣는 순간 이민규가 황급히 가게로 들어가 서류 몇 장을 챙겨서 나오고, 그동안 사내와 사내를 빤히 쳐다보던 강수찬의 눈이 마주친다.

사내가 묻는다.

"뭘 보냐? 무슨 불만이라도 있냐?"

"아임다! 높은 데서 오신 분들이라 나중에 길에서라도 보게 되믄 인사라도 해야 해서리……."

"허허 고놈 참!"

이민규가 서류를 들고 와 사내에게 보여준다.

"여기, 영업허가, 수입허가, 물건들에 대한 면장…… 여기 서류들이 다 있습니더. 그란데 미군정청이라고 하셨능교?"

"그렇소. 이분이 미군정청 요원이고 나는 통역이오."

"아, 예……."

"우리도 이런 첩보 듣고 나와서 뒤지고 하는 거 딱 귀찮은 사람들이오. 여기 같이 오신 미군정청 양반도 복잡한 거 싫어하시고, 또 말씀도 잘 통하는 분이니…… 그냥 잘못을 시인하고 싹싹 빌면 좋게 넘어가 줄 테니 우리, 쉽게 갑시다. 쉽게!"

"우리가 뭘 잘못했다고 싹싹 빌란 말입니까?"

민규의 항변을 들은 사내가 불쾌한 듯 얼굴을 찡그리며 몸을 돌려 미국인에게 귓속말하고, 그의 말을 들은 미국인은 여러 차례 고개를 끄덕인다. 사내가 다시 이민규를 바라보며 말을 잇는다.

"에헤-이! 이 양반. 털어서 먼지 안 나는 놈 어디 있다고 이렇게 큰 소리를…… 주인 양반도 없는 가게에서 이런 말 하는 게 참 거시기한데…… 이리 좀 와보시오."

사내가 검지를 까딱까딱하고, 이민규가 사내에게 귀를 가까이 댄다.

"자! 이렇게 합시다. 이번 조사는 대충 마무리 지어주고 혐의점이 없는 걸로 보고서 작성해 줄 테니…… 이백 달라만 내놓으시오. 조용히 넘어갑시다. 그리고 누가 또 단속 나오거든 우리 얘길 하시오. 그럼 또 그냥 넘어갈 테니 말이오."

속삭이듯 얘길 하지만 협박성이 강하게 드러나는 말투다. 이런 식의 갈취를 많이 해본 듯한 전형적 탐관오리의 어투이다. 이민규는 내심 '미국 놈들도 별수 없구먼' 싶다.

"이백 달라? 이백 달라요? 그 큰돈이 지금 오데 있습니까?"

살짝 우는소리를 보태며 민규가 반문한다.

"무슨 얘기요! 여기 산더미 같이 쌓아 놓은 물건값만 쳐도 수천 달라는 넘어 보이는데, 우리가 조사를 위해 이 물건 모두 압수해 가도 괜찮겠소?"

난감한 말에 이민규가 고민한다. 이백 달러에 합의를 봐도 영업에 지장이 없으면 비싼 값을 치르는 것은 아닌데, 판단이 서질 않는다.

"잠시만요. 가게 들어가서 돈이 얼마 있는지 보고, 모자리모…… 오데 전화해서 빌리기라도 해볼 테니, 잠시만요."

"얼른 갔다 오시오. 이만한 규모의 사업장에서 이백 달라가 없다 이따위 얘길 여기 계신 미군정청 나리한테 전하는 순간 댁들은 큰 곤란을 겪을 겁니다."

귓속말이지만 어떤 고함소리보다 위협적이다. 이민규가 다시 나지막한 소리로 부탁 조의 당부를 한다.

"이 양반한테 잘 이바구해 주시고…… 내가 얼마라도 변통해 볼 테니, 쪼매 기다리 보이소."

이민규가 빠른 걸음으로 들어가 종필 어머니와 심각한 표정으로 대화를 나눈 후에 전화기를 들고 어딘가로 연락을 한다.

이들의 대화내용을 들은 강수찬이 주위를 살피며 안경 낀 사내에게 다가선다. 이때, 또 두 사람의 눈이 마주치고,

"꼬마야! 여기 마실 것 좀 가져와라! 통역을 하려고 하니 목이 컬컬하구나. 여기 미군정청 요원 어르신한테도 마실 것 좀 내오고."

"통역 선상님이라고 하셨습네까?"

"그래 이 녀석아! 그놈 참 똘망지게 생겼다! 몇 살이냐?"

"열네 살 먹었습다. 잠시 기다리시지요. 마실 거이 보리차 식혀 놓은 거이 있으니까니 주전자하고 커푸를 가져 오갔습네다."

"그래 얼른 가져와라! 이놈, 말씨를 듣자 하니 딱 이북에서 온 삼팔따라지로구먼."

그 사이 주위에 구경꾼이 더 늘었다. 가게 안에서 강수찬과 이민규가 짧게 귓속말을 나누고, 곧 강수찬이 주전자와 물컵을 챙긴다.

길가에서 이 모습을 구경하던 김성철이 조판술에게 귓속말을 한다.

"봐라 봐라! 저 싸움닭 같은 작은 지배인이 통역하는 양반한테 꼼짝 못 하고 물심부름하는 거 보래이. 다른 놈 같으모 어림도 없일 긴데…… 미국 사람 빽이 좋긴 좋은 기라! 이래서 사람은 많이 배워야 하는 기라!"

조판술이 심각한 표정으로 김성철에게 걱정스레 말한다.

"이라다가 우리 밥줄 끊기는 거 아이가? 쪼매 있으모 우리

아들 경남중학교 시험 볼낀데…… 우짜믄 좋노?"

"머라 카노? 재수 없는 소리 마라! 여게 사장님하고 지배인님이 우뜬 양반들인데, 우리 사장님은 도청, 시청 안 통하는 데가 없고 부민동(부산 임시수도 시절 대통령 관저를 일컬음)에도 수시로 드나드는 양반 아이가? 걱정 안 해도 된다! 이 사람들한테도 와이루 꽉 멕이가…… 마…… 사바사바…… 마…… 해 갖고, 마…… 알아서 해결 볼끼다. 고마 가마있어 봐라."

"아이고…… 미국 양코배이들은 와이루 안 묵는다 카더라."

"머시라 카노? 와이루 안 묵는 놈이 어데 있노?"

"양코배이들은 와이루 안 묵는다 카더라. 안 무울끼다!"

"이 친구, 이거…… 봐라! 김구 선생 있제? 그 깨끗해 보이던 김구 선생도 중국에서 들어올 때 장개석한테서 와이루 묵은 거 땜에 미국 사람들 눈 밖에 나서 이승만 박사한테 대통령 자리 뺏긴 거 아이가?"

"니야말로 머시라 카노? 김구 선생님이 받은 거는 와이루가 아니고 전별금, 말하자믄 정치자금이다!"

"지랄한다! 김구가 받으모 전별금에 정치자금이고 딴 놈이 받으모 와이루가?"

"이 친구 보래이…… 김구가 머꼬? 김구가! 김구 선생님이 니 친구가? 그라고, 장개석이 김구 선생님을 존경해서 전별금 준 걸 가지고 와이루라 카믄 우짜노?"

"알았다 마! 전별금 맞다 카자!"

"맞다 카자가 아이고, 맞는 기라! 니! 사과해라!"

"뭘 그런 걸 가지고 사과를 하노."

"사과해라! 김구 선생님 욕한 거 사과해라!"

이때 안경 쓴 사내가 언성이 높아지는 이 두 사람을 쏘아본다. 순간 김성철이 놀란 자라처럼 목을 움츠리며 속삭이듯 나지막이 조판술을 달랜다.

"알았다…… 알았다…… 알았으니 좀 조용히 해라!"

평소 김성철의 잘난 척에 배알이 꼴려 지내던 조판술이 이참에 목소리를 더 높인다.

"사과해라 안 하나? 김구 선생님 욕한 거 사과해라!"

"알았다…… 느그 김구 선생님 욕한 거 사과할게. 미안타!"

"다시는 억울하게 돌아가신 김구 선생님 욕하지 마라, 알았제?"

김성철의 다짐을 받고서야 조판술이 화를 누그러뜨린다. 이때 노란색 작은 주전자와 물컵을 들고나온 강수찬이 컵에 물을 따라 이를 먼저 미국인에게 권한다.

미국인이 손바닥을 펴고 거절한다.

"No thanks."

이 모습을 보고 조판술이 김성철에게 여봐란듯이 큰소리

친다.

"봐라! 물도 한 잔 안 잡숫는다 아이가. 미국 양반들은 와이루 안 묵는다! 김구 선생님도 와이루 안 묵는다!"

"……."

김성철은 고개를 절레절레 흔들며 대꾸도 안 한다.

이때 강수찬이 미국인이 거절한 물컵을 안경 쓴 사내에게 건네며 묻는다.

"이분께서리…… 미군정청에서 왔다고 했습네까?"

"그래 이눔아!"

하대하는 말버릇이 고약하다. 그러고는 물 한 컵을 단숨에 비운 사내가 "아! 시원하다!" 호기롭게 감탄사를 뱉는다.

"저기, 통역 선상님…… 제가 이 어른한테 말씀 한 번 걸어 봐도 되갔습네까?"

"아이고…… 이놈, 맹랑하네! 그래, 네놈들한테는 미국 사람이 신기할 게다. 공부 삼아 말 한번 걸어 봐라! 대신, 기브미 머니, 기브미 초코레또, 기브미 씨가레또, 빡큐! 이런 말 하면 못쓴다."

사내는 강수찬을 향해 같잖다는 듯한 어투로 타이른 뒤 점포 앞에 줄줄이 놓인 상자들에 어떤 물건들이 들어있는지 삐꼼 삐꼼 들여다보고 또 이곳저곳을 기웃댄다. 일행 중 선글라스 차림의 사내는 이 사내의 뒤를 졸졸 따라다닌다.

강수찬이 미국인에게 허리를 깊이 숙여 인사한다.

"Excuse me Sir, My name is Soo Chan Kang."

[실례합니다. 선생님, 제 이름은 강수찬입니다.]

"David. David Hills."

[데이빗. 데이빗 힐스.]

"Can I ask you something, sir?"

[뭐 하나 물어봐도 되겠습니까, 선생님?]

"Sure, kid."

[그래 꼬마야.]

"What division you belong, sir?"

[어느 부서 소속인가요, 선생님?]

"Beg your pardon?"

[무슨 얘기야?]

"I am a deputy manager of this company sir."

[난 이 회사의 부지배인입니다, 선생님.]

"So? Alright, Go ahead kid."

[계속 해, 꼬마야.]

"Do you have the official documents to search this place, sir?"

[이곳을 수색하기 위한 공식 문서가 있으신가요, 선생님?]

"Do I need that?"

[그게 필요하니?]

"That gentleman said, you are an agent of The U.S. military government. so I am asking you that, which division you belong to sir."

[저 신사분 말씀이, 선생님이 군정청 요원이라고 했는데, 선생님이 어느 부서 소속인지 제가 물어보는 겁니다.]

"Am I? An agent?"

[내가? 내가 요원?]

"That gentleman said so sir!"

[저 신사분이 그랬어요!]

"I am not what you think I am."

[난 네가 생각하는 그런 사람이 아니야.]

"You mean, You are not a government agent sir?"

[정부 요원이 아니라고요, 선생님?]

"I am an interpreter of Japanese trade company."

[난 일본 무역회사의 통역이야.]

"All right! Let me make sure things, You are an interpreter for a trade company. sir."

[몇 가지 확실히 하고 가죠. 당신은 무역회사 통역이라고요, 선생님.]

"Yes, I am an interpreter for Japanese trade company."

[그래, 나는 일본 무역회사 통역이야.]

"Not an agent of The U. S. military government?"

[미군정청 요원이 아니라고요?]

"No!"

[아니!]

이 두 사람의 대화를 지켜보던 사람들이 수군댄다. 김성철이 옆에 서 있는 조판술에게 묻는다.

"부지배인 영어하는 기가?"

"저기 영어인지 쏘련 말인지는 모르겠고, 조선말 아닌 거는 확실하네."

"내가 듣기에도 조선말은 아니고마는…… 암만 캐도 영어가 맞지 싶은데……."

김성철이 말을 흐린다. 이에 조판술이 비웃으며,

"니가 들으모 영어인지 쏘련 말인지 아나?"

"그라모, 지배인이 미국 사람하고 쏘련 말 하나?"

"미국 사람이 쏘련 말 잘하는 수도 있고, 부지배인이 이북서 왔으이 쏘련 말로 두 사람이 얘기할 수도 있지."

조판술이 퉁명스레 쏘아붙이자 김성철이 발끈하며,

"이북서 왔으모 쏘련 말을 할 줄 아나?"

"이북서는 김일성이가 학교에서 학생들한테 쏘련 말을 가르친다꼬 안 카드나!"

조판술이 목소리를 더 높인다. 김성철이 얼굴이 빨개지며 다시 조판술에게,

"이북서 쏘련말 가르친다꼬 얼라들 모도 쏘련 말로 할 줄 아는 기, 말이가 방구가! 그라모, 느그 아들놈은 학교서 영어 배운다꼬 영어 저만치 할 줄 아나?"

이때 옆에 서 있던 아낙네 하나가 끼어들어 말을 보탠다.

"영어 맞십니더! 저 꼬마야가 우째 저래 영어를 잘하는지 모르겠네! 뉘 집 자슥인지 잘도 키웠구만!"

다른 아낙이 손뼉을 치며 감탄한다.

강수찬이 이민규와 김영하로부터 배운 영어를 밑천으로 미국인과 대화를 나눈다. 비록 완전한 문법이 아닌 짤막한 회화이지만, 나름 요령껏 영어를 구사해 가며 외국인을 상대하는 어린 강수찬의 모습이 보는 이들에게는 마냥 신기할 따름이다.

"맞다, 맞다 우찌 저래 영어를 잘하노? 이 집 사장 아들내미가?"

김성철이 아낙들의 얘길 퉁명스레 받아친다.

"아입니다! 쟈는 여게 점원인기라. 이북서 내리온 삼팔따라지 아인교."

조판술이 김성철의 이 말을 듣고 또 쏘아붙인다.

"수찬이 앞에서는 부지배인님, 부지배인님 캐감서 살살

기고, 뒤에서는 삼팔따라지가 뭐꼬? 안 들린다꼬 뒤에서 말 그래 하지 마라!"

"야가…… 오늘 와이카노?"

"김구 선생님 욕이나 하고 말이지……. 니는 사람 아인기라!"

이때 수찬과 외국인이 대화하는 모습을 계속 주목하던 한 아낙네가 두 사람에게 핀잔을 준다.

"두 양반들 좀 시끄럽소! 저 말 좀 들어 보입시다!"

이 말을 듣고는 김성철이 열을 내며 치받는다.

"이 아지매가 영어를 들으모 무신 말인지는 알고 그라나? 그라고 누한테 시끄럽다 카노? 우리가 누군 줄 알고……."

"So what brings you here?"

[그렇다면 여기 왜 온 거예요?]

강수찬이 묻는다.

"A friend of mine ask me that I have to stick with him all day."

[내 친구 중 한 명이 부탁하길 오늘 저 사람과 함께 붙어 있으라고 했어.]

"So those guys are not the interpreter of The military Government officer."

[그럼 저 사람들은 군정부의 통역이 아니군요.]

"I don't think they can speak English though."

[내 생각엔 저 사람들 영어 못해.]

"Can not speak English?"

[영어를 못한다고요?]

"No! Not at all."

[못해!]

이 말을 들은 강수찬이 어이없다는 표정을 지으며 가게 쪽을 바라본다. 그리고 자신을 뚫어지게 바라보고 있는 이민규를 향해 고개를 천천히 흔든다. 이때, 여기저기 기웃대던 사내들이 강수찬과 미국인을 향해 어슬렁거리며 다가오고, 강수찬은 이들을 무시하며 미국인에게 큰 소리로 또박또박 얘기한다.

"Mr, Hills! I think you are in big trouble here! My boss get the captain of the U. S. military police on the phone!"

[힐스 선생님! 내 생각에 당신은 큰 곤란에 빠졌어요! 내 상관이 지금 미국 헌병 대장과 통화 중이에요!]

"And I am giving you an advice…… you better run away from here right now! or be arrested by The Korean Police."

[그리고 내가 조언하자면…… 당장 여기를 떠나세요! 아니

면 한국 경찰에 체포가 될 겁니다.]

순간 미국인이 눈을 크게 치켜뜨며 당황한 표정을 짓더니, 상황의 심각성을 금세 알아차리고 탄식한다.

"Oh! Shit! Oh! Shit!"

그러고는 자신이 왔던 방향으로 슬금슬금 뒷걸음질 친 후 냅다 달아난다. 이어서 두 사내도 눈을 희번덕거리며 상황을 파악하다, 뭔가 잘못 돌아가는 낌새를 알아챘는지 조금 전 줄행랑을 친 미국인을 뒤따라 내달린다. 그중 선글라스를 쓴 멀대 같은 사내는 김성철이 조금 전 걸려 넘어졌던 그 상자에 걸려 넘어졌다가 다시 일어서 달린다. 얼마나 급했던지 반쯤 벗겨진 선글라스를 고쳐 쓸 새도 없이 우스꽝스러운 모습으로 헐떡거리며 달린다. 이어서 이민규가 점포에서 껄껄 웃으며 나오고, 사람들 모두 어리둥절한 표정으로 달아나는 사람들과 이민규, 강수찬을 번갈아 바라본다.

강수찬이 이민규에게 묻는다.

"근데, 미군정청이란 거이 언제 없어졌습네까?"

"나도 깜빡 잊고 있었다. 종필 어무이가 말 안 해주싰으모 깜빡 속을 뻔 안 했나? 우리 대한민국 정부가 수립되고 미군정은 끝난 기다. 인자는 이승만 박사 정부이고, 김일성은 그걸 인정 몬 해서 전쟁을 일으킨 기고."

"아! 그렇습까? 그나저나 저치들 때문에 시간이 많이 지체가 됐시요. 날래 움직여야 갔습네다."

강수찬이 아무 표정 없이 되묻고 투덜대더니 다시 큰소리로 일꾼들을 채근한다.

"자! 지체할 시간이 없시요! 시내로 가실 분들은 날래 출발해 주시고, 진주로 가시는 분들은 날래 짐을 빼시라요! 다음, 함안하고 군북 쪽으로 가시는 분들은 이리로 와주시라요!"

수찬의 독려에 사람들은 아무 일 없었다는 듯 부지런히 움직인다. 이민규가 이들의 움직임 속에 우두커니 서서 허공을 바라보며 한숨 섞인 혼잣말을 한다.

"영하는 도대체 어데 있을꼬?"

이때 살이 통통하게 오른 노란 고양이 한 마리가 가게 안에서 어슬렁거리며 기어 나온다. 문전에서 오가는 사람들을 아랑곳하지 않고, 마치 자기가 이 가게의 주인인 양 입구 옆에 당당하게 자리 잡고 우아하게 드러눕는다. 노곤한 표정으로 입을 쩍 벌리고 길게 하품을 하고는 꼬리를 옆으로 치켜들어 올려 살랑살랑 흔든다.

1934

1

1934년 경상남도 진주 인근 갑산마을.

너른 들판 한가운데에 거송(巨松)이 우거진 야트막한 산 하나가 거북이 모양으로 엎드려 있다. 지평선이 보이는 넓은 분지 한가운데에 작은 산이 외딴섬처럼 홀로 서 있는 지형. 지세가 거친 영남지역에선 보기 드문 풍경이다. 산기슭부터 중턱까지 작은 골짜기 양쪽으로 200여 채의 집이 옹기종기 모여 있는 이곳, 마을 전체가 거북등같이 생겼다고 해서 갑산마을이란 이름이 붙었다. 산의 경사가 완만하고 햇볕이 잘 들어 집집이 심겨 있는 작은 나무마다 이른 봄임에도 불구하고 온갖 색의 꽃이 만개해 있다. 마을 전체 고만고만한 집들이 내려다보이는 언덕배기 위에 큼직한 기와집이 자리잡고 있는데, 이 집은 보통의 양반집 고택과는 형태가 사뭇 다른 석 삼 자(三) 모양으로 건물을 배열한 것이 특징이다.

마당은 깨끗하게 비질이 되어 있고, 길고 넓은 장독대에 가지런하게 놓여 있는 크고 작은 오지그릇들과 독들에서는 반질반질 윤기가 흐르는 것으로 보아 이 집 주인의 깔끔한 성향과 일꾼들의 야무진 손끝을 짐작할 수 있다. 대문 안 마당 좌우 양쪽 끝 담벼락엔 감나무와 앵두나무가 마주 보고 서 있다. 인기척 없는 큰 집에 가축도 한 마리 보이지 않는 것이, 이곳이 마치 산중 사찰이 아닌가 하는 착각마저 들게 한다. 빗자루가 쓸고 지나가 티끌 하나 없이 깨끗한 마당에서 뭘 주워 먹을 것이라도 있는지 참새 여러 마리가 무리 지어 날아와 흩어져 앉아 깡충거리며 연신 바닥을 쪼아댄다. '끼익'하는 경첩 소리와 함께 행랑채에 붙어 있는 대문이 열리고, 성큼 들어오는 한 여인의 발소리에 놀란 참새들이 후드득 날아간다. 마치 제 집인 양 서슴없이 대문을 열고 들어선 아낙이 큰 마당을 총총히 지나 사랑채 뒤꼍과 안채를 경계 짓는 중문을 요란스레 열며 이 집 안주인을 부른다.

"썽님! 남경 썽님! 집에 계신교?"

안에서 인기척이 느껴지지 않는다. 안채 앞 댓돌 아래에서 한 번 더 부른다.

"썽님!…… 안 계신교?…… 서울 썽님!"

"동서 왔는가?"

안방 방문이 열리고, 단정하게 빗어 넘겨 옥비녀를 찔러 꽂은 머리를 한 이 댁 안주인 남경 부인 민지영이 방에 앉은 채 다정한 목소리로 육촌 동서 황계댁을 맞는다.

"어서 들어오시게. 많이 춥지?"

"아이고…… 겨울 다 갔십니더. 하나도 안 추워예."

평범한 양반가 안주인의 소박한 옷차림을 한 황계댁과 달리 앞섶과 어깨 끝마감 부분이 토끼털로 장식된 옥색 비단 배자를 입은 민지영의 모습은 영락없는 대갓집 큰며느리 같다.

"이리 화롯가에 앉게."

화로 안 검은 숯에서 붉은빛이 이글거린다. 작은 화로 옆에는 작은 책상반이 놓여 있고 그 위에는 그녀가 조금 전까지 읽고 있던 동아일보, 조선일보가 대충 포개어져 있다.

"신문 보고 계싰나 보네요? 우리는 글을 잘 몰라가…… 친정 아부지가 그리 갈차 주셨는데도 우찌 한문은 하나도 모르겠어예. 영하는 서당에 갔십니꺼?"

"훈장 선생님께서 멀리 문상을 가셔서 서당은 잠시 쉬고 있다네. 영하는 민규와 함께 놀러 나갔나 보네. 자네는 아침부터 어쩐 일인가?"

"아침 묵고 설거지 한 기 언젠데요. 성님 보고 싶어 왔지예. 별일 없으십니꺼?"

황계댁이 대답하며 민지영이 내어주는 방석에 앉으며 화로 위에 손을 살짝 대고 곁불을 쬔다.

"별일 있을 게 뭐 있겠나. 그리고 별일 있으면 그 별일 자네가 제일 먼저 알 텐데…….”

민지영이 인자하게 웃으며 대답하고는 낮은 목소리로 문 밖을 향해서 식모 아이를 부른다.

“소희, 밖에 있니?”

“네. 지금 수정과 들여가고 있십니더.”

“오냐. 손님 오신 걸 알고 있었구나.”

식모 아이가 소반에 곶감과 수정과 두 그릇을 가져온다.

“저번에 우리 영만이 하숙비를 부치 조야 했는데, 그때 돈 이 모질래가 성님한테 안 빌렸십니꺼. 그때 빌린 거 갚으러 안 왔습니꺼?”

“그래, 형편이 조금 나아진 게야?”

“송아지 팔 때가 돼가 어제 소장시한테 팔았십니더.”

“그래, 값은 잘 쳐서 받았고?”

“시세가 쪼매 올랐다 캐서 얼른 팔았십니더.”

“잘됐구먼.”

사 년 전 남편상을 치른 황계댁은 외동아들 영만을 홀로 키우고 있다. 어려서부터 공부를 곧잘 했던 영만은 도회지 로 진학하여 고등보통학교를 다니고 있다.

“밤새 어미 소가 얼매나 울어 쌌던지…… 목이 다 쉬가꼬 마음이 많이 안 좋십니더. 이 댁 짐승 안 키우는 이유를 알 겠다카이.”

"좀…… 그렇지?"

"예―에, 말 몬 하는 짐승이라도 지 새끼 잃은 심정이 우뜰까예. 여게 5원 가지고 왔어예. 잘 쓰고 갚십니더."

"천천히 줘도 되는데, 셈은 셈이니 받아두겠네."

민지영이 황계댁이 공손히 건네는 지폐 다섯 장을 받아 책상반 위에 올려둔다.

"하모요, 셈은 셈이지요. 이 댁 안 계셨으면 장변이라도 빌려야 할 판이었구마는. 성님 계시서 급전 걱정 안 해도 되는 기 어렵니꺼. 누가 이자 없이 이런 큰돈을……."

"이 사람 참…… 일가친척 사이에 무슨 그런 말이 있나. 그런 소리 하지도 말게! 그래 영만이는 공부를 곧 잘하는가?"

"모르겠심더. 그래도 지가 열심히 해서 의전(의학전문학교)를 갈라 카던데, 요시 남경 어른 농사짓는 걸 보마는…… 농전(농업전문학교)으로 옮기라 칼까 싶기도 합니더."

"우리 바깥어른 하시는 일은 농사보다는 농지 개발에 가깝지."

"우찌 그런 걸 남경에서 배워 오시가꼬……."

"남경에 있는 대학에서 배우신 기술은 아니라네."

"그라모 그 먼 데 가서는 학교에서 뭘 배워 오셨능교?"

"비밀일세…… 호호."

"호호호호."

남경 어른이라 불리는 김익현은 구한말 문과에 급제해 경상도 의령군수, 진양군수, 그리고 경기도 용인군수를 지낸 광산김씨 김재우의 차남이다.

민지영의 시부인 김재우는 용인군수 재임 시절인 1905년, 조선이 일본에 외교권을 빼앗긴 을사늑약 소식을 듣고는 그 즉시 사직 상소를 올리고 군수직을 사임하였다. 그리고 이른바 한일 합방, 국권피탈을 겪은 다음 해인 1911년, 장남 김장현을 비롯한 직계 식구들을 거느리고 선영이 있는 갑산마을로 들어와 선대로부터 물려받은 대규모 토지를 관리하며 칩거에 들어가게 되었는데, 어려서부터 신동으로 소문난 차남 김익현만은 서울에서 신식 교육기관인 경성제일고보를 마치게 하였다. 그 후 김익현이 19세가 되던 해인 1915년, 동갑인 서울 여흥 민씨 집안 삼녀 지영과 혼인시켜 중국 남경(난징, 南京)으로 유학을 보냈었다. 그 후로 장남과 큰 며느리, 손자들과 함께 10년간 이곳 갑산마을에서 마름들에게만 맡겨두었던 소작인 관리를 직접 하면서 소작료를 대폭 낮추어 주고, 대규모 농업 토목사업을 벌여 농한기에도 가난한 소작인들에게 일자리를 만들어 주는 등 고향에서 인심을 후하게 얻어가며 마을의 살림을 윤택하게 만들어 갔었다.

그러던 중 1920년도에 서부경남 일대에 티푸스가 돌게 되었는데, 불행하게도 이때 김재우 군수 댁 일가족 모두가 이

병에 걸려 사망하는 참사를 겪게 된다. 유학 6년째에 가족의 비보를 듣게 된 차남 김익현과 그의 부인 민지영은 급거 귀국하게 되었고, 삼년상을 치르고 난 후 난징으로 돌아가겠다는 처음의 계획과는 달리 두 부부는 이곳 갑산마을에서 선친의 유지를 받들어 선영을 지키고 선대의 재산을 보전하며 지내게 된다.

"영하는 아침부터 어데로 놀러갔습니꺼?"

"날이 풀리니 아이들이 신이 났는지, 요즘은 아침에 나가서 점심 먹으러나 왔다가 곧 나가서는 해가 떨어지기 전까지는 코빼기도 보이지 않는다네."

"서당이 쉰다꼬 해서 더 신이 났겠지요?"

"이럴 때 실컷 뛰어놀아야겠지. 훈장님 돌아오시면 또 눈물 콧물 빼가며 공부해야 할 테니 말일세."

"너무 바깥에 오래 돌아다니다가 감기라도 씨게 들면 우짤라고…… 우째 얻은 아들인데……. 그건 그렇고, 영하는 보통학교 안 보내실 깁니꺼?"

"글쎄…… 그게 그리 간단한 문제가 아니라네. 이번에 바깥어른께서 돌아오시면 얘길 나눠봐야 할 게야."

김익현·민지영 내외는 혼인 후 10년이 넘도록 후사를 보지 못하다가 1927년 민지영이 31세가 되던 해에 기다리던 아들 영하를 낳게 되었다. 그 뒤로 지금까지 둘째 소식이 없으니, 당시 귀하게 얻은 아들 김영하는 '갑산마을 김 군수' 집안의 유일한 후손이 되는 셈이다.

"남경 어른께서는, 하마 오실 때가 됐지예?"

"글쎄…… 설 전에는 오실 거라 하셨는데, 다른 일이 생기셨는지 늦어지시는구먼. 열흘 전 경도(교토)에서 전보가 왔는데, 파종 전에는 오신다고 기별을 주셨으니 곧 오시지 않겠나 싶네."

"이번에는 동경에 가싰담서요?"

"동경(도쿄)도 가셨다가 대판(오사카)도 가셨다가…… 여러 군데 들렀다 오신다고 했는데, 이번에는 주로 동경에 일이 있으시다고 했지, 아마?"

"성님은 동경에 가 보싰습니꺼?"

"못 가봤다네…… 한번 가보고 싶기는 하네만. 영하도 손이 많이 갈 나이이고 살림이 늘었으니, 당분간 그곳에 가볼 기회가 어지간해서는 없을 것 같네."

"성님은 서울서 나시고 중국 남경서 공부도 해보싰고……
여한이 없으시겠구마요."

민지영은 혼인 전에 이화여학당 고등과와 대학과에서 수학한 소위 '신여성'이었다. 언어에 대한 감각이 뛰어나서 이화학당 시절 영어를 쉽게 배웠고, 중국에서 남편과 함께 공부하던 시절에도 일본어와 중국어 실력이 남편인 김익현보다 앞섰다. 남경 유학 시 남편 김익현의 현지 사교활동에 그의 영어와 중국어 통역을 담당하며 남편의 사교활동 폭을 넓히는 데 큰 역할을 했고, 민지영 본인도 당시 남경에 모여 있던 세계 각국의 수많은 유력인사 부인들과 교분을 쌓아 갔었다. 그 덕에 민지영의 식견은 당시 그 어떠한 조선인 남성 지도자들과 견주어도 손색이 없었으나, 급작스러운 시댁의 참사로 인하여 긴 시간 이곳 시골 마을에 머물며 아까운 그녀의 재능을 썩히고 있었다.

"마님…… 마님……."

바깥에서 식모 아이 소희가 나지막이 민지영을 부른다.

"마님이라 부르지 말래도. 그래 무슨 일이냐?"

"손님이 오셨어예."

"어디서 오셨다던?"

"진주정미소 댁에서 사람을 보내싰다는데, 지금 사랑 앞마당에 있습니더."

"진주정미소 댁에서? 어서 안쪽으로 오시라고 해라."

민지영의 얼굴에 화색이 돈다. 황계댁도 덩달아 신이 났다.

"아이고! 썽님! 아주바님 오실 모양이네요. 아이고…… 남경어른 오시네!"

옷매무새를 점검하고 머리를 매만진 민지영이 문을 열고

마루로 나서고, 사랑채 중문을 통해서 중년의 심부름꾼이 고개를 숙인 채 들어선다. 차림새를 보아하니 진주정미소댁 고용인 중 한 명인 듯하다.

"성님! 사람들 오라꼬 소리할까요? 아주바님 오실 낀데 사람들 불러야 안 되겠십니꺼?"

"가만히 계셔 보시게…… 조금 있다가."

안채 마당에 들어와 있는 사내는 시선을 아래로 두고 두 손을 공손히 모은 채 서 있다.

"어서 오세요. 말씀 전하러 오셨나요?"

"예…… 남경 서방님, 나리 마님이…… 어르신이 저희 정미소 큰어른 댁에 계시는데, 오늘 점심 일찍 자시고 출발하신다꼬 말씀 전하라 카십니더."

"몇 분이나 함께 오신다고, 말씀 없으셨나요?"

"부산서부터 짐꾼 열 명 데불꼬 오싰습니더. 그렇잖애도 열 명 정도 데불꼬 오신다꼬 행랑채 청소 좀 해놓으라 카십니더."

중간에 황계댁이 호들갑을 떤다.

"아이고! 오셨구마, 오셨어! 남경 어른 동경서 오셨네! 짐 꾼이 열이라고 하이…… 이번엔 무신 신기한 물건들로 얼매나 가지고 오셨을꼬?"

민지영은 황계댁의 호들갑에 신경을 쓰지 않고 사내와 계속 대화를 이어간다.

"그래요, 고마워요. 남경 어르신 건강은 좋아 보이시던가
요?"

대답을 듣기 전 짧은 찰나에도 걱정이 깃든 표정을 보인
다. 사랑하는 남편의 장기 여정 끝 무사함에 대한 소식은 여
느 여인들의 바람과 같다.

"예, 거뜬하십니더! 어제는 저녁에 술도 한 잔 자시고, 진
주 시내가 떠나가도록 노래도 한 자락 하시고…… 아이고!
제가 괜한 소리를……."

"아닙니다. 소식 전해주셔서 고맙습니다. 오셨으니 뭐라
도 드시고 잠시 쉬었다 가세요."

"아이고, 아입니더! 말씀 전하고 지체 없이 돌아오라꼬 우
리 어른의 엄명이 있었십니더. 이 댁은 겨울에도 객토 작업
한다꼬 얼라, 어른 할 거 없이 바쁜 거로 뻔히 아는데……
저는 이만 가보겠십니더."

민지영이 옆에 서 있는 소희에게,

"소희야 뭐 요깃거리 내드리고 쉬실 자리 좀……."

"아입니더! 저는 이 길로 돌아가겠십니더. 절대 안 됩니
더!"

"그래도…… 사람이 그러는 게 아닌데…… 경우가 아닌
데, 이를 어쩌나?"

완강한 사양에 난감해하던 민지영이 얼른 방에 들어가 황계댁이 가져왔던 지폐 중 세 장을 가지고 나와서 황계댁에게 쥐여 주며,

"자네가 좀……."

황계댁이 지폐를 받아 들고 잠시 머뭇거리며 여러 사람 들으라는 듯 혼잣말로 '뭘 이래 많이……' 중얼거린 후 댓돌로 내려서서 사내에게 전한다.

"이거 받으시오!"

"아이고 아입니더."

"어—허이, 받으시라카이! 팔 떨어지겠다."

지폐 세 장을 받아 든 정미소 댁 사내가 금액을 확인한 후 놀란 표정으로 사양하려 한다.

"아이구야! 이래 큰돈을…… 아입니더!"

"에—헤이, 이 사람 보소. 고마 받아가소, 마! 이 댁 어른들 손 크신 거 모르요?"

"이런 돈을 받아도 되는지 모르겠심더. 하룻날 일 노동 삯이 20전인데……."

황계댁이 눈을 내리깔고 마치 자기가 주는 돈인 양 생색을 내며,

"그 집 일꾼들 이 집 심바름 오는 거 좋아하는기, 심바름 값이 후해가꼬…… 소문 들어가꼬 알긴데, 얼른 가지고 가

이소, 마!"

"고맙십니더…… 요긴하게 잘 쓰겠십니더. 고맙십니더! 그럼 저는 이만."

정미소 집 사내가 연신 고개를 숙이고 인사를 한 후 중문을 나선다. 황계댁은 마루에서 내려선 김에 신발을 신으며,

"성님, 사람들 소리 해야겠지예?"

"그래 주시겠나? 난 여기서 소희와 준비하고 있을 테니 민규 어멈하고 질부(조카며느리)들하고…… 박 서방, 소 서방을 찾아서 이리 보내주게."

"예, 나오시지 마시고 가만히 계시소, 마! 함안댁하고 박 서방만 소리하모 알아서들 사람들 불러가 준비할 깁니더. 몇 명분 음식을 준비하라꼬 칼까예?"

황계댁 입장에서는 남의 잔칫상 준비이지만, 자신의 주도 하에 모처럼 마을 사람들 목구멍에 때를 벗겨 줄 만큼 거나하게 음식을 준비할 생각에 괜스레 허영에 들뜬다.

"작년 수준이면 될 게야. 객토 인부들이 조금 늘었으니 20인 정도 더 잡으면 되겠구먼. 동서가 수고해 주시게. 생각보다 시간이 부족할 것 같은데…… 100여 명 식사 준비를 하려면……."

"아이고, 마! 하루라도 전에 사람을 보내시지, 반나절 만에 우찌 그래 많은 손을 치루라꼬. 남자들은 말만 툭 하고

뱉으모 밥이 척하고 나오는 줄 안다카이…… 참말로! 그나저나 썽님, 돼지도 잡아야 하겠지예?"

"알아서 하시게나"

민지영이 돼지를 잡으라는 직접적 지시는 삼간다.

"예, 암돼지로 잡겠십니더, 성님. 아이고! 함안댁은 좋겠다! 민규 아부지 석 달 만에 집에 와서. 호호…… 좋겠다! 얼매나 좋을꼬…… 호호호. 아이고, 남사시러버라! 내가 모라 카는 기고? 호호."

황계댁이 잔망스레 몸을 흔들며 중문을 나서고, 옆에서 지켜보던 소희가 부엌으로 총총 다시 들어간다. 민지영도 마루를 이리저리 서성이다 방으로 들어가 양쪽 머리를 매만지며 거울을 본다.

얼마나 그리워했던 남편의 귀향인가! 긴 여정을 떠난 남편에 대한 그리움이 절정에 다다를 즈음 마침 반가운 소식이 전해져 온 것이다. 19세에 시집을 와서 20년 가까이 함께 살았건만, 아직도 그녀에게는 남편 김익현의 헛기침 소리만 들어도 심장이 내려앉는 설렘이 있다.

매년 몇 달씩의 이별은 싫었지만 6년간 남경(난징) 유학 시절 교분을 가져왔던 세상 이곳저곳 인사들과 계속 인연을 이어가고, 정기적으로 남편을 통해 국제정세를 전해 들으며 시골구석에 갇혀서 생기는 갑갑증을 해소할 수도 있었기에 남편의 외유가 싫지만은 않았다. 김익현은 매 가을걷이가 끝날 때마다 서울·부산·동경·북경·만주·상해 등지를 돌아다니며 진귀한 물건을 수집해 봄이면 돌아오는데, 돌아올 때마다 신문 등에서는 알 수 없는 바다 건너 섬나라와 대륙 너머 세상에 대한 흥미진진한 소식들을 생생하게 전해오곤 했다. 3년 전인 1931년 9월, 일본이 관동군을 앞세워 만주사변을 일으켰을 때 일본 제국 최정예 부대였던 조선군 (조선주둔군)이 천황의 허가도 받지 않고 합세해서 중국 국경을 넘었던 사건, 그 이듬해에는 일본 해군이 상해에서 독단적으로 사변을 일으켜 남경·상해를 일본군 세력 하에 둔 사실, 1919년에 있었던 3·1 만세운동이 조선 민중뿐만 아니라 세계 여러 나라 사람들 사이에 각인되자[2] 일본 내각에서는 1932년 만주국의 독립기념일(중국으로부터의 독립)을 '3·1절'로 공포하여 대대적으로 홍보한 사실 등 일반인이 알 수 없는 최신 정세를, 남편을 통해 생생히 전해 들을 수 있었다.

매년 겨울, 남편이 긴 여행에서 돌아오면, 이런 종류의 흥미진진한 이야기들과 그리움 끝의 재회에서 오는 회포들로 적어도 연중 반년 동안은 부부 사이가 신혼 때 못지않게 설레는 하루하루로 채워져 왔었다. 민지영은, 앞으로 남편과 함께할 행복 가득한 하루하루를 상상하며 벅찬 감정을 주체할 수가 없다. 부푼 맘을 안고 방문을 활짝 열어 시원한 바

해동의 새벽

람을 깊이 들이마신다.

사랑채 지붕 너머 보이는 감나무 꼭대기에 까치 한 마리가
날아와 앉는다. 하얗고 긴 꼬리를 아래위로 연신 저어대며
명랑하게 울어댄다.

2

갑산마을 김 군수 댁.

김 군수댁 안채 마루에서 마을 전체를 내려다보면, 동구
밖부터 5리 바깥쪽 신작로 큰길까지 일자로 곧게 낸 마을 길
이 한눈에 보인다. 마을 길이라고는 하나 여타 다른 마을 길
과는 달리 너른 들판을 직선으로 가로질러 두 수레의 교행이
가능하게 낸, 시골에서는 보기 드문 길이다. 많은 사람들은
이 길을 한일 합방 후 왜인들이 새롭게 설치한 이른바 신작
로 못지않게 반듯하고 시원하게 만들었다고 평가하고 있다.

김익현·민지영 부부가 갑산마을로 돌아와 부모 삼년상을
탈상하고, 제일 먼저 착수한 일이 신작로부터 마을 입구까
지의 마을 길을 정비하고, 인접한 위치의 척박한 땅을 개간
하고, 비효율적이고 복잡한 농로의 정비와 수로의 정비, 나

아가 농토의 규격을 획일화하는 등의 종합적인 농경지 정리 공사였다. 뱀처럼 구불구불했던 논두렁을 바둑판 격자 형태로 정리하고, 수로를 곧고 깊게 정비했으며, 논 중간중간 어지러이 흩어져 있던 물꼬들을 일정한 규칙하에서 재배열했다. 물꼬의 재배열이 중요했던 이유는, 소작인들 사이에서 벌어지는 농업용수 다툼이 매번 큰 싸움으로 번져왔기 때문이었다. 관개수로 시설이 미비했던 조선의 농촌에서는 갈수기 농업용수 보급이 매우 열악하였기에 물을 차지하려는 사람들끼리 사생결단하는 경우가 많았고, 심하면 사촌 간에도 칼부림이 벌어지는 일도 있었다. 이를 해소하는 방법은 결국 관개시설의 현대화였다. 중국의 산업과 문화의 중심지이자 대표적 곡창지대인 창장강(장강(長江) 혹은 양쯔강) 유역[3]에서 유학하며 그들의 선진 농업기술과 효율적인 소작인 관리 기술을 유심히 지켜보고 분석했던 김익현은, 자의든 타의든 이곳 갑산마을로 귀향하자마자 그곳의 선진 농업토목 기술과 농지 운영제도를 갑산마을에 접목하려 노력하였다. 그가 구상하는 종합농업토목사업은 아직 그의 소유 토지의 3분의 1가량밖에 진행되지 못하고 있지만, 매년 그 실행에 박차를 가해 빠른 속도로 기존의 원시적 농지의 현대화를 계속하고 있다.

"아이고, 오네, 오시네! 저쪽 끝에 보이소! 남경 어른 오심

해동의 새벽

더, 성님!"

황계댁이 호들갑을 떨고, 옆에 서서 먼발치를 바라보는 민지영의 입가엔 옅은 미소가 번진다. 무의식중 두 손으로 양쪽 머리를 매만지고, 가슴 앞섶 매무새를 정리하는데, 최대한 감정을 억제하려 해도 그녀 역시 천생 여인인지라 어쩔 수 없나 보다. 얼굴이 상기되고 가슴이 두방망이질을 시작하는데, 옆에 선 사람에게 심장 뛰는 소리가 들릴까 두려울 정도이다.

"아이고! 우리 성님 좋으시겠다! 좀 웃으이소! 우째 이리 덤덤하실꼬?"

계속해서 민지영에게 호들갑을 떨던 황계댁이, 부엌에서 나와 쌀 씻은 물을 반대쪽 작은 화단에 붓고 돌아서는 함안댁에게도 향한다.

"함안댁! 이리 올라와 봐라! 느그 서방님 저 짝에서 늠름하게 오고 있다. 말고삐 잡고 오는 폼이 유비 옆에 선 장비인기라…… 개선장군이 따로 없구마! 아이고 민규 엄마는 좋겠네! 민규는 오늘 저녁에 우리 집에 재워라!"

함안댁은 들은 척 만 척 부엌으로 들어서며 들릴 듯 말 듯 혼잣말을 한다.

"양반집 며느리가 우찌 저래 촐싹맞을꼬? 말도 많고 시끄럽고…… 아이고, 남사시러버라!"

함안댁의 짜증 섞인 혼잣말을 듣고는 소희가 옆에서 한마디 거든다.

"저 집은 웃대가 작은댁 손이라 양반이 아이다 카던데예."

"이누무 가시나가! 누가 그라드노? 말조심해라! 이 가시나가 주둥이 잘못 놀리다가 큰일 내겠고마는, 말이라꼬 다 말이 아인기라. 말조심해라! 큰일 난대이!"

"양반 아이지요?"

철없는 소희는 함안댁의 호통에도 아랑곳하지 않는다.

"시끄럽다카이!"

이때 바깥에서 민지영이 소희를 부른다.

"소희야."

"네? 마님."

소희가 화들짝 놀라고, 함안댁도 이 대화가 들렸을까 덩달아 놀란다.

"어르신 목욕물은 충분히 받아 놓았니?"

"네, 충분할 낍니더 마님."

소희와 함안댁은 놀란 가슴을 쓸어내린다.

"마님이라고 부르지 말래두……."

소희가 민지영의 그 말에는 대답하지 않는다.

마을 길에 들어선 김익현 일행의 행렬이 장관을 이룬다.

긴 줄의 맨 앞에는, 작년에 서울 민지영의 친정에서 이곳으로 보내온 이베리아 산 데스트리에(Destrier)[4] 흑마를 탄 김익현이 늠름하게 행진한다. 털에 윤기가 자르르 흐르고 갈기를 단정하게 땋은 전투마에 올라탄 김익현의 짙은 눈썹, 앙다문 입, 오똑한 코와 날렵한 턱선이 오늘 유난히 수려해 보인다. 검은색 망토를 두르고, 검은색 밍크 코사크 모자와 검정 담비 목도리, 그리고 프랑스산 검은색 승마 장화가 햇빛에 반사되며 그의 수려함을 더한다.

말머리와 나란히 서서 명마의 고삐를 잡고 길잡이를 하는 다부진 체격의 민규 아범은 마을과 가까워질수록 싱글벙글이다. 모시는 상전을 따라나서 아무리 신기한 외국 세상 구경을 한다고 해도, 민규 아범에게는 집이 최고다. 집에서 그를 기다리고 있을 마누라 함안댁과 반듯하게 성장해 가는 외동아들 민규를 만날 생각에 가슴이 벅차오른다.

큼직한 말 뒤에서 총총걸음을 하는 회색 당나귀 두 마리의 등에는 궤짝들이 실려 있다. 십여 명의 짐꾼들도 등에 궤짝을 짊어지고 있고, 맨 뒤에서 따라오는 소달구지 위에는 키 큰 괘종시계 두 개와 각종 외제 생활용품, 그리고 한쪽에는 마을 사람들에게 나눠줄 선물들이 담겨 있을 큰 자루들이 포개져 있다. 소달구지를 모는 사람은 일행 중 가장 어려 보이는 소년이다.

시끌벅적한 김익현의 사랑채 앞 큰 마당에서 목소리 큰 사내가 소리친다.

"오신다! 오신다! 남경 어른이 동경에서 오신다!"

사람들이 웅성거리며 언덕 아래 마을 길을 향해 주시하고, 아무것도 모를 어린아이들도 덩달아 "오신다! 오신다!"를 따라 한다.

너른 마당 한구석에 큰 솥단지 두 개가 걸려 있다. 솥 아래에서 불을 지피는 장정이 솥을 열 때마다 풍성한 김과 구수한 고기 삶는 노린내와 매캐한 솔가지 타는 냄새가 함께 버무려져서 시각적으로나 후각적으로 사람들의 침샘을 계속해서 자극한다. 행랑채 작은 마루 앞에는 면 소재지 양조장에서 실어 온 막걸리 통들이 늘어서 있고, 말통을 받아 내리는 장정은 말통 뚜껑을 열어 내용을 확인한다. 성미 급한 이 장정이 술을 맛본답시고 뚜껑에 연신 술을 따라 들이킨다.

그 앞을 부산스레 뛰어다니는 어린아이들은 "먼지 난다! 저리 가서 놀아라!" 하는 어른들의 내쫓는 소리에 이리저리 몰려다니고, 아장아장 걸음으로 이 아이들을 따라다니던 바가지머리의 여자 꼬마 아이가 엎어져 운다. 우는 아이의 코 밑과 눈 밑은 코딱지, 눈곱, 먼지가 뒤엉켜 지저분하다. 아낙 하나가 얼른 뛰어와 이 꼬마 아이를 채가며 "아이고 내 팔자야! 서방 복 없는 년 자식 복 없다 카더마는, 이 가시내는 와 또 이리 속을 썩이노?" 푸념하며 아이를 번쩍 안아 사랑채 앞쪽에 모여 있는 아낙들 무리 쪽으로 데려간다.

웅성거림과 시끌벅적함 속에서 목청 좋은 사내가 큰 소리로 우스개 농을 친다.

"민규 애비 봐라! 어르신 옆에서 신나게 불알 흔들미 오는데 불알 흔드는 소리가 여게까지 들리는구마! 오늘 민규 오마이는 고마 죽는 날인기라! 함안댁은 오늘 죽는 날인기라!"

사람들 웃음소리가 떠나갈 듯하고, 안채에서 중문을 통해 함안댁이 뛰쳐나오며 소리를 지른다.

"누고? 누가 함부로 씨부리쌌노? 우뜬 놈이고? 주둥이를 마! 저놈의 주딩이를 마! 아이고 남사시러버라!"

소리를 내지르고는 앞치마에 젖은 손을 닦으며 다시 중문을 통해 안채로 들어간다. 함안댁이 들어가자 그동안 돌아서서 시선을 회피하던 그 사내가 또,

"와? 부끄럽나? 머시 그래 부끄럽노? 좋으마 고마 좋다케라! 마! 오늘 민규는 우리 집에 재워라!"

큰 소리에 사람들이 덩달아 웃는다. 여기에 다른 사내가 보탠다.

"아이고 오늘 함안댁은 밤새 죽는 날인기라!"

이들의 놀림에 한바탕 사람들이 웃는다. 부엌에서 이 소리를 듣고는 소희가 입을 막고 키득거리고, 얼굴이 시뻘게진

함안댁은 성을 부리며 부서지라고 그릇을 헹군다.

"망할 놈의 손들! 뚫린 입이라고…… 주딩이를 마! 꼬매삐리야 할 낀데…… 아이고, 넘사시러버라!"

고등어 색 고양이 한 마리가 이런 소란 속에서도 아랑곳하지 않고, 부엌 바깥쪽 축대 위에서 오후 햇살을 받으며 실눈을 뜨고 일광욕을 한다. 잠시 후, 배를 하늘로 향하게 몸을 뒤집어 꼬리를 늘어뜨린다. 햇살에 눈이 부신 지 한쪽 앞발로 제 눈을 가린다.

3

김 군수댁 마당.

연회가 벌어진다.

달이 휘영청 밝게 떠 있다. 마당 한가운데 화톳불이 피워져 있고, 사람들은 삼삼오오 술상 주위에 모여 각자의 대화에 열중이다. 화톳불 불잉걸이 탁탁 소리를 내며 정취를 더한다. 큰 솥단지 옆에서 혼자 곁불을 쬐는 늙은 아낙은 배가 부르고 졸음에 겨운지 수시로 트림 질을 해대다가 입도 가리지 않고 연신 하품한다. 밤이슬을 막아주는 천막 아래 남정

네들은 다음날 일은 안중에도 없는지 쉬지 않고 막걸리 사발을 비워대고, 부지런한 여인네들은 고기 접시와 국그릇을 쟁반에 들고 다니며 밥상에 모자람이 없는지 두루 살핀다.

문이 열려 있는 여러 행랑채 방에는 아이들과 아낙들이 차지해 들어가 있다. 어른들 잔치에 이미 배를 채운 아이들은 지루하다. 몇몇 아이들은 쌔근쌔근 잠들어 있고, 어미들은 도란도란 이야기를 나눈다. 이따금 무슨 음담패설에 웃음이 터졌는지 까르르 몸을 꼬아가며 웃어대다가 밤 한기에 몸을 웅크리는 제 자식들에게 다가가 살포시 포대기를 덮어준다.

이곳저곳에서 정담을 나누는 사람들 곁에는 작은 꾸러미들이 놓여 있다. 이 집 주인 남경 어른이 선물로 나누어 준 일본산 고무신과 양과자, 그리고 부산에서 장만한 마른 조기, 마른 멸치 등 건어물이 그 꾸러미에 들어있다. 아이들 몫으로 챙겨 넣어둔 눈깔사탕 봉지도 보인다.

부산에서부터 따라온 짐꾼들도 갑산마을 사람들과 섞여 앉아 술잔을 비운다.

"이 집 주인어른은 뭐 하시는 분인교?"

"진양(晉陽: 경남 진주 일대) 군수댁 아드님이지."

"군수댁 아들이모 이래 돈을 막 쓰고 댕기도 될 만치 돈이 많은 기요? 그라고 인자는 군수들 모도 왜놈들로 안 바까짔는교? 조선 사람 군수들은 모도 막실했다 카더마는……."

"예전 군수님 아드님이지. 지금은 돈도 땅도 막 맹글어 내는 양반이고. 그라고 원래 이 댁이 대대로 땅도 많고, 재산도 많고, 인심도 많은 댁인기라!"

"아무리 인심이 많아도 그렇지. 보릿고개 한창인데 사람들 이래 막 모아다가 소고깃국에, 돼지 수육에, 하얀 쌀밥을 고봉으로, 놀랍구마는!"

"부산서들 왔다 캤지요?"

"예, 부산 부두서 엊그제 오후에 짐 싣고, 오는 길에 삼랑진서 하루 자고, 기차 타고 와서는 또 진주서 하룻밤 자고, 삼랑진서도 진주서도 밥이고 술이고 잘 얻어묵고, 여 와서도 이래 잘 얻어묵고…… 이기 무신 횡재인가 싶더마! 처음에는 저 양반, 무신 무역하는 장사치인 줄 알았고마는 그건 아인 것 같고…… 총독부 간부 아이모 도청 도장관 밑에 일하는 높은 관리 양반 아인가 싶기도 하고…… 그란데, 그기 아인기라! 조선 선비이신기라! 점잖은 양반께서 그 비싼 왜놈들 고무신을 동네 사람들한테 사람 숫자대로 모도 갈라 주시고, 일본서 가지고 온 사탕하고 양과자하고 이런 걸로 막 내삐리드끼 이놈 저놈 얼라들한테 갈라 주고, 내사 마 부산 부두서 짐꾼 노릇 5년 만에 이런 양반은 처음이고 마!"

짐꾼으로 고용되어 온 사내 하나가 목청을 높여가며 놀라움을 표현한다. 이 말에 마을 사람들은 마치 자기 자신이 칭찬을 듣는 양 기분 좋게 고개를 끄덕여 가며 흐뭇하게 대꾸한다.

"이 댁 어른은 매년 가을하고 봄에 부산항에 가실 낀데 소문 못 들었든 모양이재?"

"몰랐으이 이래 놀라지를……."

"우리 남경 어른께서는 일 년 농사 끝나고 나모 곧바로 토목공사하고, 제방공사하고, 경지정리하고…… 돈 들이가꼬 일본·중국 이런데 가시가꼬 신기한 물건 가지고 와서 사람들 노나 주고…… 그런 재미로 사시는 양반이오!"

"홍길동이구마는! 임꺽정이고!"

"에헤이! 이 양반! 우리 남경 어른은 그런 도적들하고는 다르지! 지체 높은 양반이고, 자기 재산 가지고 농지 개간해 가지고 그걸 팔아서 사람들 고용하고, 또 베풀고, 세금도 내고. 도적놈들하고는 다른 기라! 벌어서 베푸는 거하고 남의 재산 뺏들어가 장물 갈라 묵듯이 나누는 거하고는 몰캉 다른 거 아이가!"

옆에서 눈을 똥그랗게 뜨고 이들의 대화를 지켜보던 다른 짐꾼 하나가 불쑥 끼어들어 질문을 던진다.

"낮에 보니까는, 다들 삽자리하고 괭이자리하고…… 연장들로 잔뜩 들고 댕기드마는. 여기 농업토목 크게 하는 모양이오?"

"제방도 쌓고, 객토도 하고, 산비탈 깎아서 밭도 만들고, 논도 만들고…… 경상도 도청에 세금 내고, 불하받은 땅 가지고 경지정리도 하고…… 이 댁 어른이 하시는 일이지."

"일당 삯은 얼마나 치주요? 이짝은 부산 카마는 인건비가 쪼매 박하다 카드만."

"논 부치 묵는 사람은 하루 20전, 외지에서 온 사람들은 하루 25전 이래 일당 삯을 치주지."

"하루 25전? 많이 주는 건 아니구마는…… 우리는 부산서 하루 30전 받는데."

"머라카노? 부두에서는 밥도 안 주고 내가 사묵든가 밴또⁵를 싸 와야 하고, 사흘 일하고 이틀 쉬고, 매일 일을 주지는 않는다 아인교. 찡깝(수수료)도 3전씩 띠고."

옆에서 잠자코 듣고 있던 다른 짐꾼이 끼어들어 따진다.

"여기서는 겨울 내도록 일하니까는 부두서 일하는 거하고는 다를 기구마!"

"밥도 세 끼 믹이 주고 잠도 재워 주는교?"

"밥은 점심 한 끼는 그냥 주는데, 아침하고 저녁밥하고 잠은 동네 사람 곁방에 삯을 하루 2전씩 내야 할 기야. 그란데, 와요? 여기 오신 김에 눌러앉을라 카요?"

"여게 와서 보니 갑산마을이 천당이구마! 양식 걱정 없고, 지주 인심이 부처님인께로……."

해동의 새벽

"그래서 타성바지들이 갑자기 많이들 들어왔는데 더 이상은 안 받아 줄 깁니더."

"여게 눌러앉을라 카모 누구하고 이바구해 봐야 하는교? 여게, 이 댁 마름이 누군교? 여게 있는교?"

"박 서방이라꼬 그 집도 타성바지인데…… 오늘 이상타! 저녁 내도록 안 보이는구마. 낮에 객토장에도 있었고, 돼지 잡을 때도 있더마는."

이때 옆에서 있던 사람이 무릎을 치며 뭔가 기억이 난 듯이 끼어든다.

"박 서방은 오늘하고 내일하고 면 소재지 볼일 본다꼬 바쁘다 카더라! 아침에 보자 카더만. 남경 어르신 심바름도 해야 한다꼬."

"그래? 그라모 내일 얘기해 보소, 들."

부산에서 온 짐꾼들과 마을 사람들이 섞여서 대화를 나누는 와중에 저쪽 끝 술상에서 "와~"하고 함성이 들린다.

술에 거나하게 취한 고 서방이 일어선다. 이어서 사람들이 박수를 친다. 고 서방은 몇 년 전 남원에서 이주해 온 이주민이다. 갑산마을에 일가족이 한꺼번에 이주해 와서 소작인심 후하다고 소문난 김 군수 댁 논 마흔 마지기를 두 형제 내외가 부쳐 먹고 있는데, 술자리에서 가끔 흥이 나면 남도창을 구성지게 불러댈 때가 있다. 고 서방이 자리에 서서 판

소리 춘향가 몇 대목을 시원하게 불러대는 동안 사람들 모두 넋을 잃고 지켜본다. 사랑가엔 어깨를 들썩이고, 어사출두 대목에서는 무릎들을 치며 기뻐하고, 마지막을 춘향과 이 도령이 조우하는 대목으로 끝을 내자 박수를 치며 한 곡조 더 해달라 재촉한다. 흥에 겨운 고 서방이 사람들의 부탁에 호응해 흥부전 한 대목을 더 부르는 동안, 행랑채에서 잠이 들어있던 아이들도 하나둘씩 무릎걸음으로 기어 나와 마루에 앉아 그의 소리를 듣는다. 아이들도 아낙들도 넋을 잃고 고 서방의 소리에 취한다. 안채에서 나와 마당 한 구석에 앉아 있는 이 집 식모 소희도 두 손을 가슴에 모으고 이 광경을 바라보며 넋을 놓고 있다.

마당에선 흥겨운 노래가 넘쳐나고, 안채 안방에서는 오랜만의 해후를 맞이하는 김익현과 민지영이 일렁이는 촛불 옆에서 조용히 대화를 나눈다. 김익현의 머리칼에는 조금 전 목욕을 마친 듯 물기가 남아있다.

"영하는 사랑채에 없던데."

"행랑채에서 민규와 자고 있어요."

"허허. 그놈 참! 아직도 행랑에서 자는 걸 좋아하는가 보오."

"아직까지도 민규하고 젖 동무인걸요. 사랑채에 혼자 재우면, 자다가도 함안댁 젖가슴을 찾아서 행랑채로 찾아 들어갈 때가 지금도 자주 있답니다."

"그 녀석! 아직도 어리구면."

"올해로 여덟 살이나 됐는데도 아직 어린아이 같을 때가 많아요."

"글쎄, 그게 아마도 너무 많은 사람들이 과잉보호를 해서 그러는 것 같소. 너무 곱게만 키우다 철이 늦게 드는 건 아닌가 싶소. 서당 훈장 선생도 회초리질을 전혀 하지 않으시니 두려울 게 없는 이 녀석, 의젓한 맛이 없소. 예전 우리 클 때와는 너무도 다르게 자라고 있으니 뭔가 특단의 조치를 취하지 않으면 계속 응석받이로 키워지는 게 아닌지 걱정이오."

이런 말을 들을 때면 왠지 아들의 훈육 책임이 전적으로 모친에게 있다고 느끼는 탓에 민지영은 다소 민망해진다. 그녀가 화제를 바꾸려는 듯 방 한쪽에 세워져 있는 괘종시계를 가리키며 미소 섞인 칭찬을 한다.

"시계가 보기 좋아요! 크고 화려해서 마루에 세워 두면 정말 보기가 좋을 것 같네요!"

"부인께서 감상하시라고 잠시 방으로 들인 거요, 어떻소? 정말 정교하지 않소?"

"예. 정말 화려하네요! 그런데 이 큰 괘종시계가 제 선물은 아닌 거죠? 얼른 내 선물 내놔 봐요."

"하하. 역시, 어디 보자……."

김익현이 웃으며 궤짝에서 벽돌 크기의 작은 탁상시계를 꺼낸다.

"아니! 또 시계에요?"

약간의 실망감을 섞은 질문에 김익현이 뿌듯한 표정으로 설명을 시작한다.

"이 녀석은 좀 특별한 녀석이오. 아니 많이 특별한 녀석이지! 동경에서 여기까지 오는 동안 제일 신경이 쓰였던 녀석인데…… 워낙 고가인 데다가 구하기도 쉽지 않은 물건이라고 해서 아주 조심조심 가져왔다오. 대판(오사카)에서 가토 상한테 괜한 자랑을 하는 바람에, 글쎄, 가토 상이 이 물건을 보고 내게 산값의 두 배를 쳐주겠다며 욕심을 내는 바람에 그 부탁을 거절하느라 아주 혼이 났다오."

"프랑스 조차지에서 같이 지냈던 그 가토 다카키 상 말씀인가요?"

"그렇지! 그 친구."

"그분은 중국에서도 특이한 물건을 사 모으는 데 열중이셨죠? 특히 미술품……."

"그렇소. 그 친구 물건 욕심은 끝이 없더구먼. 이번에도 자기 물건을 이것저것 많이 보여주던데, 새로 사들인 빈센 또 반고호 그림 수십 점을…… 많이 놀랐다오. 그리고 이 시

계의 제조사이기도 한 빠떼꾸 삐루리뽀 손목시계도 여러 개
를 가지고 있고, 회중시계도 기가 막힌 게 많았는데, 글쎄
이 탁상시계를 보자마자 아주 난리가 아니었소! 제발 자기
에게 전매해 달라며…….”

“그리 말씀하시니 이 시계가 엄청 좋아 보이기는 하네요.
가토 상이 그 정도로 욕심을 낼 정도라면 말이에요. 그런데
이 시계의 제조사 이름은 파텍 필립이랍니다.”

“그래요! 빠떼꾸 삐루리뽀!”

“아니요! 파텍 필립요! 호호! 당신도 왜인들과 비슷하게
영어 발음을 하셔서…… 호호…… 우습군요.”

“그러게 말이오. 빠떼꾸 삐루리뽀, 하하!”

두 사람이 함께 웃는다.

“가격은 묻지 않으려네요. 제 선물이라고 가져오셨어도
기실은 서방님이 좋아서 가져오신 것 같아서…… 호호.”

“들켰구만! 하하!”

작은 탁자 위에 올려놓은 탁상시계. 순금을 정교하게 세공
한 황금색 몸체와 하얀색 숫자판과 검은색 시침이 고급스럽
다. 다이얼 주변에는 설탕 결정과도 같은 작은 다이아몬드
가 흩뿌려져 붙어 있고, 각각의 숫자 위에는 제법 알이 굵은
다이아몬드가 박혀 있다. 촛불에 반사된 수백 개 다이아몬
드 빛깔이 보는 각도에 따라 다채롭다.

"자! 이제부터가 진짜요!"

김익현이 눈을 찡끗하고 나서 궤짝에서 책을 두 권 꺼낸다. 민지영이 책 표지를 보더니 놀란다.

"어머? 나쓰메 소세끼!"

"반갑지 않소?"

"소설 산시로…… 유리문 안에서…… 이건 수필집이네요. 어머나!"

민지영이 좋아한다. 책의 표지와 내용을 대충 들여다보고 있는 와중에 김익현이 다른 여러 권의 책을 더 꺼낸다.

"자, 셰익스피어 영문판과 일문판!"

"맥배드, 리어왕, 쏘네트집까지! 세상에나!"

"맘에 드시오?"

"세상에, 세상에! 남경에서 급히 오느라 못 챙겨왔던 셰익스피어…… 서울에서도 구하기 힘든 영문판이라 얼마나 속이 상했었는데…… 세상에나!"

당장 눈물이라도 쏟을 기세다. 시댁 식구들의 급작스러운 비보에 황급히 짐을 꾸려 들어올 때 남편의 짐에 공간과 무게를 양보해야 했기에 버리고 온 각종 서책들. 그녀가 좋아했던 일본 문학계의 거두 나쓰메 소세키의 초판본까지 선물로 받아 들고선 어쩔 줄 모른다.

"여기 또 있소! 지금 미국에선 이 작가가 상당한 인기가 있다고 하더이다."

"어머! 스콧 피트제랄드! 이 책도 갖고 싶었던 거예요! 세상에나! 이 많은 녀석들을 모두 읽으려면 1년은 걸릴 텐데. 너무 고마워요!"

"허허. 부인은 시계나 보석보다 책이 더 좋은가 보오! 당신 마음을 얻는 데는 큰돈이 들지 않아 좋구먼!"

"큰돈 이상의 큰 정성이 있잖아요? 당신의 정성만큼 값어치가 큰 게 저한테는 없답니다."

말을 하며 울먹이는 민지영의 모습도, 이런 부인을 사랑스럽게 바라보는 김익현의 모습도 아름답다. 한참을 말없이 서로를 바라보다가 김익현이 자세를 고쳐 앉으며 심각한 표정으로 말을 잇는다.

"그건 그렇고, 부인! 막내처남 소식은 아무리 수소문해도 알 길이 없구려. 혹, 내가 없는 동안 여기로 연락이 온 것은 없었소?"

"없었어요. 그렇지 않아도 친정에 편지도 하고 사람도 보냈었는데 편지 내용과 인편에 전달받은 내용이 같아요. 오라버니들도 막내 상국이 소식을 전혀 모르는 것 같다네요."

민지영에겐 오빠가 둘, 남동생이 하나 있다. 그중 두 살 아래 남동생이 2년 전부터 연락이 끊겼다가 얼마 전 조선군 헌병대가 '수배자 명단'에 그의 이름이 올라 있다며 서울 친정 집과 이곳 갑산마을로 소재 파악을 하기 위해 찾아왔었다.

그녀의 오빠들은 평소 온화한 성격에 원만한 인간관계를 추구하는 성향을 가졌고, 현실에 순응하는 편이라 조선의 국권이 일본에 의해 찬탈 되고 나서도 식민 통치 주체인 총독부 관리들과 잘 어울리며 큰 풍파 없이 살고 있었으나, 막냇동생 민상국은 그가 가진 남다른 기질 탓에 많은 사람들로부터 걱정을 사고 있었다.

어린 민상국은 또래에 비해 눈에 띄게 기골이 장대한 데다 두뇌가 명석해서 항상 무리의 우두머리 노릇을 하며 유년 시절을 보냈다. 어린 시절 그의 꿈은 장군이 되는 것이었다. 그 꿈을 이루기 위해 소학교 졸업 후 일본 육군 유년 학교로의 진학을 시도하였으나 일본군부 교육기관은 식민지 조선 출신 학생에게 문호를 쉽게 열어 주지 않았다. 이에 실망한 그는 아쉬운 대로 경성소재 일본계 학교인 용산중학교에 진학하였고, 졸업 후 군인에 대한 꿈을 버리지 않고 다시 일본 육군사관학교에 지원하였으나, 그마저도 입학이 허락되지 않아 낙담하였다. 일본의 조선인 차별에 실망한 그는 약간의 복수심으로 조선인이 주로 다니던 연희전문학교로 진학한 후 잠시 민족운동에 참여했다. 그러다 가족의 적극적 만류로 민족운동 활동가로서의 꿈을 접었는데, 그 실망감도 잠깐, 스물네 살이 되자 인생행로의 차선책으로 자형 김익현과 누이 민지영이 유학했던 중국 남경으로 유학했다. 1년간의 중국 현지 적응을 마친 그는 곧장 자신의 꿈을 향해 다시 걸음을 내딛기 시작하였다. 그의 꿈을 향한 다음 행보는 중국의 혁명가 손문[6]이 설립한 중국군 장교양성기관인 황포군관학교에 입학하는 것이었다. 그곳에서 두각을 나타낸 그는 학교 교장이었던 장개석[7]의 휘하 직계군제 아래로 들어가게 되었다. 당시 중국은 소위 북벌(北伐)이라고 하는 통일전쟁이 벌어지고 있었고 그 중심에는 장개석이 있었다. 그는 장개석의 직계 사단에 고급장교로 복무하면서, 가끔 서울 본가 형제들과 이곳 갑산마을 누이에게 편지로 소식을 전해 왔다. 그런데 2년 전부터 갑자기 소식이 끊겼고, 얼마 지나지 않아 일본 관동군 헌병대로터 민상국에 대한 수배령이 내려져 있다는 소식이 알려지며 가족들에게 걱정을 끼치고 있다.

"내가 헌병대 부산지소에도 선을 대서 알아봤지만, 수배자 명단에 올랐다는 사실 외에는 자기들도 처남의 수배에 대한 구체적인 내용을 알 수 없다고 했소. 만주 소재 관동군 헌병대 담당자만 이유와 내용을 알 수 있다던데 그게 오히려 더 걱정스럽다오."

"만주사변과 상해사변 때문에 일본 입장에서는 적군의 장

교라서 그렇게 조치한 건 아닌지…… 그럴 가능성은 없는
건가요?"

"글쎄, 단순하게 중국 국민당군의 장교라는 이유로 일본
에서 처남을 수배자 명단에 올린다는 건 말이 안 되오. 사
실 일본과 중국은 전쟁 선포를 하지 않았기 때문에 공식적
인 적대국은 아니라오. 두 나라 모두 전쟁 선포를 할 수 없
는 사정들이 있소. 다만, 얼마 전 만주 지역에서 있었던 한
국 독립군이나 조선혁명군 사건 관계자로 분류되지 않았기
를 바랄 뿐이오. 작년과 재작년에 일본 관동군이 우리 독립
군으로부터 혼쭐이 났었기에 그들의 복수심이 이만저만이
아닐 테니 말이오."

만주사변을 일으킨 일본 육군은 그 이듬해인 1932년 3월
에 동북 3성을 아우르는 인구 3천만 규모의 만주국을 세워
만주 지역의 실질적 지배권을 행사했다. 당시 중국 정부는
일본의 노골적 침공에도 전면적 전쟁을 택하지는 못하고,
그저 국제연맹에 일본의 침략에 대한 부당함을 호소하는 것
만으로 소극적 대응을 하고 있었다. 이에 크게 실망한 만주
인근 민족주의 중소 군벌들과 소규모 자위군(이들은 소속이
모호하여 중국 국내외 세력들로부터 이른바 비적(匪賊)으로 분류되
어 있었다) 세력이 만주 지역에 은거하던 한국 독립운동 세력
들과 규합하여 일본군에 대항해 게릴라식 전투를 벌여왔다.

해동의 새벽

이들은 지청천의 한국독립군, 양세봉의 조선혁명군과 합세하여 만주 일대에서 일본군을 상대로 치열한 전투를 벌여 여러 차례 큰 승리를 일구어냈는데, 김익현은 민상국이 혹 이러한 사건에 연루되어 있지 않았을까 우려하는 것이다.

그나마 다행인 건 민지영 친정의 재력이 상당했고, 큰오빠와 작은오빠의 원만한 사교성 덕에 총독부 산하 관료들과 조선군 장교들, 지방행정 관료들과의 관계가 좋은 편이라 아직까지는 민상국에 대한 지명수배령과 관련해 다른 가족이 연좌되어 곤란을 겪고 있지는 않고 있다. 그러나 국사범의 가족은 구성원이 이런 문제에 연루되어 있다는 사실만으로도 갑자기 신변상 위협을 받을 수 있기에 항상 좌불안석의 시간을 보내고 있었다. 조선인 대부분은 가족 구성원의 항일활동을 어떠한 방식으로든 지지하고 있었다. 그러나 상당한 재산을 가진 이 가족은, 민상국으로 인하여 큰 규모의 연좌 피해를 입을 가능성이 있기에 본심과 달리 일본의 눈치를 살펴야 하는 이율배반적인 비겁함을 보일 수밖에 없다. 가진 것이 많은 자들일수록 그것을 지키기 위한 비루함은 이를 데 없어진다.

김익현과 민지영이 심각한 분위기 속에서 민상국의 걱정을 나누는 동안 행랑채 마당에선 사람들의 노랫소리에 맞춰

울리는 아코디언 반주음악까지 들려온다. 김익현의 조카뻘 되는 김영규의 연주였는데, 그의 아코디언 연주 실력은 이 일대에 소문이 자자하였다.

잠시 뒤 아코디언 소리와 사람들의 노랫소리가 갑자기 멈추고, "와"하는 함성이 들려온다. 곧 함성이 잦아들면서 웬 여성의 구슬픈 목소리와 아코디언 연주 소리가 합쳐져 아름다운 화음을 이룬다.

「황성 옛터에 밤이 되니 월색만 고요해

폐허에 서린 옛 꿈을 말하여 주노라.

아! 가엾다 이 내 몸은……」

바깥에서 들려오는 능숙하고도 세련된 유행가 소리에 놀란 민지영이 김익현에게 묻는다.

"진주에서 상당한 실력을 가진 예인을 데리고 오셨나요?"

"그럴 리가! 이게 무슨 일인지……!"

"아니! 웬 여인이 이렇게 노래를 잘 부를까요?"

김익현과 민지영이 놀라 서로를 쳐다보며 말을 잇지 못하던 때 문밖에서 황계댁의 다급한 목소리가 들려 온다.

"썽님. 아이고 썽님! 이기 무신 일이꼬. 아이고 썽님!"

"무슨 일인가? 동서."

민지영이 자리에 앉은 채로 방문을 열어 바깥을 내다본다.

황계댁이 숨을 헐떡거리며 댓돌에 서서 민지영과 김익현을 번갈아 보며 혼자 큰소리로 난리법석을 떤다.

"저년, 저 미친년이! 저 미치고 걸친 년이…… 아이고, 이 무신 일인지…… 사람들이 재미 삼아 주는 막걸리를 넙죽넙죽 받아 처묵더만, 아이고 남사시러버서……."

"아니 동서 말본새가 왜 그 모양인가! 여기 어른도 계신데……."

"아이고 씽님! 아주바님! 소희 저년이 술로 처마시더마는 뿔대기가 뻘개갖고…… 저 미친기! 노래를 처 부르고……."

황계댁의 과장된 몸짓과 말에 조금 전까지 당황스러운 모습을 보이던 민지영과 김익현이 동시에 환한 미소를 짓는다. 민지영이 웃느라 벌어진 입을 손으로 가리며 황계댁에게 묻는다.

"저 소리가 소희가 노래하는 소리였나!"

"예! 씽님! 아이고 남사시러버가! 이를 우짜믄 조으까요, 저 쪼매난 년이……."

옆에서 가만히 듣고 있던 김익현이 민지영에게 웃으며 얘기한다.

"듣기 좋구먼! 몇 가락 더 해보라고 시키시지 그러오!"

민지영도 웃는 얼굴로 황계댁에게 같은 말을 전한다. 야단을 쳐 달라고 일러바치러 온 황계댁은 멋쩍은 표정으로 댓돌을 내려서서 행랑채 마당으로 간다. 두 부부의 뜨뜻미지근 반응에도 자신은 분이 풀리지 않는지 혼잣말을 계속한다.

"저 미친년…… 저 걸친년…… 세상이 미친 기라! 아무리 세상이 바꼈다 캐도 이건 아인 기라. 오데 쪼매난 가시나가!"

황계댁이 중문 계단을 내려가고, 구슬픈 아코디언 반주와 함께 소희의 다음 노래가 계속된다.

「사공의 뱃노래 가물거리면
삼학도 파도 깊이 스며드는데
부두의 새악시 아롱 젖은 옷자락
이별의 눈물이냐 목포의 설움」

소희는 10년 전 대홍수로 인한 기근 직후 마을을 지나던 풍물패가 데려온 아이였다. 뿔뿔이 흩어진 풍물패에서 남은 입을 줄여야 한다며 여섯 살 소희를 식모로 받아줄 집을 수소문하던 중, 풍물패 소년과 처녀 시절 옆집에 산 적이 있다는 함안댁의 간청에 더해 방실방실 웃는 여자아이의 예쁜 짓에 반한 민지영이 소희를 이 집에 들이게 했다.

여섯 살배기 어린아이가 벌써 자라 이젠 젖무덤이 봉긋해지고, 얼마 전부터는 달거리를 시작한 듯 보였다. 오늘은 무엇이 이 아이를 설레게 했는지, 그동안 이런 노래는 어디서 배웠는지, 이난영의 〈목포의 눈물〉을 구슬프게 불러댄다. 그녀의 노랫소리에 부엉이가 답하듯 울어댄다. 달빛이 마을을 환히 밝힌다. [8]

4

갑산마을 김 군수댁.

먼 곳에서 수탉이 운다. 까치들도 뒤지지 않으려 경쟁하듯 제소리를 낸다. 행랑방 바깥 창 아래 아궁이에 걸려 있는 가마솥 뚜껑 열리는 소리가 육중하다. '탁탁' 소리를 내며 장작이 타는 소리, 아궁이 속 나무가 타며 내는 고소한 냄새, 앞마당에서 들리는 '쓰윽 쓰윽' 싸리나무 빗자루의 비질 소리가 아침잠을 깨우지만, 뜨끈한 아랫목의 온기는 게으른 늦잠을 유혹한다.

행랑채 머슴방과는 어울리지 않는, 풀을 먹이고 정갈히 손질된 솜 이불속에서 기분 좋은 아침을 맞는 16세 청년 윤성열은 어젯밤에 받은 충격에서 벗어나질 못하고 있다. 큰 눈망울, 옥단 같이 검은 머리칼과 갸름한 눈썹, 여리여리 작은 어깨에 초가을 햇밤색의 투명한 피부를 가진, 듣는 이의 애간장을 사르르 녹이듯 '목포의 눈물'을 구슬프게 불러대던 소희에게, 이 청년은 온 마음을 빼앗겨 버린 듯하다.

부산에서 고용되어 이곳 갑산마을까지 온 짐꾼들은 지난 밤에 마신 막걸리 숙취 때문인지 아침이 왔는데도 코를 골아댄다. 몇몇은 익숙지 않은 새벽 방 온기가 갑갑했던지 이불을 걷어찬 채 이리저리 몸을 뒤집어 가며 방바닥에 몸을 지져댄다. 짐꾼들이 머무는 행랑채에 새벽 군불이라니, 이 집의 인심을 알 수 있다. 윤성열은 이런 집에 머슴 자리라도 있으면 확 눌러 앉아버리고 싶은 생각에 아침부터 머릿속이 복잡하다.

"방은 뜨신교?"

어제 낮에 잠깐 만나 인사를 나누었던, 이 집 마름이라는 박 서방이 방문을 열고 엉거주춤 상반신만 들이민 채 바닥에 깔린 요 밑으로 손을 '스윽' 집어넣어 본다. 열린 문 사이로 부산에서부터 이곳까지 동행한 이 댁의 머슴 민규 아범이 마당 끝에서 빗자루질하는 모습이 보인다.

"안녕히 주무셨습니꺼."

얼른 이불속에서 상체를 일으켜 문 앞의 박 서방을 향해 먼저 인사한다.

"그래! 작은 일꾼이 먼저 일어났구마는. 한숨 더 자라. 아침 묵을 때 깨워 줄꾸마.”

“아입니더. 잠은 깼습니더. 잠 많은 인간 아무짝에도 쓸모 없다 안캅니꺼? 뭐 제가 도울 일은 없습니꺼? ”

이 기회에 이 아저씨한테 잘 보여서 이 댁에 눌러앉을 방법을 찾아야 한다.

“아이다! 니도 손님인데. 고마 더 자거라! 방은 절절 끓는 구마는. 이놈 인물이 좋아서 그랬는가, 새복에(새벽에) 소희가 불을 씨게 넣었고마!”

‘소희 처녀가 나를 위해 새벽 군불을!’

빈말인 듯싶은 박 서방 아저씨의 농담이지만 기분이 너무 좋다. 늦잠이고 뭐고 일단 마당에 나서서 소희 처녀 얼굴이라도 봐야겠다는 심산에 얼른 자리를 박차고 일어나 방문을 나선다.

“민규 아부지요! 안녕히 주무셨습니꺼?”

큰소리로 민규 아범에게 인사를 하며 대충 제 것으로 보이는 짚신을 찾아 발가락만 찔러 넣고 마당으로 나선다. 이곳 저곳을 힐금거리며 둘러봐도 소희 처녀는 보이지 않는다.

“오냐. 상열이라 캤재?”

“아입니더. 제 이름은 성열입니더, 윤성열.”

“아! 맞다. 윤성열. 그래 성열이도 잘 잤나?”

“예. 빗자루 오데 있십니꺼? 바깥에도 빗자루질로 해야 할 거 아입니꺼?"

"허허. 그놈 참! 한참 아침잠 많을 나이에 참말로 기특다. 저쪽 끝에 빈 외양간에 빗자루 한 거(한 가득) 있실 끼다. 아무 기나 가지고 바깥에 소제나 하거라!"

이들의 대화를 듣던 중 성열의 얼굴을 빤히 쳐다보던 박 서방이 한마디 보탠다.

"아따 이놈, 진짜 잘생겼고마! 니는 올해 몇 살이고?"

"열여섯 묵었십니더!"

"니는 고무신 한 개 안 챙깄나? 와 짚신을 신고 나오노?"

"챙기 낳십니더. 방에 있십니더."

"그래. 수고 좀 해라. 나중에 또 보자!"

손에 두꺼운 장부책을 든 박 서방이 몸을 돌려 김익현이 거처하는 사랑채 큰방 쪽으로 간다. 민규 아범은 다른 사람의 대화에 무심하다. 지금껏 하던 빗자루질만 계속한다. 윤성열이 실해 보이는 빗자루 하나를 챙겨 들고, 행랑채에 붙어있는 대문 밖으로 나선다. 민규 아범이 마당 안쪽에서 성열에게 외친다.

"야야! 성열아. 가마솥에 뜨신 물 있으이 세수부터 하고 빗자루질은 나중에 해라!"

'일꾼들에게 뜨거운 물 세수라니!'

고향인 마산 진동에서도, 지금 살고 있는 부산 남빈정(南

濱町: 지금의 남포동 일대. 과거 용두산 아래 자갈로 이루어진 남빈 해변을 일본인들이 1931년부터 대규모 매립공사를 시행하여 토지로 조성한 곳) 반 평짜리 쪽방에서는 꿈도 꿀 수 없는 일이다.

빗자루를 아궁이 옆에 세우고, 무거운 가마솥 뚜껑을 서서히 밀어 연다. 따듯한 김이 모락모락 얼굴 피부를 감싼다. 이때, 뒤에서 조용한 인기척이 느껴진다. 뒤를 돌아보니, 소희 처녀다. 윤성열의 간이 철렁하고 내려앉는다.

"안녕하십니꺼? 내는 윤성열입니더."

당황스러운 맘. 마치 웃어른께 처음 인사드리듯 자신의 이름을 말하고는 자기도 모르게 꾸벅 인사한다.

"누가 통성명하자 캤나? 이 총각이 아침부터 남의 집 여자한테 말을 붙이고, 별꼴이고마. 세숫대야는 저쪽 물 도가지 옆에 있으이, 세숫대야에 도가지 찬물을 섞어가 쓰소. 뜨거븐 물에 낯 데일라. 바가지도 그쪽에 있을 기요."

소희의 퉁명스러운 말투가 더 정겨운 건 웬일일까, 성열의 심장이 사정 봐주지 않고 쿵쾅댄다. 낯빛이 눈치도 없이 달아오른다. 순간 이 처녀에게 맘이 들킨 것 같아, 공연히 창피하다.

"……."

적당한 대구를 찾지 못하고 우물쭈물, 소희의 퉁명스러운 말이 계속된다.

"뜨신 물 쓰고 나모 쓴 만치 찬물을 솥에 부어 놓으시오. 그래야 다른 사람도 쓰지. 함안 아지매는 무신 장작을 이리 많이 땠을꼬?"

"……."

소희가 눈길 둘 곳 몰라 하는 성열의 얼굴을 곁눈질로 힐 긋 보고, 입술을 새침하게 삐죽거리더니, 휙 하고 바람을 일 으키며 돌아서 대문 안으로 들어가 버린다.

새벽 아궁이에 불을 넣은 사람이 소희 처녀가 아니고 민규 어머니였다는 사실에 조금 전까지 부풀어 있던 가슴의 바람 이 쑤-욱 빠지는 걸 느낀다. 그래도 아침부터 천사 같은 소 희 처녀와 말을 나눠 보았기에, 좋다!

뜨거운 물 한 바가지에 찬물 세 바가지를 섞어서 깔끔하게 세수를 마치고, 빗자루를 바투 잡아 부지런히 비질하는 가 운데, 동네 아낙 한 무리가 새살 대며 이 집 대문 쪽으로 걸 어온다. 그중 얼굴에 적당히 얽은 자국이 있는 아주머니가 성열을 보고 반갑게 말을 건다.

"어제 소달구지 몰고 온 총각 아이가? 이 집 머슴 하기로 했나?"

"아입니더! 안녕히들 주무셨습니꺼? 지는, 쪼매 일찍 일어 난 김에 방에서 구불고 놀고 있기 뭐 해가……."

그녀의 질문이 농담인 줄 알지만 진지하게 대꾸한다. 성열에겐 마을 사람 모두가 정겨운 존재들이다.

"잠은 잘 잤나?"

"예. 잘 잤어예."

성열의 담백한 답에 의아하다는 듯 또 묻는다.

"이 집 행랑서 안 잤나?"

"여기서 잔 거 맞습니더. 잘 잤어예. 방도 뜨시고 이불도 좋아가꼬 깊이 잘 잤십니더."

아주머니가 고개를 갸우뚱거리며 다시 묻는다.

"잘 잤다꼬? 밤새 아무 일 없었나?"

"아무 일 없었는데예……."

이때 행랑방 바깥 창문이 빼꼼 열리고, 부산에서 함께 짐 꾼으로 온 강수 아재가 창밖으로 얼굴을 불쑥 내밀며 버럭 소리를 지른다.

"아무 일 없기는! 밤새 떡방아 찧는 소리에…… 새 잡는 소리에…… 꽹이 잡는 소리에 한숨도 못 잤구마는. 우뜬 놈 인지 힘도 좋은 기라! 그놈의 절구는…… 절구통 우는 소리 는 또 얼매나 크든지!"

강수 아재의 하소연에 마을 아낙들이 한꺼번에 까르륵 웃 음을 터뜨린다.

"우뜬 연놈들인고 시바, 마! 시바…… 사나 새끼는 여자를 밤새 잠 한숨 못 자게 씨달쿠고, 여편네는 죽는다꼬, 살리 돌라꼬 소리 지르고! 적당히들 하지 마, 밤새도록 에이! 시바…… 내가 고마 부산에 두고 온 가시나 생각이 나가, 죽는 줄 알았구마! 우리 모조리 날밤 새뿌렀다!"

아낙들 모두 바닥에 주저앉아 웃어댄다. 어떤 아낙은 숨이 넘어간다. 강수 아재의 넋두리에 모두 깔깔대며 고개를 젖혀대는데, 성열은 강수 아재의 말이 도대체 무슨 의미인지 알아듣지를 못한다. 성열이 이해가 안 가는 듯 뒷목을 긁적이며,

"싸우는 소리를 듣기는 들었는데…… 어떤 아주무이가 아자씨한테 뭘 잘못해서 뚜디리 맞는가, 잘못했다고 살리 돌라꼬 울고불고하는 거 말고는……."

천연덕스러운 성열의 이 말을 들으며 여인들은 숨이 넘어간다. 땅바닥에 주저앉은 아낙 중 한 사람은 웃다 지쳤는지 아예 바닥에 뒹군다.

"송강수 인생 사십에 이래 쎈 놈은 못 봤는기라! 우뜬 놈인고, 마누라를 쥐이드마는. 아이구…… 시바…… 마, 밤새도록…… 마, 시바!"

웃다 지친 아낙 한 명이 꺼이꺼이 숨이 넘어가며 곡소리를 낸다.

"아이고…… 오줌 싸겠다! 아이고……."

이 집 머슴 민규 아범은 타고난 힘을 가진 사내였다. 단순

한 힘뿐만 아니라 그의 정력도 대단하였다. 그의 처 함안댁 또한 남편 못지않게 그 방면에 있어서는 타고난 여인이었는데, 이들 둘은 밤일을 벌일 때마다 옆집에서도 생생하게 들을 수 있을 만큼 요란한 교성을 질러대곤 하였다. 신혼 때부터 단둘이서 이 너른 행랑채를 독으로 차지한 채 부부생활을 시작하였기에, 매일 밤 그 누구의 눈치도 보지 않고 격렬히 일을 벌이며 생긴 습관이 아닐까. 시간이 지나면서 이 부부가 벌이는 소란스러운 방사는 마을 사람들에게 재미있는 이야깃거리가 되었고, 나중에는 이 부부에 대한 짓궂은 놀림거리가 되기도 하였다.

이때 대문을 나서는 박 서방이 아낙들을 향해,

"젊은 총각 데불꼬 이기 뭔 짓들이고? 어여 들어가서 어제 몬 하고 남가 논 설거지하고, 아침상 차리가 남자들 밥 믹이라. 마!"

박 서방의 호통에 다들 손으로 입을 가리고 키득거린다. 엉덩이들을 잔망스레 흔들어 대며 쪼르륵 대문 안으로 들어선다. 어제저녁 음식이 많이 남았고, 어둠 속에서 설거지를 깨끗이 할 수 없었기에 남은 음식만 추스르고 아침에 다시 모여 설거지를 마무리하기로 했다. 전날 남은 밥과 고깃국으로 객토 인부들의 아침 식사를 국밥으로 준비하기로 했다. 매년 이 시기에 벌어지는 개간과 객토 작업에 많은 인원이 동원되는데, 작업의 지휘는 주로 이 집 마름인 박 서방과 작은 마름 격인 소 서방이 한다. 인부들 밥 챙기는 일도 박 서방의 일 중 하나이다.

행랑채 중간쯤에 있는 광에서 그릇들이 나오고, 아낙들이 수챗가에 둘러앉아 설거지를 한다. 아낙들의 수다가 시끄럽다. 그들 중 한 명이 큰 소리로 함안댁을 찾는다.

"민규 엄마는 오데 갔노? 민규야!"

소희가 중문을 총총 나서며 속삭이듯 얘기한다.

"함안 아지매는 닭알 사러 아랫동네 갔어예. 아지매들, 쪼매 조용히들 해주이소. 우리 어르신 아직 주무십니더."

이 말을 듣자 재잘대던 아낙들 모두가 입을 닫고 목을 움츠린다. 한 아낙이 멈춘 수다가 아쉬운지 고개를 숙인 채 속삭댄다.

"함안댁은 기운도 좋다. 밤새 서방님한테 시달리고도 끄떡없는갑다. 아이고, 내는 언제 한 번 서방한테 밤새 시달려보겠노? 이 화상은 어제도 얌전하게 마, 퍼뜩 끝내고, 고마 일찍 자뿌렀다! 밤도 긴데 말이다."

이 말을 듣고 모두들 키득거린다. 이때 민규 아범이 빗자루를 들고 마당으로 들어선다. 그가 자신을 흉보는 소리를 들었을까, 다들 눈치를 보며 입을 가린다. 민규 아범이 다 들었다는 듯,

"아침부터 누가 또 까불으쌌노? 흠, 장난도 도가 지나치모, 시빗거리가 되는 기라. 고마 까불거라."

모두들 힘이 장사인 민규 아범을 무서워한다.

20여 년 전, 하동의 한 마을에서 역병으로 부모를 잃고 고아가 된 민규 아범을 김익현의 부친 김재우가 그 마을 출신마름의 부탁을 받고 이 집에 들였다. 그날로부터 그는, 배곯던 자신을 배불리 먹여주고, 넉넉한 세경까지 줘가며 거두어 준 이 댁에 대를 이어 충심을 다하고 있다. 그러나 가끔 상전에 대한 맹목적 충성심이 그의 엄청난 힘과 만나 큰 사고를 내기도 하였다.

10여 년 전, 김익현이 진주 시내를 걸어가던 중 서로 교행하던 일본 순사와 어깨를 맞부딪치는 일이 있었는데, 조선인에 대해 유달리 거만하게 굴던 그 순사가 김익현을 노려보며 고성으로 욕설을 한 적이 있었다. 처음엔 이를 꾹 참고 외려 사과하며 양해를 구했던 김익현에게, 그 순사는 허리를 깊이 숙여 사과해라, 무릎을 꿇고 빌라는 등 과도한 사과를 요구하였다. 그에 언짢은 표정을 보인 김익현의 대응에 격분한 순사가 갑자기 일본도를 뽑아 들고 그를 위협하려 들자, 순간 눈이 뒤집힌 민규 아범이 그 순사를 냅다 덮쳐 단숨에 그의 팔을 뚝 하고 부러뜨려 버린 일이 있었다.

서슬 퍼렇던 시절, 크게 문제가 될 것이 불을 보듯 뻔했지만, 다행히 이곳 진주부 경찰서장은 김익현과 꽤 깊은 교분이 있었다. 경찰서장이 직접 나서 논 다섯 마지기(1,000평)를 순사에게 배상하는 조건으로 합의를 보고 겨우 사건을 무마시킨 일이 있었다.

그럼에도 그 이듬해, 민규 아범이 큰 사고를 또 한 번 저지른 일이 있었는데, 가을걷이 후 풍년을 자축하던 마을 잔치에서 술에 취한 소작인 하나가 평소에 이 댁 마름에게 갖고 있던 불만을, 마침 그 자리에 참여한 지주 김익현에게 쏟아내며 주정을 부린 일이 있었다. 이 장면을 목격한 민규 아범이 가만 일을 리 만무, 또 눈이 뒤집힌 그가 그 소작인을 흠씬 두들겨 패주는 일이 있었다. 그 일로 그 사내는 광대뼈가 함몰되고, 턱이 부서지고, 갈비뼈에 금이 가는 큰 부상을 입게 되었다. 그 소작인은 해마다 경남 도지사가 주최하는 씨름 대회에서 매번 우승을 다투던 이른바 씨름 장사였는데, 그날 민규 아범으로부터 입은 봉변으로 몸이 상해 더 이상 씨름꾼 구실을 하지 못하게 되었다고 한다. 민규 아범의 완력과 관련한 소문, 특히 예전 진주 거리에서 날이 선 장검을 든 순사와 벌였던 그 무용담이 터무니없이 부풀려졌다고 의심했던 마을 사람 모두가 이 광경을 직접 눈앞에서 지켜보고 나서는 그를 두려워하기 시작했다.

그러나 그에 대한 두려움은 그저 그와 맞서는 상황이 생겼을 때의 두려움일 뿐이었다. 평소 마을 사람들 대부분은 그를 좋아했다. 그는 모든 이들을 정으로 대하였고, 행여 자신의 나쁜 평판이 상전 김익현에게 악영향으로 작용하게 되지 않을까 염려하며 매사 자신을 경계하고 겸손하게 행동하려 노력했다.

그에 대한 유일한 놀림거리는 함안댁과의 잠자리에서 두 남녀가 동시에 동네가 떠나가듯 교성을 질러대는 것이었는데, 놀림을 받을 때마다 민망해하는 함안댁과 달리 민규 아범은 이 문제로 농을 받아도 대개 웃고 넘기는 경우가 많았다. 그러나 오늘은, 이곳을 찾은 타지인들이 많은 상황에서 받는 마을 사람들의 놀림이라 기분이 다소 언짢았나 보다.

무겁게 헛기침을 한번 한 민규 아범이 차분한 목소리로 윤성열을 부른다.

"상열아, 이리 와서 멍석 좀 깔자."

"아재, 제 이름은 윤성열입니더."

"오냐, 미안타. 그래 성열아."

두 사람이 마당 구석에 세워 두었던 무거운 멍석 두루마리를 마당 한가운데로 가뿐하게 들어 옮겨 길게 펼친다. 여러 장의 멍석이 깔리고, 그 위에 밥상들이 놓인다. 때맞춰 장정들이 아침부터 나는 고깃국 냄새에 입맛을 다시며 하나둘씩 들어서고, 그 뒤를 따라 박 서방이 옆구리에 장부를 끼고 들어온다.

마당 한편에선 팔뚝이 실한 아낙이 찬밥 한 덩이씩을 국자에 담아 가마솥에 끓고 있는 소고깃국에 척척 말아 토렴해 고깃덩이와 함께 내어놓는다. 뜨끈한 돼지 수육과 큼직하게 썰어진 김치가 맛깔스레 접시에 담겨 밥상에 올라온다. 상에 앉아 음식을 받는 사내들, 아침부터 곁들여지는 막걸리 주전자를 반기며 함박 웃는다. 사랑채 김익현이 아직 기침하지 않았다는 소희의 말에 일꾼들은 막걸릿잔을 주고받으면서도 가능한 큰소리를 자제한다. 어수선한 가운데 마름 박 서방은 부산 짐꾼들이 거처하는 행랑채로 다가가 방문 앞에 서서 이들을 챙긴다.

"식은 밥은 국에 말아 일꾼들 먼저 믹이고, 부산서 온 양반들은 쪼매 있다가 뜨신 밥 지어가 드릴 테니, 그때까지 방에서 편안하이 쉬고 있으소! 삼랑진 가는 기차 시간은 충분하이 댁들은 쉬엄쉬엄 움직이모 될 깁니다."

이때 방에서 뒹굴뒹굴하던 송강수가 잽싸게 밖으로 나와 행랑 작은 마루에 걸터앉으며 박 서방에게 물어본다.

"박 서방요! 이 집 마름일 보신다꼬 들었는데 맞능교?"

이 모습을 본 윤성열이 얼른 다가서서 이들 얘기를 엿듣

　　　　　　　　　　　　해동의 새벽

는다.

"예. 내가 이 댁 마름일로 보고 있지요. 근데 와요?"

"다름이 아이고…… 어제 듣자하니 여기 농업토목 일이 많다꼬 하던데, 우리 몇 사람 여기서 일 쫌 시키주마 안 되겠능교? 만날 쌀밥에 고깃국에 일당도 25전씩 주신다 카던데, 우리도 온 김에 목돈이나 만들어 가입시더. 부산서는 하루 30전 받아도 저녁에 막걸리 사 묵고 사람들하고 어불리가 노름하고 하느라 남는 것도 하나 없소!"

윤성열이 하고 싶었던 얘길 송강수가 대신해 줬다. 송강수와 윤성열이 박 서방의 표정을 유심히 살핀다. 박 서방이 입가에 미소를 띠며 미안하다는 듯 얘기한다.

"이를 우짜믄 좋노? 이 동네 와서 날 일 할라꼬 줄 서 있는 사람이 저쪽 삼천포까지 주욱 서가 있는데, 불가능이오. 불가능!"

"내는 20전도 괜찮습니더. 박 서방 아재요!"

마음이 급한 윤성열이 간절한 말투로 끼어든다. 이에 송강수가 발끈하며 말을 막고 본인의 말을 계속한다.

"니는 쫌 가마 있어봐라! 박 서방요, 이래 합시다! 우리 삯은 25전으로 하고, 하루 2전씩 찡값(수수료)을 박 서방이 떼가 잡수소."

"하이고! 도회지 사람이라 계산이 빠르고 흥정이 좋구먼!

그래도 안 되오. 그런 찡값은 이 동리에는 없고, 있어도 이 댁 어른한테 걸리모 국물도 없소! 미안하지만 어쩔 수 없으이 미련 갖지 말고 아침 잡숫고 갈 길들 가소."

송강수가 실망한 듯 아무 말 없이 방으로 들어가 열려 있던 방문을 닫는다. 성열은 자리에 서서 망연자실이다. 쟁반에 국밥을 들고 이리저리 왔다 갔다 하던 소희가 잠시 멈추어 이들의 이야기를 엿듣다가 성열과 눈이 마주치자 입을 삐죽거리고는 멈추었던 걸음을 다시 재촉한다.

함안댁이 계란이 한가득 담긴 광주리를 머리에 이고 마당에 들어선다. 이 계란은 오전에 삶아 점심 전 새참으로 내갈 것들이다.

성열이 얼른 다가서며 광주리를 받는다.

"이리 주이소, 민규 어무이요."

"부산 작은 일꾼이고마. 잘 잤소?"

"예. 이걸로 어데로 가지고 갈까요?"

광주리를 받아 든 성열이 묻는다.

"저쪽 사랑 부석(아궁이)에 갖다 놓으소. 소희야! 계란 이거 사랑 부석에서 삶아라!"

함안댁의 말에 소희가 아무런 대답이 없다. 그저 안채 중문에서 아래를 내려다보며 성열이 광주리를 내려놓는 모습을 지켜보다가 그와 눈이 마주친다.

"뭘 보요? 참말로⋯⋯."

확 돌아서 안채로 들어가 버리고, 함안댁이 이런 소희의 행동에 어리둥절한 표정을 한 채 성열에게 묻는다.

"고맙소. 그란데 쟈가⋯⋯ 와 저라능교?"

"지는⋯⋯ 모르겠심더."

그녀의 그런 행동이 그도 의아할 뿐이다. 그러나 왠지 모르게 기분이 나쁘지는 않고, 외려 가슴은 다시 방망이질을 시작한다. 이를 지켜보던 아낙네가 웃으며 큰소리로 놀린다.

"쟈가⋯⋯ 벌씨로 내외를 하는구마!"

이 말에 옹기종기 모여 설거지하던 아낙들이 까르르 숨이 넘어간다. 얼굴이 빨개진 성열이 어쩔 줄 모르고 서 있다가 행랑방으로 슬그머니 들어가 버린다. 문을 닫자마자 같은 목소리의 아낙이 농담을 한다.

"저 총각도 내외를 하는구마! 봄이 오는갑다! 봄이 와. 우리 소희 저 미꿈한 총각하고 바람나게 생깄구마!"

또 까르르 넘어가는 웃음소리들이 들리고, 곧이어 중문을 통해 나오는 소희의 앙칼진 목소리가 들린다.

"어르신께서 아직 주무신다 안 카요! 아지매들은 아침부터 와 그래쌌소?"

이때 사랑채 큰방이 열리고, 김익현이 한마디 한다.

"나는 벌써 일어났다! 네 목소리가 제일 크더라, 이 녀석아! 다들 안녕들 하시오!"

그의 아침 인사에 모두들 사랑채를 쳐다보고 인사말에 답한다.

"남경 어른 안녕하십니꺼?"

"안녕히 주무셨습니꺼?"

"우리가 소란을 떨었네예…… 미안심더."

"아이고, 미안합니더."

방에 앉은 채 이들을 둘러보며 눈인사를 마친 김익현이 박서방에게 지시한다.

"자네가 민규 아범한테 밑에 재식이 아재 집에 가서 구렁말 여물을 먹이고 이리 끌고 오라고 전해주시게. 아침을 먹고 객토장하고 제방공사 현장에 좀 가봐야 하겠으니 말이야."

"예. 아침 자시고 곧 출발하게끔 준비하겠심더."

이 집은 가축을 일체 키우지 않는다. 갈색 말 한 필, 승마용 전투마 한 필, 달구지용 소 한 마리, 이렇게 세 마리의 마소를 아랫마을 당숙 재식 아재 외양간에 맡겨 기르고 있다. 돼지고기·닭고기 등의 육류도 푸줏간이나 마을 사람들에게서 구입해 쓰고 있다. 심지어 계란까지도 필요할 땐 함안댁이 양계장이 있는 옆 동네까지 가서 값을 치르고 광주리에 한가득 담아온다. 오래전 온 가족이 몰살한 티푸스 창궐 이후, 도시 출신 민지영의 고집 때문에 가축은 모두 이 집에서 내보내었고, 마당의 우물도 메워 버렸다. 집에서 먹는 식수는 팔팔 끓인 물로 보리차, 옥수수차를 우려서 쓰고 있고, 식기를 닦아 마지막에 헹구는 물도 반드시 끓인 물을 사용하게 했다. 사람의 음식과 관련한 곳에 쓰이는 허드렛물도 반드시 마을 뒷산 샘에서 나는 물을 길어와 사용했기 때문에 이 집 머슴과 식모는 하루 종일 물수레와 물지게, 물동이와 씨름을 해야 했다. 다행인 건, 거북산 작은 계곡의 샘물이 사시사철 마르지 않고, 겨울에도 잘 얼지 않았기에 생활용수의 부족함은 겪지 않았다. 덕분에 주위 민가에선 한겨울에도 이 댁에서 나오는 온수로 생활용수는 물론 가축용 삶은 여물까지 실컷 쓸 수 있는 호사를 누렸다. 당연히, 이 댁의 연료비는 비슷한 규모의 다른 집에 비해 두 배 이상 소비되었는데, 이런 소비는 재화와 용역을 제공하는 마을 사람들의 수입이 됐다. 모든 물자가 부족하고 궁핍했던 시절임에도 갑산마을은 나름의 풍요를 누리고 있었던 것이다. 이런 풍요로운 환경 때문에 이 마을로 이주하려는 사람이 계속 늘어나고 있었으나 머슴살이든 소작인이든, 겨울철 노동일을 찾아오는 외지인들을 무작정 받아들일 수는 없는 형편이었다.

　사랑채 큰방의 문이 닫히자 사람들은 다시 바쁘게 움직인다. 식사를 마친 장정들은 알아서들 각종 연장들을 들고 대문을 나서고, 아낙들은 설거지를 하거나 부족한 밥을 짓느라 부산스레 움직인다. 뒷산 산비둘기들이 짝을 찾아 '쿡쿡쿡 쿠쿠' 울어댄다.

5

김 군수댁 대문간.

아침 식전의 떠들썩함이 무색하게 행랑채 안쪽 마당은 깨끗이 정리가 되었다. 윤성열과 송강수를 비롯한 부산에서 온 십여 명의 짐꾼들은 그들이 사는 곳으로 떠날 채비를 한 채 마당에 모여 있다. 단출한 봇짐들을 메고 있는데, 모두들 표정이 우울하다. 먼 출행을 마치고 가족이 기다리는 집으로 기쁘게 돌아가는 사람들 같지가 않다. 박 서방이 사람들 앞에서 공책과 연필을 들고 삯을 셈한다.

"함 보자, 3박4일 일해 주셨으이…… 일당 4일 치 해가꼬 각 1원 20전. 진주서 마산, 마산서 삼랑진, 삼랑진서 초량역(지금의 부산역)[9] 가는 기차 삼등석 삯이 60전. 합해서 1원 80전. 그라고 우리 어르신 당부로, 가심서 이것저것 요기 하시

해동의 새벽

라꼬 20전씩 보태가꼬 2원씩 드리겠십니더. 이래 디리모 모도 만족 안 하겠능교?"

다들 계산에는 관심이 없고, 일행 중 가장 말이 많고 붙임성이 좋은 송강수를 쳐다본다. 사람들의 눈길을 느낀 송강수가 박 서방의 손을 붙잡고 간절한 표정으로 부탁 조의 말을 한다.

"박 서방요! 아까 참에 일하로 가는 사람들로 보이까네, 비실비실한 사람들도 많더마는…… 우리 일행 중에 실한 사람들 몇이 뽑아가꼬 여게 일 쪼매 시키주마 안 되겠능교?"

이미 거절했건만, 박 서방에겐 난감한 부탁이다.

"참말로 미안쿠마는…… 이우지 마을서도 농한기만 되모 일하러 오고 싶어가꼬 부탁하는 걸로 매번 거절한다꼬 내사마 인심 다 잃었고마. 우리 인연은 여기까지인 거 같으이. 아쉽지만도, 사요나라 하입시더. 미안소."

말을 마치고 사람들에게 삯을 나누어주는 박 서방 뒤에서 김익현이 나타난다. 큰 헛기침을 한 후 이들에게 인사를 한다.

"3일간 긴 여행 동안 함께 시간을 나눈 여러분들과 헤어지게 돼서 많이 서운하고 아쉽소. 회자정리라고, 만나면 헤어지고, 헤어지면 또 만나게 되어 있으니…… 인연이 있으면 우리가 어디에선가 또 만나게 되지 않겠소. 다들 돌아가시는 길 무탈하기를 바라는 바요. 그럼, 이만."

인사를 마친 김익현이 천천히 대문을 통해 집 밖으로 나서 민규 아범이 고삐를 잡고 있는 갈색 말에 올라탄다. 김익현을 따라 부산행 짐꾼들이 예의를 차리려 배웅을 나서고, 박 서방도 이들 사이에 섞여 공손히 서 있다. 아직 정리하지 못한 이들의 임금을 정산해 줘야 했기에 손에는 공책과 지폐 뭉치가 들려있다.

박 서방이 말에 올라탄 김익현에게 조곤조곤 말을 한다.

"어르신! 이 양반들 부산으로 보내고, 곧바로 제방공사 현장으로 따라가겠십더. 자전차 타고 어르신 쫓아 가모 금세 도착할 깁니더. 현장에는 소 서방이 있을 기니까 궁금하신 기 있으시모 소 서방한테 하문하이소."

소 서방은 박 서방이 하는 일을 나누어 맡은 작은 마름 격 인물이다. 공사 현장은 제방공사장, 객토 작업을 하는 마른 논, 그리고 객토용 흙을 채집하는 산기슭의 토취장, 이렇게 크게 세 군데로 나뉘어 있는데, 이렇게 서너 군데에서 동시에 작업을 진행시키고 박 서방과 소 서방이 현장을 나누어 감독한다.

대문을 통해 안주인 민지영이 소희와 함께 나온다. 그녀의 등장에 사람들이 비켜서고, 민지영이 김익현에게 다가서서 손에 든 목도리를 건넨다.

"아직 강바람이 차가우니 오래 계시지는 마세요."

말안장에 앉은 채로 목도리를 받아 두르며 김익현이 부드럽게 대답한다.

"고맙소, 부인. 추운데 들어가시고, 이 앞 객토장과 논, 그리고 제방 한 바퀴만 돌고 곧 올 테니 오래 걸리지는 않을 거요. 민규 아범. 이제 가지."

민규 아범이 말고삐를 당겨 앞으로 출발한다. 말이 두어 발짝을 가다 갑자기 멈추고, 다시 한 발짝 뒤로 물러선다. 말의 움직임이 왠지 어색하다. 민규 아범이 한 번 더 고삐를 챈다. 그래도 움직이지 않자, 김익현이 등자에 얹은 발뒤축으로 가볍게 말허리를 지른다. 뒤꿈치에 날카로운 박차는 달지 않았다. 갈색 말이 두어 걸음을 걷다가 다시 제자리에 서고, 민규 아범이 당황한다.

"이 똥말이, 오랜만이라 낯가림을 하나? 와 이라노? 몇 달 몬 봤다꼬 주인을 몰라보나?"

이때, 이를 지켜보던 윤성열이 말에 천천히 다가서서 두 손으로 말머리를 만지며 말의 눈 밑 볼살에 입을 맞춘다.

"니는 똥말이 아이다. 최고 명마다."

성열의 속삭임에 말이 고개를 끄덕이며 푸르릉거린다. 말에게서 이상함을 느낀 김익현이 천천히 말에서 내린다. 이어 윤성열이 무릎을 꿇고 앉아 말의 앞정강이를 손바닥으로 툭툭 치자 갈색 말이 발을 살짝 들어 성열에게 내어 준다. 대문 밖에 모여 있던 사람들 모두가 놀란 눈을 뜨고 윤성열과 말을 주목한다. 성열이 말의 곁으로 다가가 말굽을 살피고는 반대쪽 다리를 툭툭 치자 말이 반대쪽 발도 윤성열에게 순순히 내어준다. 한참을 들여다보던 윤성열이 민규 아범을 올려다보며 설명한다.

"이놈 이거요, 말발굽이 안 좋십니더. 편자를 오래 하고 있어가…… 발굽 사이가 살짝 곪아 가꼬요. 편자를 빼고 발굽 정리로 해주야 할 것 같십니더. 마구간에서 너무 오래 서 있었든 모양이지예. 지금 본 탑니더. 장제사(Farrier: 말발굽에 연마한 편자를 박거나 발굽을 깎아 정리하는 사람)로 불러야 하겠심더!"

"니가 말로 보고, 척하고 아나?"

민규 아범은 이 젊은 친구가 신기하다.

"하모요! 예전에 보통핵교 댕김서 우리 핵교 옆에 진동 헌병 주재소가 있었는데요, 주재소 마방에서 말똥 치우는 일 함서 그 돈 받아가꼬 핵교 월사금을 냈다 아입니꺼. 그래가꼬, 제가 말들하고는 쪼매 친합니더."

"상열이 니가 보통학교를 댕깄드나?"

그는 성열의 마방에서의 경험보다 이 젊은 친구의 학력이 더 궁금했나 보다.

"성열, 윤성열입니더. 보통핵교 때 월반을 두 번 해가꼬 4년 만에 졸업을 안 마칫십니꺼!"

매번 자신의 이름을 틀리게 부르는 민규 아범에게 그러려니 할 수도 있지만, 다시 정정하여 준다. 그러면서 자신에 대한 관심에 답하는 목소리에는 힘이 잔뜩 들어가 있다. 윤성열이 취학했던 1920년대 당시 보통학교 취학률이 고작 20% 정도였던 걸 감안하면 보통학교에 입학했던 사실만으로도 자랑스러운 일이었다. 그리고 '월반'이란 말에 힘을 주어 이야기하는 것이, 이 기회에 자신이 머리에 든 게 없는 무지렁이는 아니란 사실을 알려 볼 작정이다. 말머리를 쓰다듬으며 힐긋 소희 쪽을 바라보지만, 소희는 먼 산을 보며 모르는 체한다. 성열의 가슴이 한 번 더 쿵 하고 내려앉는다. 소희만 바라보면 이놈의 가슴은 통제가 되지 않는 것 같다.

김익현이 말에서 물러서며 박 서방과 민규 아범에게 당부한다.

"현장은 점심을 먹고 나서 돌아봐야겠네. 이 녀석은 사람을 불러서 발굽 손질을 해주게!"

"깜생이 데불고 올까예?"

민규 아범이 묻는다. 깜생이는 김익현이 아끼는 흑마를 아랫사람들끼리 쉽게 일컫는 별칭이다.

"아닐세. 그 녀석도 좀 쉬어야지."

집으로 들어서는 김익현의 뒤를 민지영이 따라 들어간다. 소희는 대문 옆으로 비켜 서 있고, 말고삐를 잡은 민규 아범은 말을 끌고 아래쪽으로 내려간다. 그동안 삯을 셈해서 받은 부산행 짐꾼들이 출발을 준비하고, 박 서방은 이들을 선 채로 배웅한다.

송강수가 큰 목소리로 외친다.

"자! 자! 기차 시간 맞출라모 서둘러야 할 기구마! 어여 갑시다!"

그의 신호에 사람들이 우르르 걷기 시작한다. 윤성열도 아쉬운 표정을 지으며 고개를 숙인 채 출발한다. 이때 소희가 무심한 듯 먼 산을 바라보며 제법 큰소리로 한마디 던진다.

"가을걷이할 때 찾아오마는 거절은 못 할 기구마는! 나락 베기 시작할 때 한 번 와 보든가!"

누가 들으란 건지 뻔하다. 툭 던지듯 말하고는 휙 돌아서서 대문 안으로 들어가 버린다. 모두들 걸음을 잠시 멈추고 놀란 눈을 한 채 일제히 소희가 사라진 대문 쪽을 바라본다. 짐꾼 몇 사람이 윤성열의 표정을 살피며 손가락질, 놀리듯 낄낄댄다.

박 서방이 피식 웃으며 윤성열에게 한마디 한다.

"지금은 참말로 안 되고, 가을걷이 때 오너라! 성열이 니는 이 댁에 제법 큰 빽이 생긴 것 같구마!"

박 서방 말에 성열의 얼굴에 화색이 돈다. 잠깐의 어색한 침묵이 있고, 사람들이 멈추었던 걸음을 재촉한다.

사람들이 모두 떠난 한산한 골목, 누런 개 두 마리가 헛바닥을 길게 내밀고 숨을 헐떡이며 교미를 한다. 지나가던 아낙이 흘레붙어 있는 두 마리 누렁이에게 길가에 널브러진 나무토막을 집어 던지며 공연히 골을 낸다.

6

중국 섬서성 서안.[10]

맑은 하늘, 파란 하늘 바다에 떠다니는 몽글몽글 솜뭉치 같은 흰 구름이 눈부시다. 얼굴에 와 닿는 봄 햇살이 따사롭지만, 높고 거대한 진령산맥에서 내려오는 찬 공기는 숨을 들이쉴 때마다 맵싸하게 코끝을 자극한다. 사계절 내내 만년설이 쌓여 있는 해발 3,767m의 태백산(太白山, 타이바이산)을 주봉으로 하는 웅장한 진령(秦嶺, 친링)산맥 북쪽에 위치한 중국의 고도(古都) 서안(西安)은 봄이 더디게 찾아오는 곳이다.

연희전문 재학시절 동급생들과 찾은 적이 있던 2,744m의 백두산보다 더 높은 산을 본 적이 없는 서울 출신 민지영의 막냇동생 민상국은, 지금 저 멀리 펼쳐진 고도 4천 m에 달하는 거대한 산맥의 위용에 압도당할 수밖에 없다. 깨끗하게 손질된 군복을 입고, 도시 남쪽 외곽의 민가(民家)에서 유유자적하며 담벼락 양지바른 곳에 내어놓은 작은 나무 의자에 앉아, 친링산맥의 설경을 바라보며 홀로 사색에 잠겨 작설차의 풍미와 진한 향을 느끼고 있다.

상해사변[1] 직후 짧은 기간 국민당 정부의 임시 수도로 쓰였던 낙양(洛陽, 뤄양)에서 떠나올 때 직속상관이 따로 챙겨주었던 복건성(푸젠성) 하문(샤먼) 산(産) 최고급 찻잎은 그 향과 맛이 일품이다. 능숙한 솜씨로 차를 우려내는 여자아이, 언뜻 봐서는 열 살을 넘지 않아 보인다. 부지런히 다기를 헹구고, 덥히고, 차를 따르는 모습이 꽤 오랜 기간 다도(茶道)를 제대로 연마한 아이 같다. 잠시 뒤 군용 지프차 한 대가 멀찍이서 멈춰 서고, 장교복 차림의 젊은 군인이 차에서 내려 민상국에게 다가와 거수경례한다.

"편히 쉬셨습니까? 왕성호 중교님!"

왕성호는 민상국이 중국에서 사용하는 중국식 가명이다. 중교는 중국 국민당군의 직제상 중령에 해당하는 계급이다.

"어서 오게, 장 소위!"

"제가 너무 일찍 온 것은 아닌지 모르겠습니다. 긴 여행에 피곤하셨을 텐데 말입니다!"

"충분히 쉬었네! 자네는 어떤가?"

"저는 항상 준비되어 있습니다!"

"내가 장대인(張大人)을 너무 부려 먹는 게 아닌지 걱정이네. 아침부터 먼 길 다녀오느라 수고했네!"

"중교님께서도 저를 대인이라고 놀리십니까?"

장군(張群, 장췬) 소위는 이십 대 초반의 엘리트 장교이다. 민상국이 졸업한 황포(황푸)군관학교 직속 후배이기도 하다. 개교 초기 6개월 단기과정이었던 학교가 3년제 정규과정으로 새롭게 편성된, 1928년 이후에 입학했던 재원이다. 중국 국민당 정부 외교담당 실력자이자 장개석(장제스)의 의형제이기도 한 상해 출신의 유명인사 장군(張群)과 그의 이름이 같다. 그래서 그의 별명이 '장대인'이다.

"장 소위 고향이 이 근처라고 하지 않았나?"

"예, 그렇습니다! 부모님과 누님이 아직 이곳에 살고 계십니다. 왕참령 님 고향은 베이핑(北平: 지금의 북경. 신해혁명 후 수도의 기능을 상실해 일반도시 명칭으로 불림)이라고 들었습니다만……."

"그렇다네. 그런데 고향에 대한 좋은 기억이 별로 없어!"

개인 신상 이야기를 더 이상 나누기 싫다는 표정이다. '참령(參領)'이라는 계급은 청나라 조정 말기 정3품에서 정4품 품계를 부여받던 고급 무관 계급의 명칭인데, 편제와 직제 가 바뀐 신군(新軍)에서도 영관급 장교에게 참령이란 호칭을 자주 쓴다.

민상국은 현재 왕성호(王星昊)라는 가명을 사용하고 있고, 출신지도 조선의 한성이 아닌 중국의 북경으로 위장하고 있 다. 왕성호라는 이름의 진짜 주인은 그의 황포군관학교 생 도 시절, 그와 매우 친하게 지냈던 동료의 이름이다. 그 친 구는 안타깝게도 교군(校軍: 장개석이 자신 휘하의 사관생도들로 구성한 학생 장교단) 시절 일찍 전사해 버렸다.

1932년 4월 상해 홍커우공원에서 윤봉길 의사가 일으킨 거사가 성공하면서 일본의 중국 주재 정·관·군 수뇌부의 피 해가 상당했었다. 이후 그가 조선인 신분으로 중국 국민당 군 정보장교로 근무하는 것이 중국 측은 물론 가족에게도 좋지 않은 영향을 미칠 것 같아 제3사단 야전사령부 소속에 서 국민당군 총사령부 정보과 소속으로 옮기면서부터 전사 한 동기의 신분을 차용하여 '베이징 출신 왕싱하오'로 위장 하고 있다.

"예."

장 소위도 상관의 마음을 읽었는지 더 이상 개인적인 질문 을 하지 않는다. 민상국이 자신의 앞에 부동자세로 서 있는 장 소위에게 자리를 권한다.

"이리 앉게. 차 한잔하고 가자고!"

"괜찮습니다! 이렇게 서 있겠습니다."

"오늘 작전은 위험해! 여기서 받는 차 한 잔이 이승에서의 마지막 찻잔이 될 수도 있네. 명령이야. 앉아!"

부드러운 말투이지만 위엄이 서려 있다. 민상국의 명령이라는 말에 장 소위가 지체 없이 모자를 벗고 민상국의 맞은편 자리에 앉아 찻잔을 받는다.

"유서는 누구에게 맡겼나?"

"참모부 동기에게 맡겨두었습니다. 그리고 목사님께도 한 부 맡겨두었습니다."

유서 이야기가 나오자, 기합이 잔뜩 들어가 있던 장 소위의 목소리에 힘이 조금 빠진다. 이번 작전에 대한 두려움이 다시금 슬며시 일어나 가슴 한구석을 짓누른다.

"기독교 교인이었나? 왜 내가 몰랐지?"

"부모님 두 분 모두 개신교 신자입니다."

"음. 든든한 뒷배경을 가지고 있군! 하나님이 계시니 최소한 작전 하루 전에 윤락녀를 찾지는 않아도 되겠어. 기도를 드리면 되니 말이야."

"예. 그렇습니다."

예고된 전투 하루 전에 남성 병사들이 본능적으로 간절히 찾는 존재가 둘 있다면, 그중 하나는 창녀이고, 다른 하나는 자신이 믿고 섬기는 신(神)일 것이다. 대개, 앞의 경우가 일반적일 테다.

잠시 두 사람 사이에 침묵이 흐르고, 20여 분 동안 깊은 생각에 잠겨 있던 민상국이 찻잔을 다시 채우며 장 소위에게 질문한다.

"31연대 차준 연대장에게 내 작전계획을 통보했을 때 별다른 반응은 없었나?"

"왕성호 중교께서 직접 오셨다고 말하니 많이 놀라는 모습이었습니다. 상위(대위)급 장교의 횡령사건에 국민당군 정보부에서 직접 개입하시냐면서……. 간단한 사건 개요를 설명했을 때는 다소 긴장도 하였고, 신임하던 부하의 비리 사실을 믿을 수 없다는 표정이었습니다."

"4년 넘도록 연대장 직을 유지하고 있으니 조직 내 장교들에 대한 애착이 상당할 거야. 하지만 우리는 우리 할 일을 해야 하지 않겠나. 차를 다 마셨으니, 자, 출발하자구!"

두 사람이 일어서자 차 시중을 들던 아이가 집안으로 들어가고, 곧 집주인 내외가 나와 간단한 눈짓으로 작별 인사를 한다.

이곳은 국민당군 총사령부에서 운영하는 민가 형태의 안전가옥이다. 시안(서안) 현지에만 이런 안전가옥이 십여 채에 달한다. 보안상 국민군 총사령부가 아닌 현지 야전군이나 군벌들은 이런 안전가옥의 존재를 알지 못하게 운영하고 있다. 이곳을 이렇게 한 번 사용하고 나면, 이곳에서 평소 생활하며 살아왔던 식구들조차 곧 집을 처분하고 인근의 다른 가옥으로 이사를 해야 한다.

두 사람을 태운 군용 지프가 30분 정도 거리에 있는 동북 군사령부 소속 31연대 지휘부에 도착하고, 정문에서 간단한 검문 절차를 거친 후 연병장 한가운데를 지나 한때 학교 건물로 쓰였던 지휘부 사무실 앞에 차를 세운다. 정문에서 소식을 받고 나온 제31연대장 차준 상교가 부관과 함께 이들을 맞는다.

"어서 오시오, 왕 참령!"

"반갑습니다! 차 참령!"

중국 신군(新軍)에서는 소교·중교·상교를 아울러 참령이라 부르기도 한다. 서로 간단한 포옹을 마치고 현관을 들어설 때까지도 제31연대장 차준 상교는 연신 연병장 건너편의 부대 정문 쪽을 바라본다. 차준이 복도를 걸어가며 민상국의 곁으로 다가와 귓전에 대고 나지막한 목소리로 묻는다.

"압송 계획은 없는 겁니까? 어떻게 운전병 포함해서 세 사람만 왔나요? 압송을 저희 병력에서 지원해야 하는지, 혹시 뒤따르는 병력이 있습니까?"

"아! 말씀 안 드렸군요! 조사해서 확실한 증거가 나오면 체포와 집행 일체를 차준 참령에게 맡기라는 장개석 사령관님의 지시를 받았습니다. 아끼던 부하의 신병 처리를 타 부대에 맡기라고 요구하기에는 우리 차준 참령이 차지하고 있는 동북군사령부에서의 위상이 막중해서…… 우리 말고 다른 병력은 없습니다."

민상국의 대답을 듣고, 지금까지 품고 있던 막연한 의심 때문에 시종 굳은 표정을 짓고 긴장했던 차준 상교가 걸음을 멈추고 크게 웃으며 기뻐한다.

"역시! 영웅은 다릅니다! 우리 장개석 사령관님은 듣던 대로 위대한 지도자가 맞습니다! 야전사령부에 대하여 이런 세심한 배려까지. 자, 제 집무실로 가시죠!"

차준 상교, 민상국 중교, 차준의 부관, 그리고 민상국의 부관 장군 소위, 이렇게 네 사람이 연대장 집무실로 들어선다. 이곳은 부관이 근무하는 부속실을 거쳐야 들어갈 수 있는 구조이다. 부속실엔 응접 테이블과 부관의 책상 하나가 놓여 있다. 그리고 연대장 집무실엔 작전회의용 대형 테이블과 연대장 집무용 대형책상, 야전침대가 놓여 있다. 야전침대라고 하지만 세 명도 충분히 누울 수 있을 만큼 크고 호화스럽다.

네 사람이 연대장 집무실에 들어서자마자 차준 상교가 손님 민상국에게 상석에 앉을 것을 제안하고, 민상국은 팔을 가로젓고 절대 있을 수 없는 일이라며 사양한다. 결국, 상석에 차준 상교가 앉고 그의 좌측 대각선에 중교인 민상국이 앉는다.

부관들은 부관실에서 대기하기로 한다. 부관실로 통하는 문은 열어두었으면 좋겠다고 민상국이 제안한다. 뭔가 불안함을 가지고 있던 차준 상교는 이 제안에 다시 한 번 마음을 놓게 된다.

"왕 참령! 어떻게 할까요? 곧바로 그 상위 놈을 데리고 올까요?"

"아니오! 팽 상위와 작전참모 류덕위 중교와의 공모 여부 확인이 우선입니다. 류 중교를 무장 해제시켜서 데려와 주십시오! 그 후에 팽 상위를 대질할 생각입니다. 괜찮으시겠죠?"

자신의 바로 아래 부하인 류덕위 작전참모마저 팽덕 상위와 공모한 군자금 횡령 혐의가 있다고 하니 차준 상교 입장에서는 놀라울 따름이다. 류덕위는 1년 전 동북군사령부의 전보 명령을 받고, 이른바 낙하산 인사로 제31연대 자신의 작전참모로 부임해 온 후, 자신의 상관 동북군 총사령관의 뒷배를 믿고 사사건건 연대장인 자신의 결정에 토를 달

던 눈엣가시 같은 부하 장교였다. 이게 웬 떡인가, 내심 잘
된 일이다 싶다. 벌떡 일어나 큰소리로 부관에게 지시한다.

"연대 헌병 보내서 류덕위 중교 이 자식 압송해 와! 통신
쓰지 말고 직접 가서 잡아 오도록!"

"지금, 제가 직접 말입니까?"

"그래. 지금 비상이야! 직접 가서 잡아 와! 팽 상위란 놈도
눈치채면 안 되니까 최대한 조용히, 신속하게! 알겠나?"

"예! 알겠습니다!"

부관이 잰걸음으로 나가며 장군 소위에게 부관실을 잘 부
탁한다고 당부한다.

마치 두 시간 같은 20분의 정적이 흐른 후, 곧 헌병 두 명
과 부관이 류덕위 중교를 압송해 온다. 얼굴이 상기된 그는
이미 무장해제 된 상태다. 연대장 집무실 안에 살벌한 긴장
감이 감돈다. 안쪽 테이블 상석부터 순서대로 제31연대장
차준 상교, 민상국(왕싱하오) 중교, 그리고 조금 전 끌려온 작
전참모 류덕위 중교가 앉아 있다. 문을 열어둔 부관실에는
무장헌병 두 명과 부관, 그리고 민상국의 부관 장군 소위가
마른침을 삼키며 서 있다. 차준의 부관과 장 소위는 권총의
안전장치도 풀어놓은 상태다.

처음 끌려올 때와 달리 이상하리만치 덤덤한 모습을 보이

는 류덕위 중교의 태도에 차준이 당황한다. 통상적으로 헌병에 의해 무장해제를 당하고 조사실이나 상관의 집무실로 끌려오게 되면 연행되어 온 당사자는 당황하거나 겁을 집어먹기 마련인데, 이 자는 그의 예상과 전혀 다르게 당당해 보인다.

차준이 큰 목소리로 민상국에게 명령하듯 말한다.

"왕성호 참령! 신문하시죠!"

이 말에, 민상국이 뜻 모를 깊은 한숨을 내쉬며 차준 상교에게 제안한다.

"차상교 님! 아무래도 신문 방법을 달리해야겠습니다. 즉시 도둑놈 팽 상위 녀석을 데리고 와서 대질부터 하는 것이 어떨까 합니다."

이 말을 듣고는 무장해제 된 채 잡혀 왔던 류덕위 중교가 소리친다.

"뭐야! 이 자식은 뭔데 여기 와서 명령질이야! 너 어디 소속이야? 계급장을 보니 국민당 중앙군 소속인 것 같은데, 남의 부대에 와서 이 무슨 무례야!"

류 중교의 목소리가 복도에까지 쩌렁쩌렁하게 울린다. 연대 지휘부 이곳저곳에 다 들릴 만큼 큰 소리다. 민상국이 류 중교의 말을 무시하고, 나지막한 목소리로 차준 상교에게 재차 부탁한다.

"차 참령! 어서 팽 상위를……."

어리둥절 두 사람의 표정을 살피던 차준 상교가 벌떡 일어나 부관과 헌병에게 명령한다.

"야! 너희들, 팽덕 상위 잡아 와! 반항하면 사살해도 좋다!"

이 명령을 받은 부관이 무장 헌병 두 명을 데리고 복도로 나서고, 연대장 집무실엔 연대장 차준, 참모 류덕위, 그리고 민상국이 남는다.

"탕!"

순간 느닷없는 단발의 총성이 울린다. 연대장 집무실 안에 있던 두 사람의 표정이 제각각이다. 바깥 부속실에 있던 민상국의 부관 장 소위가 권총을 뽑아 들고 연대장 집무실로 뛰어 들어온다.

"탕!"

민상국의 권총에서 한 발의 총성이 더 울리고, 연대장 차준 상교가 바닥에 쓰러진다. 첫 번째 한 발은 차준의 가슴팍에, 두 번째 총알은 차준 왼쪽 눈을 관통해 그의 뒤통수로 빠져나갔다. 쓰러진 차준, 그가 사용하던 책상 위에는 그의 머리에서 튀어나온 두개골 뼛조각, 찢긴 두피와 머리칼, 피가 섞인 허연 골 덩어리들이 흩어져 있다. 바닥은 그새 피로 흥건하다. 이 광경을 지켜보던 민상국의 부관 장 소위가 자기가 가진 권총을 작전 테이블 위에 올려놓고, 비무장인 상

태로 바깥에 달린 부속실로 돌아가 복도와 연결된 2중으로
된 바깥문 잠금장치를 단단히 잠근다.

이 상황에 류덕위 중교는 미동도 하지 않고 쓰러진 차상교
와 민상국, 장 소위의 움직임을 거친 숨을 몰아쉬며 지켜만
본다. 너무 당황해서 체념 속에 이러는 건지, 아니면 담대하
게 버티는 건지 알 수가 없다. 다만, 빨라지는 심장 박동은
어쩔 수 없는지, 호흡의 간격이 짧아진다.

좁은 공간, 피비린내와 화약 냄새가 진동하는 가운데, 민
상국이 조금 전 사용했던 자신의 권총을 작전 테이블에 올
려놓고, 두 손을 들어 류덕위에게 손바닥을 펼쳐 보인다. 안
심하라는 뜻일 테다. 이젠 조금 전까지 무력을 사용했던 민
상국과 그의 부관은 지금 자진 무장해제 상태이다.

"류 참령! 나는 국민당군 직속 정보부 소속 왕성호 중교
요! 스파이를 사살하고 연대 지휘권을 류 참령에게, 만약 이
작전 과정에서 류 참령의 유고 시 당신의 심복 팽덕 상위에
게 이곳 지휘권을 넘겨주라는 명령을 받고 왔습니다. 일단
이 권총을 챙기시고, 이 부대 지휘권을 행사해 주십시오! 여
기, 장개석 사령관의 친필 명령서요!"

그의 말을 들은 류덕위가 잠시 생각에 잠긴 듯 눈을 감는
다. 권총 두 정은 아직 테이블 위에 그대로 놓여 있다. 바닥
에 쓰러져 있는 차준 연대장은 간헐적으로 다리를 떨고 있

다. 숨은 끊어졌지만, 아직 일부 살아있는 신경이 근육들을 자극하는 듯하다.

잠시 뒤, 류덕위가 눈을 크게 부라리고 버럭 소리를 지른다.

"이게 무슨 개 같은 소리야! 우리는 장개석 따위의 명령을 받는 군대가 아니야! 장학량 원수 휘하의 군대란 말이야! 누가 누구를 무슨 권한으로 사살하고, 누가 누구를 임명하고 지휘하자는 거야?"

소리를 지르고 난 류덕위가 테이블 위에 놓인 권총을 집어 들어 민상국에게 겨눈다. 민상국은 여전히 손바닥을 내보이며 제자리에 서 있고, 민상국의 부하 장 소위도 자신의 비무장 상태를 확인시켜 주듯 부관실에서 두 손바닥을 펼쳐 보인다.

곧이어 우르르 도착한 이 부대 소속 병력들이 복도에서 세차게 문을 두드리며 소리친다.

"문 열어! 열지 않으면 부수고 들어간다! 문 열어!"

소란스러운 바깥 상황과는 달리 연대장 집무실 안은 적막함만 가득하다. 한참 동안 무언가 고민하는 모습을 보이던 류덕위가 중요한 결심을 한 듯, 권총을 집어 들고 비장한 목소리로 민상국에게 말한다.

"왕성호 중교. 너를 군법에 의해 상관 살해죄로 체포한다."

7

중국 시안. 군벌 장학량의 동북군 31연대.

깨끗이 정돈된 넓은 연병장에 2,000여 명의 병사가 도열해
있다. 맨 앞줄은 연대소속 장교들이 말에 탄 채 서 있고, 그
뒤로 기병대 소속 사병들이 말에서 내려선 채 단단히 군마
의 고삐를 잡고 있다. 그 뒤로 보병과 포병들이 정복을 입고
부동자세로 서 있다. 병사들 모두 프랑스식 캐피(Kepi) 군모
를 쓰고 있다. 이들의 모자 정면에는 이 군대가 국민당군 소
속임을 알리는 청천백일[12] 문양이 박혀 있다. 총기들은 모두
깨끗이 손질돼 있고 뒤쪽에 정연하게 세워진 야포(野砲)를
포함한 중화기들도 총신과 포신에 기름칠이 되어 있어 햇빛
에 반사되는 모습이 위용 있다. 군용트럭의 재생타이어에도
기름칠을 해놓아 반질반질 광이 난다. 사열식에 동원된 병
사들은 일선 대대에서 차출된 병력으로서, 일정수준 이상의
신체조건을 가진 탓에 모두 건장하고 늠름해 보인다.

잠시 뒤, 화려하게 치장된 백마에 올라탄 젊은 원수 장학
량(장쉐량, 張學良)[13] 서북초비사령부 사령관이 사열을 시작하
고, 사전에 조율된 의전에 맞춰 모든 장교와 병사들이 경례
한다. 당시 서북초비사령부 내부는 허술한 군기가 팽배했음

에도 불구하고 오늘 행사가 상당히 정돈된 걸 보면 최근 며칠 동안은 피나는 연습을 했음을 알 수 있다.

장학량은 청 왕조의 몰락 이후 중국 동북 3성(랴오닝·헤이룽장·지린)을 정치·경제·군사적으로 지배하던 군벌 장작림의 아들이다. 장개석 국민당 혁명군사령관과 한때는 적대관계였으나 나중에 힘을 합쳐 북벌(北伐)의 주역이 되어 국민당 정권의 초석을 세우는 데 큰 힘을 보탠다. 그리하여 당시에 공식적으로 중국 국민당 동북변방사령부장관(사령관)으로 임명되고, 만주 지역을 포함한 과거 청나라 중심부 일대를 장악하게 되는데, 1931년 9월 18일 벌어진 만주사변으로 인하여 중국 동북 3성의 지배권을 일본에 빼앗기게 된다. 일본은 그를 쫓아내고 그가 지배하던 동북 3성에 인구 3천만의 만주국을 세운다.

급히 몸을 피한 장학량은 본거지 요녕성 봉천(랴오닝성의 성도 신양)에서 쫓겨 이웃 열하성(1955년 폐지되어 성도인 청더(承德)현 일대는 허베이성에, 동부는 랴오닝성, 북서부는 내몽골 자치구에 분할 편입됨)으로 근거지를 옮겼으나 1933년 2월 열하성마저 일본에게 내어주고 현재는 서안 일대 중국 북서부지역에서 뚜렷한 근거지 없이 중국 공산군과 힘겨운 싸움을 하고 있다. 그의 현재 공식 직책은 동북군사령부 사령관이지만 모두들 원수라고도 부른다.

해동의 새벽

사열식과 훈장 수여식, 연대장 취임식 등 일련의 행사를 마치고 장학량을 위시한 장군들과 영관급 장교들이 제31연대 연대장 집무실 작전 테이블에 앉아 이번 사건에 대한 경과, 치하, 향후 일정 등에 대한 논의를 한다. 모두들 약간의 흥분상태이다. 장학량은 마약에 취한 듯 숨조차 가쁘게 쉰다. 그는 과거 심각한 중독자이기도 했다.

장학량이 약간 상기된 얼굴로 말을 꺼낸다.

"이렇게 큰 쥐새끼가 내 측근에 있는 줄 어떻게 알았겠나? 류덕위 상교! 정말 수고했네!"

류덕위는 오늘 상교로 진급했고 제31연대장으로 취임을 했다.

"저는 사실, 아무것도 한 게 없습니다. 모든 일은 왕성호 중교와 장군 소위가 해냈고, 저는 하마터면 오히려 그 두 사람을 죽일 뻔했습니다."

"사건 경위 보고서를 봤네! 당시 최선의 방법으로 일을 처리하고 수습했더구먼. 그러나 옥에 티라면, 자네가 장개석 사령관의 명령은 믿을 수 없고, 내 명령이 있기 전에는 아무것도 달라진 게 없다고 하며 왕 중교와 장 소위를 구금해 둔 행동은 그 두 사람에게도 미안한 일이었다."

장학량이 말은 이렇게 했지만, 군인에게 있어 자신에게 충성하는 직계 부하만큼 소중한 존재가 없다. 목숨이 경각에 달렸고, 총알이 날아다니는 상황에서도 자신의 명령이 없으면 아무것도 할 수 없다고 버티며 오히려 민상국과 장군을 체포하여 구금시킨 류덕위가 속으로는 여간 믿음직스러운 게 아니다.

"죄송합니다, 사령관님! 왕성호 중교와 장 소위가 이번 행사에 참석을 고사하고 낙양으로 떠났기에 조금 아쉽기도 합니다. 추후 기회가 되면 제가 그 신세를 갚을 생각입니다."

"아니야. 그럴 필요 없어! 왕중교와 장 소위는 내가 이미 만나서 자초지종을 보고 받았네. 정보장교의 특성상 많은 사람들 앞에 신분을 노출하는 것이 좋을 게 없어서 이번 행사에 불참하게 된 거야. 내가 개인적으로 충분히 보상도 해줬으니 개의치 말고, 이젠 류상교 자네는 제31연대를 잘 꾸려갈 궁리를 열심히 하게!"

"예! 알겠습니다."

"더러운 일본 새끼들! 7년이 넘게 쥐새끼를 내 옆에 두고, 나를 얼마나 바보로 봤으면 이런 짓을 했을까! 아니, 내가 바보짓을 했지. 일본 놈들의 침략 전쟁 때 20만 병력으로 고작 1만 적군한테 만주를 내줬으니 말이야. 당시에도 내가 움직이는 동선을 도대체 어떻게 알았는지, 부대 이동 명령을 해당 부대 장교보다 먼저 알아내곤 했을 때 정말 귀신이 곡할 노릇이라 생각했었는데 말이야, 이젠 그 이유에 대한 실

마리를 찾았고 제거했으니 그나마 다행이야."

1931년 9월 18일. 장학량의 20만 동북사령부 소속 군 병력 중 10만이 봉천(지금의 선양)을 비우고 북경으로 작전을 떠났을 때, 고작 1만의 일본 관동군이 봉천 등 장학량의 주요 군 지휘부를 공격했다. 당시 장학량이 부재중이었던 동북군은 제대로 힘 한 번 쓰지 못하고 주요 근거지를 일본 관동군에 내주게 되었고, 설상가상 조선군(조선주둔 일본군)까지 국경을 넘어 들어와 주요 군사시설을 점령해 버려서 드넓은 만주 전체를 일주일도 안 돼 일본에 내주고 말았었다.

만주사변이 일방적인 일본 관동군의 승리로 끝났던 이유는 여러 가지가 있겠지만, 가장 큰 이유는 정보전에서 이미 일본에 지고 들어갔기 때문이었다. 그리고 그 일이 있기 3년 전인 1928년 6월, 장학량의 아버지 장작림(張作霖) 노원수가 타고 있던 특별열차를 다이너마이트로 폭파해 암살하는 사건이 있었을 때도 일본 관동군은 장작림 원수의 동선을 정확하게 파악하고서 그 일을 저질렀었다. 분명 동북군 핵심부에 스파이가 있었기에 그런 일들이 가능했을 텐데, 그 스파이가 누구인지 7년 넘게 확인하지 못하다가, 드디어 이번에 그중 하나를 찾아내어 제거할 수 있게 되었다. 장학량에게는 이번 사건이 만주사변과 부친의 사망에 대한 복수라는 차원에서도 기쁘기 그지없는 일이다.

"사령관 각하! 한 가지…… 의심스러운 점이 있습니다. 왕성호라는 자에게서, 아무래도 조선 놈 냄새가 나는 것 같았습니다."

"그래?"

류덕위의 의견에 장학량이 흠칫 놀란다.

"네. 정확한 근거는 없지만 조선 놈들에게서 나는 특유의, 샌님 냄새에 더해…… 뭔가 신분을 숨기려 노력하는 놈들의 눈빛이…….”

"만약, 그렇다면…… 조심해야겠는걸. 조선인 정보장교라면 과거 우리가 왜놈들과 체결했던 미쓰야 밀약(三矢密約)[14]에 대해 알고 있을 가능성이 있을 것 아닌가! 앞으로 우리 세력권 근처에는 얼씬도 못 하게 미리 손을 써 두어야 하겠구먼.”

민상국의 위장 신분을 눈치챈 류덕위의 직감이 놀랍다. 장학량의 봉천군벌 세력은 십여 년 전 조선총독부와 체결했던 미쓰이 밀약으로 궤멸당했던 조선인 독립운동 세력에게는 불구대천 원수에 가깝다.

"그러게 말입니다. 조선 놈들은 그 사건 이후 우리 눈을 피해 산속에 은거하면서 공산당 마적 놈들과 어울리며 호시탐탐 우리의 배후를 노리고 있으니, 조심해야 할 것입니다.”

"알겠네. 내가 은밀히 알아보고 조치를 취하겠네. 이것

봐! 자네는 내게 보배 같은 부하야. 앞으로도 우리 동북군사령부 주요 지휘관으로서 그 실력을 유감없이 발휘하여 주기 바라네."

장학량의 찬사에 류덕위 상교가 그 자리에서 벌떡 일어나 거수경례를 붙이며 결연한 표정으로 외친다.

"동북군사령부 제31연대 연대장 저 류덕위 상교는, 우리 대원수 장학량 사령관님께 무한한 충성을 바칠 것과, 왜놈들에게 빼앗긴 우리 영토를 하루속히 찾아오기 위해 몸과 혼을 다 바칠 것을 엄숙히 맹세합니다."

류덕위 상교의 맹세가 끝나자, 같은 자리에 함께 있던 장교들 모두가 일어나 장학량을 향해 거수경례를 붙인다. 서른여섯 살의 젊은 원수 장학량 사령관도 흡족한 표정을 지으며 자리에서 일어나 경례를 받는다.

창밖으로 보이는 연병장을 가로질러 여러 명의 병사가 돼지 한 마리를 쫓아 달려가는 모습이 보인다. 잔치를 위해 지급된 돼지를 도살하려다 실수로 그중 한 마리를 놓친 모양이다. 돼지는 살기 위해 꿀꿀거리며 필사적으로 달아나고, 병사들도 무리 지어 소란을 떨어대며 돼지를 따라 뛴다. 한참의 시간이 흘렀을까. 필연적 운명을 맞이한 돼지가 처량하게 지르는 꽥꽥 소리가 들려온다. 그 소리와 함께 병사들의 떠들썩한 웃음소리도 들려온다.

8

조선 경성(京城).

서울 신당정(町: 지금의 동에 해당하는 기초 행정단위) 양곡도
매상점 복흥상회의 주인장 이민성이 따스한 봄 햇살을 즐기
며 평상에 앉아 하등미에 섞인 쌀벌레와 작은 돌들을 골라
낸다. 시중 다른 쌀집에서는 하등미가 상등미와 중등미에
비해서 이문이 적게 남는 탓에 크게 손질하지 않고 판매한
다. 그리고 실제 하등미를 구입하는 서민들은 대부분 됫박
단위로 쌀을 사 가기 때문에 가정에서 돌을 고르고 벌레를
잡는 등 직접 손질을 해 먹는 경우가 많다. 하지만 이민성에
게는 서민들이 사 먹는 하등미일수록 더 정성을 다해 손질
해서 팔아야 한다는 고집이 있다. 물론 가격도 딱 시세대로
만 받는다.

가게 앞 한산한 도로에 말 탄 헌병대 간부가 허리에 찬 군
도를 쩔렁거리며 달려간다. 시간이 날 때마다 가게 앞길에
수시로 물을 뿌려둔 탓에 길에서 나는 먼지는 다른 상점 앞
보다는 덜하다. 점원들은 모두 배달을 떠나고 지금은 주인장
말고는 사람이 없다. 쉬엄쉬엄 쌀바구미 몇 마리를 골라내
고는, 앉은 채 꾸벅꾸벅 졸다 깨다를 반복하다, 이내 고개를

푹 숙인 채 코까지 골아대며 쪽잠에 의식을 빼앗기고 만다.

올해 60세를 맞은 이민성은 서울에서 나고 자랐다. 이민성의 부모는 한성 황화방 남궁(덕수궁) 뒤쪽 언덕 일대에서 밭농사를 지어 채소를 시장에 내놓아 팔며 살아왔는데, 그가 여덟 살 되는 무렵인 1882년 여름 군인들의 난이 일어났다. 그 와중에 이민성이 살던 초가집에 불이 붙어 아버지와 형을 잃고, 어머니와 단둘이 남게 된 이민성은 외삼촌의 도움을 받아 화재로 소실된 집터에 작은 움막을 짓고, 다시 밭농사를 지으며 어렵게 삶을 이어 나갔다. 그럭저럭 굶지는 않고 지내온 지 3년 만에 또다시 서울에 정변이 일어나고, 밤사이 벌어진 총격전에 놀라 집에서 뛰어나와 우왕좌왕하다가 청나라 병사가 함부로 쏘아댄 총탄에 어머니마저 잃게 됐다. 집안에 웅크리고 있다가는 남편과 큰아들처럼 불에 타 죽을까 봐 일단 뛰쳐나왔는데, 그렇게 무작정 집에서 뛰쳐나온 것이 화근이었다.

어린 이민성은 임오군란으로 아버지와 형을 잃고, 갑신정변으로 어머니를 잃어 고아가 되어버렸다. 두 번의 변란 모두 그와는 아무런 관련이 없는 사건이었음에도 단지 나라를 다스리는 사람들과 가까운 곳에서 살고 있었고, 작은 싸리담, 움막 지붕 외에는 자기를 지킬 수 있는 수단과 방법이 없었기에 졸지에 팔자가 뒤바뀌어 버린 엄청난 피해를 보게 된 것이다. 아무런 보상도 기대할 수 없었고, 사람들의 기억과 관심은 이민성 따위에겐 아예 없었기에, 당시 수많은 민초들이 그랬던 것처럼 그 역시 난리 통에 생긴 이름 없는 피해자로 남게 되었다.

열한 살 이민성은 또다시 외삼촌의 도움을 받아 어머니의 시체를 수습해 공동묘지에 묻고는 황화방의 움막과 밭뙈기를 팔아 악취가 진동하는 왕십리 한구석의 미나리꽝 논을 샀다. 겨우 열한 살이었던 그는 그때부터 20년간, 그곳에 살면서 단 하루도 쉬지 않고 봄·여름에는 왕십리 미나리꽝에서 미나리를 채취하고, 가을·겨울에는 밭에서 난 시래기를 깨끗이 손질해 지게와 수레에 싣고 서울 곳곳을 누비며 장사를 했다. 미나리 철에는 매일 미나리꽝에서 일하며 거머리에게 빨린 피가 적어도 한 됫박씩은 되었을 것이다.

이민성이 서른한 살이 되던 1905년 을사년, 나라는 외교권을 잃었으나 그는 늦은 장가를 들 수 있어서 행복했다. 서른여섯이 되던 1910년 경술년, 나라는 완전히 일본에 병탄이 되어버렸으나 이민성은 그렇게도 기다리던 아들을 갖게 되어 행복했다. 사계절 구정물이 흥건한 미나리 논이었지만 이민성의 미나리 농사는 홍수가 나도 가뭄이 들어도 끄떡없이 잘 됐고, 새벽부터 밤늦게까지 각종 채소류 손질에 시간

가는 줄 모르고 살았다. 그렇게 악착같이 돈을 모아 신당정 큰길가에 양곡상점 복흥상회를 차렸다. 쌀장사라는 게 정말 우스운 것이, 그냥 돈이 벌렸다. 모든 양곡은, 일단 가게 문 턱에 들어왔다가 나가기만 해도 그 양곡에 1할에서 3할씩 이문이 생겼다. 항상 모자라는 게 식량이니 재고 걱정도 없었고, 가격은 오르면 올랐지 갑자기 폭락할 일도 없었다. 일시적으로 시세가 조금 떨어질 때도 있었지만, 세상에서 제일 안전한 자산이 쌀이었다. 쌀은 항상 모자란다. 흉년에는 말할 것도 없고, 풍년이 들어도 서민들에게, 쌀은 항상 모자란 법이다.

제법 돈이 모이자 그의 가족들은 서촌과 북촌에 새로이 들어선 신식 가옥단지에 들어가 살고 싶다고 성화를 부렸다. 이민성에겐 어림없는 소리다. 사대문 안은 이민성에겐 불행의 상징이었다. 절대 그 안에는 들어가 살 생각이 없었다. 해가 떨어지기 전에 아무리 급한 할 일이 남아있어도, 일몰 전까지 그 일을 마칠 자신이 없어도, 심지어 돈 생길 일을 남겨두고서라도 그는 사대문 안에서 서둘러 나왔다.

얼마 전에는 모아둔 돈 일부 삼천 원으로 옆집 이창정미소 박도영 사장에게서 정미소 지분 절반을 넘겨받았다. 너른 부지 절반을 자신의 소유로 등기라는 걸 하였고, 설비와 영업권의 절반도 나누어 갖는다는 법적 계약을 체결했다. 박도영과 이민성은, 총독부를 상대로 영업허가 하나 내는 것이 하늘의 별 따기 같다는 경성 관내 대형 정미소에 대하여 무조건 반반씩의 권리를 가지고 있다. 이민성은 지금 자신의 이런 현실이 믿어지지 않을 때가 많다. 박도영은 양반이다. 시대가 바뀌어서 이제는 양반도 돈이 필요하면 상놈에게 재산을 넘기는 일이 수도 없이 많아졌다. 박도영은 하나뿐인 아들놈이 도박 빚을 크게 져서 급히 큰돈이 필요해 이민성과 동업 계약을 맺게 되었다. 이유야 어찌 되었든 양반인 박도영과 상것 이민성은 이제 동등하고 평등한 신세이다. 아니, 옆에 붙어있는 양곡도매상 복흥상회는 온전히 그의 소유이니, 어찌 보면 그가 양반 박도영의 처지보다 낫다고 할 수 있다.

삼삼오오 사람들이 모이면 다들 왜놈들 욕을 하는데, 왜놈들 욕을 왜 하는지 이민성은 도통 그 이유를 알 수가 없다. 왜놈들이 만든 민법과 상법에는 양반, 상놈, 심지어는 백정 놈에 대한 차별이 하나도 없다. 그렇기에 양반들과의 거래에서도 셈만 맞으면 꿀릴 일이 하나도 없다. 예전에는 채소 열 근을 양반이 여덟 근이라고 우기면 여덟 근이었다. 아무리 열 근이라고 하소연해도 돌아오는 건 발길질뿐이었다. 다들 나라를 잃어서 서럽다고들 하는데, 이민성은 나라를 잃은 적이 없다. 조선이라고 하는 나라, 대한제국이란 나라가 애당초 그의 나라가 아니었던 것이다. 이 나라의 주인이 이유 없이 사람들을 천대하고 부려 먹던 양반들에서, 칼차고 다니는 왜놈으로 바뀌었을 뿐, 이민성은 서러울 일이 없었다. 오히려, 이 핑계 저 핑계 대면서 쌀값을 떼어먹으려 하고 욕지거리만 하던 양반 놈 하나를 순사에게 고해바쳤더니 경찰서에서 왜인 순사가 나와서 쌀값을 받아내 주었다. 왜놈들과 양반들 싸움에서 왜놈들이 이기는 바람에 이 나라를 가져갔을 뿐이고, 그러나저러나 그는 지금이 훨씬 살기가 좋다. 이젠 그 왜놈들이 조선뿐만 아니라 넓은 중국땅 만주도 먹어버렸다고 한다. 대단한 놈들이다!

이민성이 잠시 고개를 들어 눈을 끔쩍이며 정신을 차렸다가 깜빡 또 잠이 든다. 잠결에 웬 아낙네의 목소리가 들린다.

"저기요…… 저기요…… 영감님."

나지막한 여인네의 부르는 소리에 단 졸음에 빠져 있던 이민성이 벌떡 일어난다. 입가에 묻은 침을 손바닥으로 훔치고, 그 손바닥을 바지춤에 문질러 닦으며 아낙네의 부름에 대답한다.

"쌀 드려요?"

"여기가…… 미나리꽝 이 서방이 운영하는 가게가 맞나요?"

"내가 이 서방이오마는, 미나리꽝 이 서방이 아닌 이제는 복흥상회 이 서방이라고 불러주오. 새댁은 누구요?"

만삭의 여인네가 힘에 겨운 듯 두 손으로 불룩 나온 배를 받쳐 들고 머뭇거린다.

"쌀 사러 오셨으면 말씀을 하시우. 얼마나 드릴까? 근데 내 이름은 어찌 아셨수?"

지쳐 보이고 창백한 얼굴을 한 새댁이 무너지듯 주저앉아 울기 시작한다. 갑자기 벌어지는 눈앞의 일에 이민성은 당황스럽다.

"흑흑……."

"새댁 무슨 일이우? 울지 말고 말을 해 봐요……."

"아-앙!"

갑자기 어린애같이 큰 울음을 터뜨리는 새댁을 보고 이민성이 난처한 표정을 짓는다.

"아-앙! 아이고, 내 팔자가……. 흑. 멀쩡하던 년 신세를 망쳐 놓고 아이 아비는 며칠째 집에 코빼기도 안 보이고, 쌀도 떨어지고, 어떡하면 좋아요!"

아예 주저앉은 채 하늘을 보며 통곡하는 새댁을 보는 이민성이 안절부절, 대낮에 대체 이게 무슨 일인가 싶다. 새댁의 피부가 곱고 옷도 깨끗하게 손질된 걸 보면 아주 가난한 집 새댁은 아닐 성싶은데,

"쯧쯧. 이런 딱한 경우가 있나! 새댁, 대충 알았으니 일어 나봐요. 내가 많이는 못 주고 쌀 두어 됫박은 외상을 줄 테니 가져가슈."

잠시 울음을 그치고 훌쩍이며 이민성을 바라보던 새댁이 더 큰 울음을 터뜨린다. 마치 어린아이 같은 울음이다.

"아-앙! 어쩜 이렇게 정이 많으실까! 어-엉."

점점 커지는 울음소리에 지나가던 사람들이 소리 나는 이쪽을 쳐다보고, 이창정미소 박 사장도 정미소 밖으로 나와 본다. 마침 정미소 기계가 돌지 않고 쉬고 있었기에 그쪽으로 이 여인의 울음소리가 들렸나 보다. 이민성은 가게 앞에서의 이런 소란이 부담스럽다.

"새댁! 여기서 이러지 말고 집으로 갑시다! 새댁 집이 어디우? 내가 쌀 한 말 외상으로 줄 테니 당장 갑시다. 이 몸을 해갖고 쌀 한 말을 들지도 못하고 머리에 이고 가지도 못할 테니, 내가 배달을 해드릴게."

고운 얼굴에 깨끗한 옷을 입은 만삭의 색시가 점포 앞에서 이리 크게 통곡을 해대니 쌀 한 말이 문제가 아닌 듯싶다. 보아하니 쌀이 없어서, 쌀값이 없어서, 양식을 공짜로 얻기 위한 얕은 수작으로 보이지는 않는다. 쌀 한 말쯤은 외상으로 줘도 될 성싶다. 그런데 그녀에게 도대체 무슨 사연이 있으며, 미나리꽝 이 서방은 왜 찾은 걸까?

"아니! 이게 누구야! 매향이 아니야?"

길 건너에 잡화점을 차려 살림을 낸 아들 녀석의 소실 창욱 어미가 포대기에 싼 손주 놈을 안고 길을 건너온다.

이민성의 외동아들 이태준은 올해 스물다섯이다. 글을 몰라서 겪은 설움이 컸던 이민성이, 아들 태준만큼은 까막눈으로 살지 않길 바라는 마음에 보통학교를 보냈고, 보통학교 졸업 후 내친김에 고등보통학교에 진학시켰다. 그러나 이 녀석은 애당초 싹수가 없었다. 넉넉한 용돈을 쥐여 줬더니 그 돈으로 동네 껄렁패들의 물주 노릇을 하며 온갖 못된 짓을 일삼다가, 길 가던 경성여고보 학생들을 희롱한 잘못으로 여러 차례 일본인 교사에게 끌려가 혼찌검이 났었다고 한다. 그러다 어느 날, 선생의 매질을 견디지 못한 태준이 선생을 밀치고 달아났는데, 하필 그 선생이 난로 위로 넘어져 큰 화상을 입게 되어 태준은 그 즉시 퇴학을 당하였다. 아들에 대한 실망이 이만저만이 아니었지만, 간단한 셈을 할 줄 알았고, 자전거를 탈 줄 알아 복흥상회에 데려다가 배달과 장부를 맡겼었는데, 그날로부터 매일 뻥땅을 치고, 장가도 들기 전부터 기생집을 들락거리며 속을 썩였다. 참한 색시를 수소문해서 혼인시켰더니, 한동안 마음을 다잡고 잘 살다가 자식 셋을 내리 딸을 낳고 나서는 또 제 버릇 남 주지 못하고, 쌀 배달처인 요릿집에 소속된 삼류 기생 하나를 부모 몰래 들어 앉혀 고추 달린 손주 녀석을 낳은 게 아닌가. 어느 날 가게로 아이 하나를 떡하니 안고서 나타난 입술 빨갛게 칠한 자식 놈의 첩년을 어떡해야 하나 고민하다가, 결국 자신의 쌀가게 앞에 살림방이 딸린 다섯 평 남짓의 점포를 얻어줘, 아들놈의 소실 집을 따로 내주게 되었다. 이게 불과 한 달 전의 사건이었다.

왕십리 본가에서 손녀 셋을 기르며 시부모 봉양에 애를 쓰는 며늘아기를 보면 딱하기 이를 데 없지만, 대를 이을 손주를 안고 나타난 저 물건은 또 어떡할 것인가! 매일 일을 마치고 왕십리 집으로 들어갈 때마다 땅이 꺼지라 한숨짓는 며느리를 볼 낯이 없고, 마누라 역시도 본 며느리 편이라 이래저래 좌불안석의 나날을 지내고 있었다. 그러나 손주 녀석의 고추를 보는 재미가 여간 좋은 게 아니기에, 마냥 미워할 수도 없는 애물단지가 아들놈의 소실이다.

"매향이 네가 어찌 된 일이야? 왜 여기서 울고 있는 거야? 이 남산만 한 배는 또 뭐구?"

"언니! 흑흑."

아들놈의 첩이 이 새댁을 아는 걸 보니 초록은 동색이라고, 이 새댁 역시 화류계 여자구나 싶은 생각이 들며 이민성의 목소리는 곧바로 차가워진다.

"창욱 어미 네가 아는 사람이냐?"

"네 아버님, 아는 동생인데…….."

말끝을 흐리던 창욱 어미가 다시 시선을 매향이란 새댁에게 돌리며 묻는다.

"어찌 된 일이냐니까? 네가 여기서 왜 울고 있어?"

"흑흑…… 언니. 나 이제 어떡해요, 언니…….."

"무슨 일인지 말 좀 해봐. 이 남산만 한 배는 무슨 일이고…… 그래, 여긴 날 찾아온 거야?"

창욱 어미의 질문에 매향이 울면서 고개를 가로젓는다. 그럼, 이 두 여인은 아무 이유 없이 우연히 만난 걸까.

"언니가 아들을 낳았다는 얘긴 한 달 전에야 전해 들었다오. 이 아들 녀석이 이제 백 일은 지난 거우?"

"그래, 막 백일 떡 해 먹었다네. 근데 도대체 무슨 일이야? 어여 일어나 봐."

"언니! 으앙!"

다시 매향이란 새댁이 울음을 터뜨리고, 민망함을 참고 있던 이민성이 창욱 어미를 향해 나지막한 목소리로 속삭이듯 얘기한다.

"얘야! 이 새댁 데리고 너희 집으로 가서 진정 좀 시키어라. 여기 보는 눈도 많고 여자가 가게 앞에서 이렇게 울어대니 우세스럽구나."

"네, 아버님."

대답을 마친 창욱 어미의 시선이 다시 매향에게 향하는데, 마른하늘에서 천둥이 친다. 짧은 찰나에, 창욱 어미의 눈에선 핏발이 서고, 매향이라는 새댁도 울음을 뚝 그친다. 만삭의 그녀, 울음은 그쳤으나 훌쩍거림은 계속 이어진다. 갑자기 창욱 어미가 안고 있던 아기를 포대기 째 이민성에게 넘겨주고는 소매를 걷어붙이고 매향에게 다가선다.

"아니, 애야! 아기를 갑자기 내게 맡기면 어떡하라는 거냐?"

얼떨결에 아이를 받아 든 이민성이 창욱 어미한테 묻는데, 창욱 어미가 느닷없이 앉아서 훌쩍이고 있는 매향의 배를 냅다 걷어찬다. 배를 걷어차인 매향은 나동그라지고, 이어 창욱 어미에게 머리채를 잡힌 채 비명을 지른다.

"아—악! 언니…… 살려줘요!"

"네 이년! 이런 화냥년! 여시 같은 년!"

"언니! 살려줘요……. 사람 살려!"

머리채를 잡힌 매향이 비명을 지르며 몸을 억지로 일으켜 창욱 어미의 손목을 부여잡고 잡힌 머리채를 풀어보려 애를 써보지만, 그녀의 머리를 힘껏 움켜쥔 창욱 어미의 손아귀는 풀리질 않는다.

"이것 좀 놓고 얘기해요. 언니!"

"이런 걸레 같은 년! 이 갈보 년! 어딜 찾아와서 서방질한 걸 자랑하는 거야?"

창욱 어미의 패악질에 온 동네가 시끄러워진다.

머리채를 잡힌 매향도 마냥 당할 수는 없었는지, 몸을 젖히고 팔을 내밀어 힘껏 창욱 어미의 머리채를 부여잡고 함께 뒹군다. 처음엔 호기심과 재미로 이를 지켜보던 사람들의 입에서 "어이구 이를 어째! 이런! 어이쿠!" 하는 탄식들이 튀어나오고 만삭의 여자와 머리채를 맞잡은 여인 간의 싸움이 투견장을 방불케 한다. 코피가 터지고, 입술이 터지고, 머리는 산발에, 눈 밑 볼살이 손톱에 긁혀서 두 여인네의 몰골은 그야말로 귀신 형용이다. 도대체 왜 저 두 여인이 피 터지게 싸우는지 아직까지 이민성은 이해하지 못한다. 옆에서서 싸움 구경을 하던 이창정미소 박도영이 한숨 섞인 탄식을 뱉는다.

"이 집도 자식 놈이 화근이구먼. 이 집도 끝장이 나네, 얼마 남지 않았어! 쯧쯧."

머리채를 쥐고 흔들던 창욱 어미가 눈의 흰자위를 뒤집더니 실신하고, 매향도 머리채를 놓고 그 자리에 주저앉는다. 이민성에게 안겨 있던 백일 된 아기가 크게 울음을 터뜨린다.

갑자기 먹구름이 몰려온다. 때아닌 소나기가 쏟아진다.

평상 위에 펼쳐진 쌀도, 산발한 채 주저앉아 있는 여인들도 순식간에 흠뻑 젖는다. 갑자기 나타난 제비 십수 마리가 이리저리 휙휙 곡예 질을 하듯 사람들을 피해 낮게 날며 날벌레를 챈다.

9

갑산마을 김 군수댁.

봄이다. 너른 들판, 겨우내 잠들어 있던 지면 아래 풀씨들이 새순을 틔워 그 잎을 땅 위로 밀어 올리고, 논둑길 아지랑이가 막 올라온 여린 새순들과 어울려 춤을 춘다. 시큼한 거름 냄새가 산들바람에 섞여 이리저리 흘러 다니고, 산으로 들로 어른, 아이, 부녀자 할 것 없이 각자의 손길과 발길이 각자의 몫만큼 부지런하다.

"이랴! 이랴!…… 워워워…… 이랴! 이노무 소가 와 이라노? 와 이래 말을 몬 알아듣노? 이랴!"

논에서 쟁기를 끄는 소와 이래저래 실랑이를 벌이는 농군의 억센 목소리가 마을 안까지 들려온다. 소가 "으음 메" 하며 힘을 쓸 때마다 불규칙하게 딸랑거리는 워낭소리가 영롱하다.

"계신교? 이 댁에 아무도 안 계신교?"

김 군수 댁 대문이 빼꼼 열리고, 누군가가 얼굴을 들이밀어 이 댁에 사람이 없는지 확인한다. 빈 외양간에서 연장과 각종 농기구를 정리하던 민규 아범이 손에 묻은 흙을 털며 대문 앞으로 간다.

"누구요? 어데서 왔소?"

"예…… 합천서 왔소. 이 댁이 익자 현자 쓰시는 남경 어른 댁이 맞능교?"

"아따! 먼 데서 오셨구마. 맞게 찾아 오셨소. 이 댁이 남경 어른 댁이오. 무신 일로 이래 먼 길을 오싰능교?"

"심바름 안 왔소. 이 댁 어른께 전할 말씀 가지고 왔십니더. 어르신 계신교?"

"일단 들어오소! 여게, 잠시만……."

민규 아범이 심부름 왔다는 사내를 마당에 들여 행랑채 마루에 앉히고 마루 한쪽에 놓여 있는 쟁반 위의 주전자에서 보리차를 사발에 부어 사내에게 건넨다.

"물 한 잔 잡수소! 여기……."

"고맙십니데이."

사발을 받은 사내가 단숨에 보리차를 비우고는 빈 사발을

마루에 내려놓는다. 이어 민규 아범이 사내를 데리고 사랑
채 큰방 축대 앞에 서서 김익현을 부른다.

"어르신, 합천서 사람이 왔십니더!"

방문이 열리고, 김익현이 마루로 나선다. 성큼 나서는 모
습이 제법 반가운 손님을 맞는 표정이다.

"합천이라고 했나? 그래 어느 댁에서 오셨는가?"

"예, 이 댁 일가 명자 수자 전갈을 가지고 왔십니더."

"우베 신문사 김명수가 고향에 오셨단 말씀인가?"

"예, 온 지 한 달 쪼매 안 됐십니더. 일본으로 돌아가는 길
에 이 댁에 들러서 하루 정도 유하고 싶다꼬 함서…… 내일
점심 지나서 도착할라 카는데, 이 댁 사정이 어떠하신지 여
쭙고 오라 말해서 이래 왔심니더. 암만 캐도 농사 준비 때문
에 지금은 쪼매 바쁘실 기라 카믄서……."

광산김씨 일가, 이 댁 어른과 자신이 모시는 상전의 항렬
(行列: 혈족의 방계(傍系)에 대한 대수(代數) 관계를 표시하는 말. 형
제 관계는 같은 항렬임) 높낮이를 따져 적절한 압존을 사용하
는 것이 나름 예의를 잘 배운 아랫사람인 듯하다.

"허허! 그 친구! 당연히 오시라고 해야지! 내가 아주 반가
워하면서, 하루가 아니라 몇 날 며칠이고 오래 계시다 가셨
으면 좋겠다고 하더라. 전해주시게!"

"예. 그리 말씀 전해 올리겠심니더!"

"거기 잠깐 계시게! 그리고 민규 아범 이리 올라와
서……."

김익현이 민규 아범을 마루로 불러올려서 지폐 두 장을 건
넨다.

"심부름 온 사람 여비 주고, 묵이라도 한 사발 드시고 가
게 하게."

지폐를 받아 든 민규 아범이 합천에서 온 심부름꾼을 데리
고 행랑채 마루로 간다. 마루에 앉기를 권하고, 지폐를 건네
며 양해를 구한다.

"우리 집에 지금 묵이 다 떨어졌소만, 모두 논에 참 거리
로 내 가서…… 막걸리는 있으이 그기나 두어 사발 하는 기
어떻소? 그라고 이거는 이 댁서 드리는 차비요. 받으소."

"어이쿠! 이래 많이. 너무 많소!"

"이 댁은 누가 찾아오마는 빈손으로는 절대 안 보내는 댁
이요! 받아 넣으시고…… 마른 매루치(멸치)하고 막걸리 괜
찮소?"

"괜찮고말고요! 안 그래도 목이 칼칼했구마는, 잘됐구마!
딱 두 대접이만 마시고…… 허허!"

민규 아범이 행랑채 부엌으로 들어가 술 주전자와 대접,
멸치와 고추장 종지를 소반에 올려 들고 나와 마루에 내려
놓는다. 심부름꾼은 예의상, 소반을 내려놓는 민규 아범을

거드는 손짓을 한다. 소반을 맞드는 시늉만으로도 고마운 마음과 폐를 끼친다는 쑥스러운 마음을 함께 전하기엔 충분하다.

"합천서 오는 데 얼마나 걸리등교? 반나절 넘게 걸릴 긴데."

"큰길 따라 올라 카모 반나절 가지고는 택도 없소! 큰 재 넘어가꼬 산등성이를 타고 와야 딱 반나절 거리 아인교. 내일은 말고삐 잡고 큰길로 와야 해서 새복(새벽)에 길을 나서도 점심 지나야 도착 안 하겠능교?"

"아이고! 지금 합천으로 갔다가 또 새복에 올라카모……디겠구마! 그 댁 어른은 내가 일본서 함 본 적이 있구마! 멋쟁이 신사드마!"

민규 아범의 '일본에서 김명수를 본 적이 있다'는 말에 사내가 흠칫 놀란다.

"그짝도 일본에 가봤능교? 이 댁은 집에 일하는 사람도 데불꼬 가는 모양이네! 만석꾼이라 소문이 났다 캐도, 이 댁 어른은 기마에(き−まえ)가 참말로 대단타! 관부선(관부연락선. 부산과 시모노세키를 다니는 여객선)[15] 뱃삯이 만만찮을 긴데…… 그라고, 도항증 받기로 우리 같은 사람은 수월치 않을 긴데, 그 짝도 이 댁 일가 집안인교?"

"오데, 내는 이가(李家)요! 내는 한 집안은 아니지만서도 우리 어른 모시고 매년 안 가능교? 갈 때마다 일본이 참 대단타 싶소! 길도 너르고 반듯하고. 전기선을 연결하는 전봇대도 우찌 그리 반듯한지, 굴뚝마다 시커먼 연기가! 말로 시작하모 오늘 다 몬 끝낼 기구마! 끝내 주능구마! 안 가봤시마 말도 꺼내지 마라카이! 우쨌등고⋯⋯ 내는 도항증을 매년 받아왔으이, 그 기록이 있는 사람은 그리 어렵지만은 않소. 다른 사람들은⋯⋯ 양반들한테도 요시는 도항증을 잘 안 내준다 카더만!"

평소 과묵하던 민규 아범도 사람들 앞에서 일본 경험담을 자랑하기 시작하면, 시간 가는 줄 모르고 입에 게거품을 문다. 민규 아범은 자기처럼 조선 밖을 구경해 본 사람이 얼마나 있겠는가 하는 자부심이 대단하다. 민규 아범의 잘난 체에 기분이 상한 심부름꾼이 슬쩍 빈정대는 말투로 말을 던진다.

"일본이나 우리 조선이나 사람 사는 기, 그기 그기지⋯⋯ 내사 마, 일본말도 모르고, 우리나라가 좋지, 일본은 가보고 싶지도 않구마는!"

상대방의 퉁명스러운 말투에 곧바로 자신이 손님에게 실수했음을 알아챈 민규 아범이 일단 맞장구를 쳐준다.

"맞다! 맞소! 나도 내가 내 돈 딜이가 일본 가라카모 안 간다! 우리 어른 길잡이 하고 짐꾼 한다꼬 따라가는 긴데, 내가 볼일 있어 가는 것도 아니고, 내도 일본말도 몬 하고, 그라이 재미는 한 개도 없다 아입니꺼. 그건 그렇고 그 댁 어른 김명수 기자님은 매년 조선에 오시기는 하는갑네?"

"오데? 이삼 년에 한 번씩 가끔 오시는구마. 이번에는 부산서 도장관(도지사) 만내고, 합천군수 만내러 오싰다 카대. 평소에는 조선에 일이 있시모 편지로 해가꼬, 형제분들하고 장조카 시키가꼬 일로 보시는데, 이번에는 중요한 일이 있으시다 카심서……."

"그 댁 어른은 일본서 공부하싰담서요? 저번에 우리 어른하고 일본서 만났을 때 보이, 일본말을 왜놈들카마 더 잘하시더마는. 조선 사람이 싸가지없는 왜놈 순사한테 야단도 치시고, 아따, 이 짝서는 꿈도 못 꾸는 일인데, 왜놈 순사가 꼼짝도 몬 하드만! 아따! 그때는 속이 시원하드마! 내사 마, 왜놈 순사라 카모 이가 갈린다 아이요!"

예전 진주 장터에서 있었던 제법 큰 사건이 생각이 나는 모양이다. 당시 민규 아범이 일본 순사를 반병신을 만들어 놓았다가 큰 낭패를 봤었고, 합의를 보는데 이 댁에서 엄청난 금액을 들였음을 이 일대에선 모르는 사람이 없다. 그날 이후로 민규 아범은 길을 가다 순사만 보면 일부러 멀찍이 돌아간다. 행여 김익현의 심부름을 다녀오느라 경찰서 근처에 볼일을 보다가도 경찰복 입은 순사를 가까이서 보면 한

대 쥐어박고 싶은 마음이 공연히 들 때가 많다고 하는데, 일본 순사들이 두려워서가 아니라 정말 더러워서 피하는 거라는 그의 말은, 실제론 두려운 맘이 들면서도 자기 합리화를 위해 하는 옹색한 정신 승리성 핑계가 아닌 진정한 그의 심정인 것을, 그를 아는 이들은 모두 알고 있다.

"하모! 우리 어른이 명색이 신문사 편집국장이신데, 순사 나부랭이 같은 기 몬 까불지! 일본서 신문사 편집국장이라 카모 모두 절절맨다 아인교? 높은 사람들도 우리 어른헌티 잘 보일라꼬…… 알랑알랑한다 아인교."

"그 댁 어른이 편집국장 됐소? 나는 김명수 기자님이라꼬 알고 있었고마!"

"편집국장 되신 지 오래됐소! 그건 그렇고, 이래 놀다가 이 집서 밤새겠구마, 고마 일어날라요! 그 짝이나 이 짝이나 상전 자랑질할라 카모 백날 밤을 새도 모자라지 싶소! 오늘은 고마하고 내일 보입시더. 어차피 지금 갔다가 내일 또 합천서 우리 어른 모시고 와야 하이까는…… 몬한 새실은 내일 떠입시다. 막걸리도 고맙고, 차비도 많이 챙기 주시가꼬 고맙구마."

"조심해서 가소!"

합천에서 온 심부름꾼이 일어나고, 민규 아범이 대문 밖까지 배웅한다. 마을 아래쪽 무논에서는 소를 모는 농군의 힘

찬 목소리와, 힘껏 쟁기를 끄는 소의 워낭소리가 함께 어울려 봄의 꽃망울을 재촉한다.

10

갑산마을.

초저녁 붉은 햇살이 김 군수 댁 안채 마루를 한껏 비추며 오가는 이의 눈가를 시리게 하고, 겨우내 품고 있던 냉기를 차마 떨쳐내지 못한 서늘한 봄바람이 어둑어둑 땅거미를 기회 삼아 날아와 앞마당 앵두나무 새순을 얄밉게 건드려 댄다.

사랑채를 나와 중문을 성큼 들어서며 내는 김익현의 헛기침 소리에, 부엌에서 달그락달그락 찻잔 정리를 하던 소희가 마른행주를 손에 든 채 화들짝 달려 나온다.

"마님! 어르신 드세요!"

"마님이라고 부르지 말래도……."

민지영이 방문을 열어 김익현을 맞는다. 소희는 말없이 마루 앞에 서 있다.

"소희야! 청주 있느냐?"

"예, 문어 꼬레이(리) 말린 거하고 같이 올릴까예?"

"그래, 그거 좋겠다. 작은 화로에 숯불도 조금 담아다오! 노릇노릇 구워 먹으면 좋겠구나. 숯은 있느냐?"

"예. 곧 들이겠십니더……."

소희가 손에 쥔 행주로 공연히 제 손등을 닦으며 대답하고, 냉큼 다시 부엌으로 들어간다. 김익현과 민지영이 방 안에 자리를 잡는다. 조금 전까지 민지영이 읽다가 접어둔 듯한 동아일보와 조선일보가 작은 책상반 위에 놓여 있다.

"신문 보고 계셨소?"

"네, 연재소설 읽고 있었네요."

"요즘 신문에 소설 말고는 재밌는 일이란 게 없지 않소. 부인은 최근 동무들과 편지 왕래도 없는 듯한데, 다들 연락들을 끊고 지내나 보오?"

"네…… 상하이와 난징에 난리가 나고부터는 제 편지가 제대로 전달이 안 되는 건지, 다들 무슨 변고라도 있는 건 아닌지, 옛 동무들 답장이 없어 걱정이랍니다."

"글쎄, 세상이 너무 시끄러우니…… 우리 조선 땅만 조용한 편이지 전 세계는 지금 살육의 광란 속에 있는 것 같소. 만주도 시끄럽고, 중국 해안지방이나 내륙지방이나 화약 냄새가 진동을 하고…… 이곳저곳에서 전쟁과 사변이 꼬리에 꼬리를 물고 있으니 맘이 답답하오. 심지어 동경에서도 권력 심층부에서 사람들이 마구잡이로 죽어 나가고 있으니, 세상이 어떻게 돌아가는지 모르겠구먼!"

소희가 마루에서 작은 목소리로 화로와 청주와 안줏거리를 들이겠다고 알리고, 곧이어 검붉은 숯이 담긴 작은 화로를 민규 아범이 들인 후 소반을 든 소희가 방 안으로 살금살금 들어온다.

"소희야!"

김익현이 마치 딸아이를 대하듯 인자한 눈빛과 목소리로 소희를 부른다.

"네. 어르신⋯⋯."

소희도 얌전히 그의 부름에 대답하고.

"너도 한잔하겠느냐?"

김익현이 입가에 미소를 띠며 농 섞인 물음을 한다. 소희의 얼굴이 귓불까지 빨개진다. 민지영이 살짝 얼굴을 찡그리며 김익현의 옆구리를 찌른다.

"참 짓궂으셔요!"

소희가 빨개진 얼굴을 한 손으로 가리고 황급히 방에서 나가고, 김익현이 조금 아쉬운 듯 민지영에게 한마디 더 덧붙인다.

"저 녀석이 취중에 부르는 〈목포의 눈물〉이 듣고 싶어 그랬소. 허허!"

"참, 당신도……."

얼마 전 김익현의 귀향 잔치 때 소희의 노랫소리에 놀라고 반하였던 마을 사람들 모두, 그 뒤부터 소희를 볼 때마다 술 한잔하지 않겠냐는 농을 던지기 시작했다. 김익현이 그런 소문을 들어서였는지, 아니면 공연히 아랫사람을 골리고 싶어서였던지, 김익현의 농담에 오늘도 소희는 한 번 더 민망한 마음을 갖게 된다. 사람들로부터 이런 종류의 놀림을 들을 때마다 소희는 창피해서 못 살겠다며 함안댁한테 하소연한다. 하소연 후에 돌아오는 함안댁의 꾸지람은 소희의 자업자득이다.

"손님이 오신다고요?"

"명수 씨라고 두 항렬 아래 집안사람인데 일본에서 신문사를 다니고 있지."

"아! 지난번 마을 길 새로 놓고, 제방을 쌓을 때 일본에서 측량 기사를 보내주신 분이죠?"

"마을 길 놓을 때는 아니고, 그때 측량한 기사는 엉터리였소. 그 일 뒤에 저 아래쪽 제방공사하고, 산허리 개간을 준비할 때 내가 그 친구에게 쓸 만한 사람을 소개해 달라고 부탁을 해서 그가 와세다실업 출신 토목기사를 보내주었었지."

"네-에, 기억나네요. 그 기술자분을 와세다중학[16] 동기분인 조선인께서 소개해 주셔서 모셨다며 제게 말씀해 주신

적이 있네요. 그분이 김명수 선생이시라는 거죠? 그 일본인 기술자분도 신사이셨던 걸로 기억나고요. 그런데 정작 그분을 소개해 주신 김명수라는 분은 제가 뵌 적이 없는 것 같네요."

"부인은 본 적 없을 거요. 그 친구는 조선에 오면 부산, 동래, 합천, 아니면 경성, 이렇게만 주로 다니는데, 부인과 내가 최근엔 함께 여행한 적이 없으니 그 친구가 내 집을 찾지 않은 이상 볼 기회가 없었겠지. 그나저나, 말을 하다 보니…… 우리가 함께 여행을 다녀온 지 너무 오래됐구먼. 이번 겨울엔 원산에나 한번 다녀옵시다. 원산에 가서 오랜만에 스키도 탑시다. 우리 영하도 이젠 스키를 배울 나이가 됐지!"[17]

"어머! 시간이 되시겠어요? 저야 좋은데, 약속을 받아내지는 않으렵니다. 이번처럼 급히 일본이나 어디 먼 길 가실 일이 생길 수도 있으니까요. 그나저나 손님은 몇 분이나 오실지, 준비를 어떻게……."

"아! 그 친구! 아주 실용적인 친구라서 길잡이 한 사람만 데려올 거요. 혼자서는 길을 몰라 오기 힘들 테니 마부 한 명 정도 데려오겠지. 준비는 크게 신경 쓰지 않아도 될 거요. 그렇다고 소홀히 대할 사람은 아니니 깨끗이 사랑채 손님방을 치워주시고 미리 군불도 오늘 저녁부터 때 놓으라고 해주시구려."

김익현이 청주 한 잔을 마시고 화로에 노릇노릇 익힌 말린 문어를 입으로 가져가려는 순간, 바깥에서 소란스럽게 사람들의 웅성거림이 들리고 자지러지듯 소리치는 소희의 목소리가 들린다.

"옴마야! 영하 대럼(도련님), 이기 무신일이요? 누가 이랬능교? 말 좀 해보소. 대럼!"

연이어 민규 어멈의 다급한 목소리가 들린다.

"이기 우찌된 기요? 영하 대럼! 누가 이랬능교? 민규야! 민규 오데 갔노? 민규야!"

사람들의 목소리가 점점 가까워지고, 안채 앞마당에서 소희가 다급한 목소리로 민지영을 부른다.

"마님! 마님! 큰일 났십니더! 마님!"

"무슨 일인가? 무슨 일인데 이리 소란……."

민지영이 일어서서 방문을 열고 마루로 나서고, 열린 문을 통해 김익현이 바깥을 내다본다. 민지영이 놀란 목소리로 묻는다.

"어머! 이게 무슨 일이야! 영하 꼴이 왜 이래?"

마당에 서 있는 영하의 꼴이 말이 아니다. 눈 아래가 벌겋게 피멍이 들어 부어있고, 코피가 난 듯 코 아래 인중 부분에 핏자국이 묻어있다. 저고리와 바지에는 진흙도 엉겨 붙어서 엉망이다. 잠시 뒤에는 민규 아범이 민규를 잡아끌 듯이 데리고 중문을 들어서며 큰소리로 민규를 채근한다.

"바로 대라! 민규야! 우리 대럼 누가 이랬노? 누가 이래 무작시럽게!"

두 손을 모으고 고개를 숙인 채 서 있는 민규는 미동도 없이 아무 말 하지 않는다. 답답한 마음에 민규 어멈이 민규의 등짝을 세게 때리며 계속 묻는다.

"니가 이랬을 리는 없고…… 누가 이랬노?"

아무 말 않고 서서 맞기만 하는 민규를 영하가 한참 노려본다. 노려보는 눈엔 강한 원망이 서려 있다.

"민규 밉다! 인자 나는 민규하고 같이 안 댕길 끼다. 내가 막 뚜디리 맞고 있는데 나쁜 놈을 안 뚜디리 패주고…… 민규, 밉다!"

"똑바로 대라! 바른말 안 할래? 민규, 니! 와 말이 없노?"

민규 어멈이 계속해서 민규의 팔뚝을 잡고 흔들어 대며 다른 손으로 아들의 등짝을 때린다. 이런 민규를 계속해서 노려보던 영하가 울음을 터뜨리며 다시 일러바친다.

"대만이가 이랬어요! 대만이가 내를 막 자빠띠리고…… 막 때리고…… 발로 차고…… 민규는 말리기만 했어요!"

민지영이 조용히 영하와 민규를 내려다보고 있고, 김익현은 헛기침을 두어 번 하고는 댓돌로 내려가 신발을 신고 사랑채로 가버린다. 민규 아범이 그 뒤를 두 손을 모으고 허리를 숙인 채 따라간다. 김익현이 사랑채로 들어간 것을 확인한 민지영이 침착한 목소리로 민규에게 묻는다.

"민규야!"

"예…… 마님!"

"대만이가 누구니?"

"……."

대답이 없다. 무슨 이유에서인지 여기 서 있는 사람 모두 대만이란 아이가 누구인지 알고 있는 듯하지만, 선뜻 나서 아는 척하는 사람은 아무도 없다. 같은 마을 아이 이름인 듯 싶은데, 다들 우물쭈물하며 말들이 없는 걸 보면 무슨 사연이 있는 듯하다. 이때, 민규를 노려보던 영하가 한 발짝 앞으로 나서며 민지영에게 한 번 더 일러바친다.

"대만이! 무당년 갑년이! 갑년이 아들 대만이!"

영하의 일러바침에 다들 한숨을 푹 내쉰다. 설마 했던 그 이름이, 무당년 아들 대만이가 영하를 이렇게 만들었다니! 천민 중 가장 천한, 백정과 같은 급으로 취급받는 무당의 자식이 이 일대 최고 명문가의 외동아들에게 손찌검하고 코피까지 냈다. 게다가 발길질까지 했다니 보통 일이 아니다. 다들 믿을 수 없다는 표정을 짓고 있는데, 이제까지 침착한 모습을 보이던 민지영의 얼굴에 서슬 퍼런 노기가 올라온다.

눈을 크게 치켜뜨고, 입을 앙다문, 분노에 찬 모습으로 서 있는 민지영의 기세에 다들 주눅이 든다. 그녀의 평소 인자한 모습은 찾을 수가 없다.

"네…… 이 노-옴!!!"

민지영의 엄한 야단에 모두 안절부절못한다. 부엌문 옆으로 비켜서 있던 소희는 행주를 쥔 손아귀에 잔뜩 힘을 주고서 바들바들 떨리는 손을 어찌할 줄 모르고, 함안댁도 민규를 쳐다보던 시선을 내리깔고서는 고개를 숙인다. 두 손을 모으고 서 있던 민규는 고함에 놀라 어깨를 움찔하고, 야단을 맞는 민규를 보고 혼자서 득의양양해진 영하가 한마디 더 일러바치려 제 엄마 쪽으로 한발 다가서는데, 다시 한 번 민지영에게서 불호령이 떨어진다.

"네 이 노-옴! 영하야! 내가 너를 이렇게 가르쳤더냐! 무당년이라니! 갑년이라니! 제아무리 네가 양반집 자손이라고 해도 함께 어울리는 동무의 어머니에게 무당년이라니! 어디서 그런 못된 말을 배웠느냐? 말본새가 그게 뭐란 말이냐!"

흐르던 눈물이 그대로 말라붙는 걸 느낀 영하가 제자리에 굳은 듯 서 있다. 함안댁이 얼른 영하를 품 안에 감싼다. 이제껏 민지영의 노기가 민규를 향한 것인 줄 알았던 영하가 지금의 사태를 파악하고는 잔뜩 겁에 질린 듯 함안댁 품 안에서 몸을 움츠린다. 잠시 숨을 고른 민지영이 아들 이름을 부른다.

"영하야!"

"……."

"영하야!"

"네, 어머니."

"대만이가 널 왜 때렸니?"

"……."

잠시 차분해진 틈을 타 함안댁이 또 나선다. 민규의 등짝을 때리며 민규에게 묻는다.

"니는 모했노? 영하 대럼 저래 만들 때까지 니는 모했노? 대만이 그 자슥 때리 쥑이뿔거 아이가? 니는 도대체 모했노?

"……."

민규도 대답이 없다. 이때 행랑채 대문 앞에서 민규 아범의 분노에 찬 목소리가 들린다.

"니가 여게가 어데라꼬 왔노? 저리 가라! 마 할라꼬 온기고? 저리 안 가나?"

밖에서 나는 소리에 민지영이 민규 어멈에게 무슨 일인지 나가보라고 시킨다. 총총걸음으로 나갔던 민규 어멈의 앙칼진 목소리가 들려온다.

"네 이년! 여게가 어딘데? 네 이년! 썩 가거라! 아이고…… 세상이 말세다! 말센 기라! 세상에 무당년이 여게가 어데라꼬! 야! 이년아! 니년 새끼 놈 때문에 이 댁내가 난리가 났구마! 목숨 부지하고 싶거든 썩 물러가서 기다리라 마! 가서, 집구석에 꼼짝 말고 기다리고 있거라! 내일 사람들을 네년 집으로 보낼 끼구마!"

함안댁의 패악질이 안채까지 들리고, 사랑채에선 김익현의 헛기침 소리가 크게 들린다. 지금의 소란이 듣기 싫다는 표현이다. 민지영이 소희에게 바깥채로 나가서 모두 데리고 안채 쪽으로 오라고 시킨다. 소희가 총총 뛰어나가고, 잠시 뒤 민규 아범에게 목 뒷덜미를 잡힌 대만과 대만의 어미 무당 갑년이 고개를 숙이며 들어온다. 민규 어멈도 여차하면 무당 갑년을 때려죽일 기세다. 영하의 몰골에 비해 대만의 얼굴은 더 상해있다. 입술은 터져서 부어있고, 양쪽 콧구멍에는 진득해진 핏물이 엉겨 붙어 있다. 찢어진 눈썹 끝 이마에선 계속 피가 흐른다. 민지영이 버선발로 댓돌로 내려서고, 축대를 내려가 대만 앞으로 다가간다. 다들 긴장하고 이 모습을 지켜보는데, 신발을 신으려다 신발이 흩어지자 버선발로 대만 앞에 선 민지영의 다음 행동에 다들 아연실색한다.

민지영이 손에 들고 있던 작은 손수건으로 피투성이가 된 대만의 이마를 부드럽게 꼭꼭 눌러주며 상처를 자세히 들여다보는 게 아닌가?

"소희야!"

"네? 마─님."

민지영의 부름에 소희가 놀란 토끼 눈을 뜨고 올려다보며 기가 죽어있는, 속삭이듯 작은 목소리로 한 음절 한 음절 소리죽여 대답한다.

"안방에 가서 머큐로크롬하고 약솜 좀 가지고 오너라!"

"네?

소희가 말귀를 못 알아듣고 되묻는다. 지금은 온전히 말귀를 알아들을 수가 없는 것이, 주인마님의 '이상행동'에 모두들 혼이 나가 있기 때문이다.

"옥도정기 말이야. 소독약."

"네?"

소희가 아직 정신을 못 차린다.

"야 이년아! 아까징끼! 아까징끼 가지고 오라 안 카시나! 약솜하고!"

두고 보기에 답답했는지 함안댁이 소희에게 짜증 섞인 설명을 하고, 그제야 민지영의 분부가 무엇인지 알아들은 소희가 얼른 안방으로 들어가 구급약 상자를 가지고 나온다. 구급상자를 받아 든 민지영이 서둘러 약솜에 머큐로크롬을 묻혀 대만의 이마를 소독해 주고 있다.

"얼마나 아팠을까? 세상에!"

열은 탄식을 하며 대만의 이마에 난 상처를 소독하고, 손수건으로 눌러 지혈해 주는 민지영을 바라보며 모두 어쩔 줄 몰라 한다. 이때, 혼자서만 제정신을 붙들고 있던 민규 어멈이 살짝 민지영을 밀어내며 민지영이 손으로 누르고 있던 손수건을 넘겨받아 대만의 이마에 대어 누르고는, 대만을 향해 가만히 윽박지른다.

"니가 누르고 있어라! 뭘 잘했다꼬 대가리를 들이밀고 가만히 있노?"

이때까지 무당 갑년은 서지도, 앉지도, 엎드리지도 못하고 엉거주춤한 자세로 바들바들 떨고 있다. 소희가 급히 챙겨온 신발을 바로 신은 민지영이 제자리에 서서 영하를 보고 묻는다.

"대만이 머리는 영하 네가 이런 거야?"

영하가 화들짝 놀라며 고개를 세차게 흔든다. 똥그랗게 뜬 두 눈은 조금 전까지 서러워 울던 아이의 모습이 아니다.

"제가 그런 거 아니에요! 새동네 애들이 모두 내 편 들어준다꼬…… 민규는 구경만 했어요!"

영하는 아직까지 자기편을 들어주지 않던 민규가 그저 미운 모양이다. 아랫마을 새동네 또래 아이들이 모두 합세해서 대만을 흠씬 두들겨 패주는 동안, 당연히 자기편이라고 생각했던 민규의 무대응에 지금까지 골이 잔뜩 나 있다. 한참을 취조한 사건의 자초지종은 이랬다. 민규와 영하가 새 동네로 불리는 아랫동네 또래 아이들과 모여 비석치기를 하며 노는데, 아이들 중 한 명이 유난히 비석치기를 잘하는 대만을 "무당집 아들이라 귀신이 도와줘서 비석치기를 잘하는 거다!"라며 놀리기 시작했고, 이에 덩달아 영하가 "대만이 머리 위에 몽달이 귀신이 붙어 있는 게 보인다!"며 계속 놀려대었다고 한다. 계속 이어지는 놀림에 인내의 한계점을 넘어버린 대만이 이성을 잃고 영하를 밀치고, 이어 서로 몸싸움을 벌였는데, 민규는 처음부터 그 싸움의 시작이 명백한 영하의 잘못이었기에 영하 편에 서서 대만을 때려줄 수 없었다고 했다. 영하는 무조건 자기편이라고 생각했던 민규가 이번에는 제 편을 들어주지 않자, 대만에게 맞은 것은 둘째 치고, 자신의 심복이라 여겼던 민규에게 단단히 골이 나 있던 것이다.

피를 흘리며 집에 돌아온 대만을 보고 놀란 대만의 어미 갑년이 어찌 된 일인지 내용을 물었는데, 대만의 몸싸움 상대방이 김 군수 댁 손주 영하라는 사실에 경악을 하고서는 일단 사죄를 해야겠기에 무작정 아이를 데리고 찾아온 것이다. 그런데 이 댁 며느리 민지영의 예상 밖 반응에 모두들 놀랐고, 무당 갑년은 지금, 이 상황에서 몸 둘 바 몰라 하고 있는 것이다.

해동의 새벽

민지영이 영하에게 차가운 목소리로 묻는다.

"영하야."

"네, 어머니."

"네 눈에, 대만이 머리 위에 있는 몽달이 귀신이 보였니?"

"……."

"대답해! 보였니?"

"아니요……."

"그런데 왜 그런 말을 했니?"

"……."

이 상황에서 온전한 변명거리를 애써 찾는 게 무의미하다
는 건 어린아이도 알 수 있다. 입을 다물고 자기 발등만 쳐
다보며 서 있는 영하를 외면하고, 민지영이 대만의 앞으로
가 반쯤 무릎을 구부리고 인자한 목소리로 대만을 부른다.

"대만아!"

"예, 마님……."

"영하의 엄마인 내가 사과할게."

"……."

대만이 어쩔 줄 몰라 한다. 이를 지켜보는 소희가 크게 숨
을 들이켜고, 옆에 서 있던 함안댁 역시 무너져라 한숨을 내
쉬며 혼잣말한다.

"휴…… 이를 우짜든 좋노? 우찌 이런 일이 생깄실꼬? 아

이고!"

함안댁의 한숨과 혼잣말에도 아랑곳하지 않고 민지영이
계속해서 대만에게 사과한다.

"대만아…… 미안하다."

"아입니더, 마님!"

"마님이라고 부르지 마. 사모님이라고 부르던지 영하 어
머님이라고 불러라!"

"……."

고개를 돌려 영하를 부른다.

"영하야!"

"예, 어머니."

"이리 와서 대만이에게 사과해야지?"

당황한 영하가 제자리에 서서 두 손을 자기 허벅지 사이에
꽂아 놓고 몸을 배배 꼰다. 어려서부터 영하는 싫다는 표현
을 이렇게 해 왔다.

"영하야! 어서!"

"……."

몸을 계속 꼬면서 고개를 가로젓는다.

"영하야, 어서! 남한테 잘해야 양반이랬지? 잘못을 시인
할 줄 알아야 양반이랬지? 어여, 이리 와서 대만이에게 사
과해."

"……."

"어서. 우리 영하…… 착하지? 그래야 양반인 거야. 어서, 사과하자!"

영하가 두 손을 무릎 사이에 묻은 채로 한 발짝 한 발짝 엉거주춤 대만 앞으로 다가서서 기어들어 가는 목소리로,

"대만아…… 내가 미안타……."

죽어도 하기 싫은 일을 억지로 하는 표정이다.

"아입니더. 대림! 제가 죽을죄를 지었십니더!"

"아이다, 내가 잘못했다."

"아입니더! 내가 잘몯했심더!"

감정을 주체하지 못한 두 아이가 이번엔 서로 잘못했다고 우겨댄다. 사과의 과정에서도 본능적 호승심은 감출 수 없나 보다.

"내가 잘몯했다 안 카나! 아−앙……."

영하가 울음을 터뜨린다. 억지로 사과하는 게 서러워서 우는 건지, 정말 미안해서 우는 건지, 한 번 울음보가 터지자 서럽게 울어댄다. 영하의 울음에 이어서 대만도 훌쩍거리기 시작하고, 대만의 어미 갑년이도 무릎을 꿇고 엎드려 흐느낀다. 초봄의 스산한 저녁 바람이 이들의 옷깃을 헤집는다. 뻐꾸기 우는 소리가 아이들의 설움에 울림을 더한다.

11

김 군수댁.

참새 서너 무리가 한데 몰려다니며 시끄럽게 짹짹거린다.
이쪽 담장, 저쪽 마당을 돌아다니며 지저귀다가 이내 떼 지
어 멀리 날아간다. 봄 햇살이 따사로운 오전 시간, 소희가
장독대 위 이곳저곳에 놓인 오지그릇, 질그릇을 돌보며 부
지런히 마른걸레질을 해댄다. 행랑채 대문이 삐걱 열리며
바짓단을 정강이까지 걷어 올린 민규 아범이 곡괭이와 삽을
들고 마당으로 들어선다. 허리를 펴고 잠시 한숨을 돌리는
소희에게 민규 아범이 큰 소리로 묻는다.

"손님 안죽 안 오싰나?"

"점심 자시고 오실 기라는데 혹시 몰라서 밥만 쪼매 넉넉
히 안칠라 카네예."

"민규 오마이는?"

"……."

소희가 고갯짓으로 행랑채 살림방을 가리킨다. 민규 어멈
은 오전 내내 방에 틀어박혀 있다.

"민규야!"

함안댁을 부른다. 대답이 없자 한 번 더 불러본다.

　　　　　　　　　해동의 새벽

"민규 엄마야!"

"……"

"인자 고마 나온나! 소희 혼차 바쁘다!"

"……"

"야! 민규 엄마야! 니 안 나올 기가?"

"……"

계속해서 대답이 없자 민규 아범의 숨소리가 거칠어진다. 들고 있던 삽과 곡괭이를 바닥에 팽개치고 행랑채로 달려들어 마루에 무릎을 얹은 채 방문을 활짝 열어젖힌다.

"고마하고 나온나!"

이때 대문으로 황계댁이 들어오며 민규 아범에게 인사를 겸한 말을 건다.

"함안댁 아프담서? 아프모 쉬라 캐라! 내가 도와주러 왔으이 우리끼리 고마 밥 끓이 묵고 손님 준비하모 된다."

"아프기는 오데가 아프요? 아입니더."

민규 아범이 시선은 방 안에 모로 누워 있는 함안댁에게 고정한 채 황계댁에게 대꾸하고, 황계댁은 대답을 듣는 둥 마는 둥 중문을 지나 안채로 들어선다. 황계댁이 완전히 안채로 들어간 것을 확인한 민규 아범이 다시 함안댁에게 소리친다. 제법 화가 많이 난 목소리다.

"안 인나나? 확 고마! 끌어낸다! 안 나오마 끌어낼 기다!"

"······."

민규 아범이 상체를 방 안으로 밀어 넣고는 모로 누워 있던 함안댁의 발목을 잡아채려 한다. 누워 있던 함안댁이 용수철 튕기듯 벌떡 일어나 앉아 민규 아범에게 소리친다.

"이 인간아! 끌어내 봐라! 무식한 기 힘만 쎄가꼬, 와? 나도 고마 뚜디리 패지 그라노? 아나! 쥑이 바라! 새끼도 패 쥑이고, 마누라도 패 쥑이고, 고마 모조리 때리 쥑이라. 고마!"

함안댁의 갑작스러운 패악질에 이런 반응을 미처 짐작하지 못했던 민규 아범이 목청을 닫고 속삭이듯 다그친다.

"조용히 안 하나? 상전 계신데. 곧 손님도 오실 기라 카는데, 고마하고 나온나!"

"조용히 몬 하겠다! 아니, 안 할란다. 우리 아가 뭘 잘못했다고 얼라를 뚜디리 패노? 니가 낳았드나? 니가 배 아파가 낳았드나? 이 무작시런 인간아! 자식을 우짠다고 그래 뚜디리 패노! 인자 여덟 살 묵은 아를. 퍼뜩 하모 사람 뚜디리 패는 버릇은 절대 몬 곤치겠구마! 내는 이라고는 몬 산다. 이라다가 우리 모자 저 숭악한 짐승한테 맞아 뒤지게 생깄구마는. 잘난 아들 낳아가꼬 쎄가 빠지게 키워 놓으마 모할끼고? 즈그 애비가 패 쥑일라 카는데. 더 이상 이래는 몬 산다. 몬 사는 기라!"

당황한 민규 아범의 표정을 보고 더 기가 살아난 건지 화가 덜 풀린 건지, 함안댁이 계속 민규 아범에게 속상함을 퍼부어 댄다.

"순사 뚜디리 패서 패가망신할 뻔한 거로, 천하장사 칠만이도 빙신 만들어 가꼬 신세로 조지 놓더만, 그래도 처자식은 안 뚜디리 패서 사람 대접을 해주고 있었는데, 인자는 본성이 나오는구마! 아나! 나도 쥑이고 새끼도 쥑이고 다 쥑이라! 인자 니헌티 미련도 없다. 우리 민규 없이모 나는 미련도 없는 기라!"

"이 예팬네가. 이 예팬네가…… 뒤질라꼬 환장을 했나? 이리 나온나! 고마…… 이 여자를 고마!"

민규 아범이 방으로 엉금엉금 기어들어 간다. 이때 대문을 통해 들어오던 박 서방이 민규 아범의 팔을 잡아채며 대문 밖으로 데리고 나간다. 누군가 말려 주기를 바랐던 것인지, 순순히 이끌려 나가는 민규 아범 얼굴엔 노기와 민망함이 함께 서린다.

"참아라. 니가 참는 기라…… 우리 집에 잠시 갔다 오자. 상전 모두 댁에 계시는데, 아랫것들끼리 싸우는 거 아이다!"

어제저녁에 일어난 사건으로 민규는 제 아비로부터 심한 매질을 당했다. 무당집 대만이가 영하에게 주먹질을 하고 발길질을 하는 데도 즉각 응징하지 않았다는 이야기를 듣고는 행랑채로 돌아와 민규를 다그쳤는데, 민규는 자신이 잘

못했음을 절대 인정하지 않는 것이었다. 애당초 영하가 대만을 놀렸기 때문에 벌어진 일이라서 오히려 피해자는 대만이었다는 주장을 고집스레 하는 민규를, 민규 아범은 용서할 수 없었다. 끝까지 고집을 피우며 영하의 잘못을 주장하는 민규의 태도에 격분해 행랑채 작은 방으로 민규를 끌고 가 안에서 방문을 걸어 잠그고 죽도록 매질을 했음에도 민규는 잘못을 시인하지 않았다. 결국 문고리를 떼어내고 들어온 함안댁의 뜯어말림으로 모진 매타작은 일단락이 되었다. 아들이 억울하게 매질을 당했다는 생각에 밤새 끙끙대며 속을 앓던 함안댁은 오전 내내 방에 누워 시위를 하고 있다. 어려서부터 영특함이 도드라지던 아이라 여덟 살이 되도록 심부름 외에는 몸 쓰는 일을 시키지 않아 왔던 민규를, 오늘 아침엔 제 아비가 지게를 지워 십 리 바깥 갈매산에 나무를 하러 보냈다. 제 아비는, 이젠 더 이상 민규에게 영하의 동무 노릇을 시키지 않을 심산인 거다. 체벌성 노동인 걸 알면서도 아무 말 없이 지게와 낫을 들고 절뚝거리며 집을 나서던 아들의 모습을 보면서 함안댁은 가슴속에 피눈물을 담았다.

아무리 섭섭하고 아무리 가슴 아파도, 이 댁 머슴의 아들 민규는 영하와 동무가 될 수 없는 신분임을 자각해야 한다. 지금까지는 아무렇지 않게 두 아이가 어울려 지내왔지만,

이제부턴 각자 다른 길을 걸어야 한다. 민규 아범은 이번 농번기부터는 민규를 제대로 된 일꾼으로 키워 농사꾼을 만들 작정이다. 함께 10년을 살아온 함안댁이 민규 아범의 이런 속마음을 모를 리 없다. 그래서 더 속이 아픈 거다. 민규 아범이 박 서방에게 이끌려 대문 밖으로 나간 뒤 함안댁이 자리를 털고 일어나 사랑채 중문을 지나 안채 부엌으로 간다. 이때 안방에서 나오던 영하와 마주치고, 영하가 함안댁에게 걱정 어린 표정으로 인사말을 한다.

"유모! 다 나샀나? 아프담서?"

"아입니다. 대림."

함안댁과 인사를 나누며 안방 마루를 지나 댓돌로 내려서는 영하의 움직임이 부자연스럽다. 어제 대만에게 맞아 부풀어 오른 얼굴 한쪽이 보기 흉해 안쓰러운데, 몸놀림까지 부자연스러워 더 가슴 아프다.

"대림! 어데 다른 데 아픈 데 있는갑소?"

"아이다! 유모."

아픈 데가 없다고 하지만, 영하는 지금 약간 다리를 저는 것 같기도 하다. 어제 확인했을 땐 얼굴에 주먹 몇 대 맞고 발길질 한 번 당한 게 다였기에 다른 곳에는 문제가 없어 보였는데, 오늘은 몸 전체 움직임이 부자연스럽다.

"다리를 와 찔뚝끼리능교?"

"아이다."

영하는 대수롭지 않게 대답하지만, 그를 유심히 보던 함안댁의 눈빛이 갑자기 달라진다. 뭔가 눈치를 챈 듯 영하의 팔을 세게 붙잡고 영하의 종아리 쪽을 만지려 한다.

"아! 아!"

영하가 고통스럽다는 듯 비명을 지르며 살짝 주저앉는다.

"와이라능교? 대럼! 와이라능교? 다리가 어데가 아픈 긴교? 이리 좀…… 가만있어 보소!"

이때 안방에서 민지영의 착 가라앉은 목소리가 들려온다. 낮은 목소리이지만 근엄함이 들어있다.

"함안댁! 호들갑 떨지 말게!"

순간 짚이는 게 있는지, 입을 꾹 앙다문 채 영하의 한쪽 팔을 잡은 손에 힘을 꽉 주고 다른 한 손으로 영하의 바짓단을 조심스레 걷어 올린다. 영하의 상태를 확인한 함안댁이 바닥에 털썩 주저앉는다. 그녀의 눈에 들어온 영하의 종아리에 회초리 자국 수십 줄이 보기 흉하게 남아있다. 더하여 검붉은 피멍이 퉁퉁 부은 종아리 살을 흉측하게 감싸고 있다.

"아이고, 옴마야! 이를 우짜믄 좋노? 우리 대럼 다리가 와 이래 됐노? 저 빌어 묵을 무당년, 저년 아들놈이 내 새끼들 모조리 다 쥑이는구마! 내 이것들로 당장…… 마! 쥑이삐리까? 마! 아이고, 내가 젖 믹이가꼬 키운 내 새끼들로 저 천한 기 이래 잡아묵는 기 말이 되나? 아이고, 우리 대럼 다리, 이거 우짤 기고!"

영하는 함안댁이 키웠다. 젖만 물린 유모가 아니라 말 그대로 업어서 안아서 함안댁이 키웠다. 산후조리가 시원치 않았던 민지영을 대신해서 돌 지날 때까지 낮과 밤 항상 영하를 품에 안고 지냈고, 젖도 친자식 민규보다 항상 먼저 물렸다. 영하가 배가 불러 젖꼭지를 혀로 두 번 이상 밀어내고 나서야 배가 고파 보채는 친자식 민규에게 젖을 물렸었다.

여덟 살인 지금도, 영하는 밤에 무서운 꿈을 꾸었다며 무작정 행랑채를 찾아 함안댁의 젖가슴을 파고들 때가 자주 있다. 천한 무당년의 아비 없는 자식과 싸웠다고, 그것도 때린 것도 아닌 얻어터지고 왔는데도 민규는 민규대로 매질을 당하고, 귀한 영하 역시 회초리로 저리 엉망이 되었다니! 주저앉은 함안댁이 훌쩍이며 흐느끼고, 이를 보던 영하도 덩달아 울음을 터뜨린다. 어린아이들은 옆에서 누가 울면 덩달아 우는 법이다. 그런데 지금, 자신을 안쓰러워하며 함안댁이 가슴을 치고 있으니 영하도 서러움이 북받칠 수밖에 없다.

"울지 마라. 유모!"

"아이고, 내 강새이(강아지). 이리 오소."

영하를 안으려는데 갑자기 안방 문이 벌컥 열린다. 방안에 버티고 앉아 있던 민지영이 함안댁을 쏘아보며 무섭게 나무란다.

"함안댁! 그만 하래도!"

주저앉아 울던 함안댁이 이 말에 흠칫, 벌떡 일어나 한 손으로 입을 가리고 중문을 나서 그대로 행랑채 살림방 안으로 들어가 엎드려 통곡한다.

"아이고! 모지신 기라! 얼라가 뭘 안다꼬."

곧바로 영하가 울면서 달려와 함안댁을 쫓아 방으로 뛰어들어온다. 방안에 들어서자마자 함안댁의 품 안으로 안겨든다. 함안댁이 영하를 힘껏 끌어안는다.

"일로 오소, 대림."

"울지 마라, 유모!"

두 사람이 서로를 끌어안고 하염없이 운다. 어린 것이 얼마나 아프고 무서웠을까. 흐느끼는 함안댁의 가슴에 안긴 영하는 뜨거운 눈물과 콧물을 연신 쏟아내고, 그 뜨거운 눈물이 함안댁의 가슴팍을 헤집듯이 할퀴며 적신다.

한참을 울다 지친 영하가 함안댁 젖가슴에 손을 넣은 채 잠이 들고, 함안댁은 연신 영하의 궁둥짝을 토닥인다. 긴 울음에 자극받고 지친 영하가 공연히 딸꾹질을 한다. 계속 딸꾹거리며 쌔근쌔근 잠에 든다.

12

남강변(南江邊).

길게 일자로 뻗어있는 강변 제방 위, 검은색 대형 전투마를 탄 김익현과 짙은 갈색 말을 탄 김명수가 말머리를 나란히 하고 서서 너른 들판을 내려다본다. 높고 두터운 제방은 새로 쌓은 지 얼마 되지 않은 듯 군데군데 삽질과 가래질 흔적이 남아있고, 막 자라나기 시작한 풀도 듬성듬성 자리를 잡았다. 제방 안쪽의 취수로, 제방을 가로질러 낸 수로와 수문, 바깥쪽 들판, 객토용 토취장으로 쓰였던 아래쪽 야산 절개면 등 사람 손이 닿은 곳은 모두 깔끔하게 매조지가 되어 있다. 공사주의 성격이 이런 데서 드러난다. 제방 안 강변 여울목에선 잔물결에 부서지는 햇살이 반사되고, 백색의 모래와 형형색색 자갈밭 사이에서는 키 작은 물새들이 모이를 찾아 부지런히 달리다 날다, 달리다 날다를 반복한다. 봄바람에 뒤섞인 청량한 물비린내가 두 사람의 코끝을 스친다. 두 사람이 말에서 내리고, 마른 체형의 김명수가 선 자리에서 빙 돌며 풍경을 둘러본다. 너른 들판을 바라보는 김명수의 눈빛이 날카롭다.

"대부님!(大父: 할아버지와 한 항렬의 어른을 이르는 말. 친척 중

상복을 같이 입을 정도의 촌수 이외의 일가 어른을 일컬음) 여기가 정작 조선의 자영 농경지가 맞습니까? 혼자서 이 일을 다 해 내신 겁니까?"

"어찌 나 혼자 했겠나? 자네도 힘을 보탰지. 측량·토목기 사를 자네가 보내주지 않았나? 실력이 출중한 이케다 상 때 문에 일이 생각보다 수월하게 진행되고 있네!"

"처음에 말씀을 듣고는 이 정도 규모라고는 상상도 못 했 습니다. 저는 지금 마치 일본 지바현이나 요코하마 간척지 를 찾은 듯합니다."

"어허, 이 사람아! 과장이 지나치네!"

"아닙니다. 목측으로 볼 수 있는 한계를 감안하고서도 동 척(동양척식주식회사)[18]도 부럽지 않을 수준입니다!"

"고작 8만 평이라네…… 동척 사업에 댈 수 있는 규모가 아닐세."

"규모가 작다 뿐이지 이 정도면 최선진입니다! 놀라울 따 름입니다. 지금 만들어 놓으신 부분이 8만 평인 거고, 앞으 로 계획된 부분은 더 클 것 아닙니까?"

"일단은 매년 이 정도 규모로 10년 예상하고 있다네. 2년 전까지는 기존에 소유하고 있던 농토의 경지정리에 힘을 쏟 았다면, 이제는 주로 개간을 목적으로 할 생각이네. 대대로 물려받은 농지만으로는 식량 생산에 한계가 있으니 야산도 개발하고, 하천부지도 정리해서 효율성을 높여야 하지 않겠나. 다행스럽게도 이 일대는 일본인들이 자본력을 가지고 밀고 들어오지는 않았다네. 만약 그랬다면 나한테까지 기회가 오질 않았을 텐데 말이야."

"기본적으로 대부님 집안 토지가 이 일대에 많으셨으니 가능했지 않겠습니까? 전라도 고창 김성수, 김연수 선생 집안의 토지 인근에 일본인들이 들어오지 못한 이유와 같지 않을까 하는데…… 맞지 않습니까?

"아이고 이 사람아. 그 댁에도 비할 바가 아니지! 그 댁에 비하면 우리 집안의 토지 규모는 말 그대로 새 발의 피 아니겠나!"

조선조의 유명한 성리학자 김인후의 직계 후손인 고창의 학성 김씨(울산 김씨) 김성수·김연수 집안은 전라북도 해안선 일대 농토 3천만 평 이상을 소유하고 있는 대지주이다. 동아일보와 경성방직, 교육기관인 중앙학교, 보성전문(지금의 고려대학교. '민족 고대'라는 구호는 이 집안 '조선민족자본'의 보성전문 인수에서 기인함)의 소유주이기도 했던 이 집안은 소유한 농토가 매우 방대하고, 아울러 지역 사회에도 영향력이 컸기에 다른 전라도 지역과 달리 동척 등의 일본 대규모 자본에 크게 영향을 받지 않았다.

1908년 창립된 동척이 1910년 한일 합방 이후부터 약 10

년간 토지조사 사업을 거쳐 매입하고 소유한 조선의 토지는 9만 정보가 넘었다. 대부분 국유지와 지방 소농들이 소유했던 토지를 매입하여 이를 재임대하고, 일본으로부터 유치되어 온 일본인 농업 이민자들에게 불하되었는데, 동척의 이런 활동에 영향을 받지 않은 각 지역의 대지주들이 있었으니 이들이 소유한 대규모 농경지는 일본의 대형 자본에 노출되거나 휩쓸리지 않았기에 그 일대 소작농들은 그동안 부쳐 먹던 농지에 대한 기존 소작권을 계속 유지할 수 있었고, 자연재해 등으로 인한 식량 공황이 있을 때도 이들은 주위에 사는 빈농들에게 큰 울타리가 되어주고는 했다.

당시 동척에서는 소출의 5할에 달하는 살인적 소작료를 징수하기도 하였다. 더 큰 문제는 그렇게 소작료로 받은 곡물 대부분을 일본으로 수출하는 것이었다. 식량난이 심각했던 1930년대, 기아에 허덕이던 조선 민중의 처지에서는 그렇지 않아도 부족했던 미곡을 일본으로 무작정 빼돌리는 이들을 바라보며 분노할 수밖에 없었다. 그들이 조선 농업의 근대화에 이바지한다는 명목이 있었지만 이와 같은 사실로 볼 때, 동양척식주식회사가 식민지 조선을 상대로 한 무자비한 수탈기관이었음은 부정할 수 없는 사실이다.

"평야를 끼고 있는 호남의 곡창지대와 이곳의 상황을 단지 농지 규모만 가지고 단순 비교할 수 있겠습니까? 이런저런 이유를 막론하고, 이 지역에서 대부님의 긍정적 영향력이 적다 할 수 없지요! 게다가 산지가 많은 경상도 서부지역에서 개인이 매년 400마지기씩 농토를 새로 만들어 내는 일을 하고 계신데, 이는 반드시 다른 이들로부터 좋은 평가를 받아야 할 일 같습니다. 놀라울 따름입니다."

"과찬일세. 나는 말일세, 이 작업이 잘 마무리돼서 지금 만주 일대를 떠도는 우리 고향 일대 사람들을 다시 이곳으로 불러들일 수 있기를 바랄 뿐이라네. 지난 몇 년 동안 이 근방을 떠나 살길을 찾아 만주로 떠난 주민들이 전체 농민 숫자의 2할이 넘었다고 들었네. 그런데 이들이 잘 정착했다는 소식은 들리지 않고, 대부분 아사하거나 실종됐다는 험한 소식만 들려오니 안타까울 따름이네. 겨우 자리를 잡았다는 일부 사람들도 그곳 비적들에게 재산을 약탈당하고 혹은 그들을 시샘한 현지 악당들로부터 죽임까지 당하였다고 하는데, 그런 소식을 듣고 어찌 그냥 손을 놓고 있겠나. 일본의 행정력이 미치는 지역에서조차 때에 따라서는 일본에서 온 분촌이민(농토가 부족한 일본은 정부가 나서서 농민의 이민을 장려했는데, 마을 인구를 나누어 해외로 이민 보낸다고 하여 分村이민이라 부름)자들에게 우리 조선인이 애써 개간하고 일군 농토를 빼앗기는 일도 있다고 하니, 이건 정말 가슴 아픈 일이야!"

물론 만주 지역에도 조선인들의 성공적 대륙 정착을 지원한다는 명목으로 만든 동척의 자회사 동아권업공사가 있어서 조선인의 만주 농업이민을 후원하기도 하였는데, 우선순위에서 일본인들에게 밀린 조선의 영세 농민들은 결국 유랑인 신세로 전락하여 추운 만주벌판에서 굶어 죽거나 얼어 죽고, 비적들의 손에 희생당하는 일이 비일비재하였다.

"대부님! 지금 일본에서도 대공황의 여파로 굶어 죽는 사람이 부지기수입니다. 작년부터 시작된 만주 농업 이민자모집에 매번 엄청난 지원자가 몰리고 있고, 농촌 촌락 단위에서도 분촌이민이 성행하고 있어서 지금 만주를 향한 농민들의 대 이주 현상은 우리 조선만의 현상은 아닙니다! 일본에서 떠난 만주 이민자들 역시 정착이 호락호락하지는 않다고 합니다. 비단 조선인들만의 비극이라고는 할 수 없는 상황입니다."

산업화를 일찍 받아들인 일본의 경우 비교적 농민의 숫자가 전체 인구에서 차지하는 비중이 조선보다는 적은 편이었으나, 1929년 대공황으로 인하여 경공업 생산시설이 대부분 문을 닫게 된 이후부터, 과거에 농촌을 떠나 도시에서 생산직 단순노동으로 생계를 이어가던 상당수의 도시빈민이 다시 농촌을 찾게 되었다. 이들의 농토수요를 감당하지 못하던 일본에서는 분촌이민 정책이라는 조선 농업이민과 만주 농업이민 정책을 국가 차원에서 공격적으로 펼치게 된다. 이때 동양척식주식회사에서 일본인 농업이민자에게 조선의 토지를 불하하였고, 일본인 농업이민자에게 밀려난 조선 농민들은 만주 등지로 유랑하게 된다.

"그래도 어쨌든 일본인들에게는 강한 나라라는 든든한 존재가 있지 않은가? 우리, 나라 잃은 조선인은 언제나 일본인, 중국인들에 비해 우선순위에서 밀리게 되니, 조선에서도 일본인들에게 밀리고, 만주에서도 중국인과 일본인들에 밀려나서 결국 살아남기가 힘든 상황 속에서 비참한 말로들을 맞고 있지 않은가? 그러니 우리 같은, 소위 먹고살 만한 사람들이 같은 민족의 구제에 나서야 하지 않겠나? 나는 그런 차원에서 당장은 수익성이 조금 낮거나 밑지는 일이 있더라도 이 사업을 긴 안목을 가지고 꾸준히 밀고 나갈 생각이네!"

김익현이 지난 2년간 새롭게 개간해 이루어 놓은 넓은 농지를 자랑스러운 표정으로 바라보며 자신의 포부를 밝힌다.

"대부님! 이 제방은 길이가 얼마나 됩니까? 대충 보니 약 5㎞ 정도 되는 것 같습니다만."

"잘 봤네. 여기서 저 산 끝자락까지 4.5㎞이고, 내년엔 또 저 산자락 너머 5㎞ 정도를 더 이어갈 계획이라네. 저 산자락은 허리까지 끊어서 객토용 토취장으로 쓰게 될 거고, 그 자리는 밭이 되겠지? 아직 할 일이 많이 남아있다네."

"이곳 400마지기, 8만 평 개발 비용은 얼마나 들었는지 여쭈어도 되겠습니까?"

"생각보다 적게 들었다네! 3년 전 반성면 쪽에 있는 천수답 100마지기를 함안 쪽 대지주인 정만보 씨에게 한꺼번에 처분했는데, 그때 값을 잘 받아서 한 마지기당 300원에 팔았다네. 그 돈 3만 원으로 예산을 잡았는데, 하천부지 불하대금으로 경상도에 8천 원을 내고, 실제 공사비는 객토까지 해서 1만 5천 원이 채 안 들어갔다네. 100마지기 땅을 3만 원에 팔고, 그 돈 일부인 2만 3천 원으로 400마지기 논을 장만했으니 수지는 일단 제대로 맞춘 것 같네. 다만 소출이 얼마나 나올지는 두고 봐야 할 것 같네."

"당장의 소출은 큰 문제가 아닐 것 같습니다! 백 년 천 년이어갈 경작지를 새로 만드셨다는 게 중요한 것 아니겠습니까! 처음 이곳을 측량하고, 설계하는 데 힘을 보탠 이케다 상이 일본으로 돌아와서 제게 갑산마을의 천지개벽 소식을 전해줄 때까지만 해도 반신반의였습니다만, 이렇게 제가 눈으로 직접 보니 정말 대단하십니다!"

김명수가 연신 탄성을 쏟아낸다. 처음 김익현이 김명수에게 대규모 경지정리와 하천 정비사업을 위해 일본인 농업토목 기사를 수배해 달라고 했을 때, 조선에도 어지간한 기술자가 있는데 굳이 일본에서 비싼 인건비를 들여가며 사람을 보내달라고 하는 김익현의 부탁을 이해하지 못했었다.

자신의 와세다중학 동기생 중 와세다 실업전문부로 진학하여 농업토목을 전공한 이케다를 소개해서 갑산마을로 보낸 지 두 해가 지나서 이케다가 가져온 도면을 들여다본 김명수는 놀라움을 금치 못하였다. 그 후 이곳 현장을 직접 보고 싶은 마음을 주체하지 못하다가 고향인 합천을 찾은 김에 꼬박 반나절 거리인 이곳 갑산마을을 찾게 된 것이다.

김명수는 이번 갑산마을 방문길에 신작로에서 마을 길을 따라 김익현의 집으로 가는 동안에도 기존 천수답을 바둑판처럼 정비한 것을 보고 벌어진 입을 다물지 못하였다. 게다가 앞으로 10년간 지금의 눈앞에 펼쳐진 대규모 개간사업을 계속 이어갈 계획이란 김익현의 이야기를 듣고 놀라움이 더 커질 수밖에 없다. 물론, 그가 일본에 살면서 대규모 간척·개간 사업을 보지 않은 것은 아니지만 조선에서 개인이 이런 큰 역사를 이루어 낸 경우는 일찍이 보지 못하였다.

"대부님! 제가 이 공사와 관련한 설계서와 도면을 얻어갈 수 있겠습니까? 사실은, 얼마 전 이케다 상한테 같은 부탁을 했다가 거절을 당했습니다. 자신이 작성하고 자신이 가지고 있는 도면과 설계서가 자신의 업적이긴 해도 원칙적으로는 자신의 소유가 아니라 돈을 지불한 대부님 소유라고

하면서 대부님 허락이 없으면 줄 수 없다고 하더군요. 그때 얼마나 서운했는지 모릅니다."

"허허, 일본인들의 그런 방식의 셈은 얄미우리만치 정확하지. 지나치게 형식을 따지고 절차를 따지면서 사람을 곤란하게 할 때가 많아. 하지만, 그 친구 말이 틀린 말은 아니지 않나? 하하! 그래, 내가 내어줌세."

"고맙습니다! 대부님!"

"그런데 자네는 이 도면과 설계서를 어디에 쓰려는가?"

"사실은…… 제가 일본에서 급히 들어온 이유가 있습니다. 우리 조선도 이제는 선거라는 걸 시작하게 되었다는데, 그걸 준비해 보려고 합니다. 아무래도 일본인이 임명하는 임명직 공무원직을 맡기에는 조선인으로서 자존심도 있고요. 일본서 대학 나와서 고등문관 시험을 쳐서 고등 관리로 들어오는 자를 그들은 당장 입신양명이다 금의환향이다 추켜세워 주긴 합니다만, 일본의 속셈은 결국 자신들이 조선을 식민 통치하는 수단으로 조선 사람을 이용하는 게 아니겠습니까? 그렇게 부임한 자가 아무리 우리 민족과 우리 조선 땅에 사는 사람들을 위해서 선정을 베풀어 보려고 해도 결국은 천황이 임명한 사람이니, 사람들은 속으로 반발심이 있을 밖에요. 그러니 조선인들의 이러한 정서를 아는 조선총독부도 이제는 일본처럼 선거로 의원을 뽑고 그 의원들이 총독부 내부의 각 국장들을 견제하고, 예산과 결산을 심의하고, 그렇게 이곳을 운영할 날이 곧 오겠다고 믿고 있습니다. 그런데 훗날 제가 선출직 신분으로 일을 하려면 제일 먼저 해야 할 일이 치수사업이라고 생각합니다. 치산치수가 목민의 제일 덕목이 아니겠습니까? 우리 합천에도 황강이라는 제법 큰 강이 있습니다. 유역도 넓고, 수량도 많은 편이라 홍수도 잦은 편입니다. 그런데 여기 이곳 갑산마을에서 대부님께서 치수사업, 개간사업을 하신 것을 가지고 그대로 합천 황강 유역에 접목을 시키면 딱 좋을 것 같아서 말씀입니다."

"자네가 실질적 권한이 하나도 없는 읍·면 단위의 지방협의회[19]에 출마할 리는 없을 테고, 조선에서도 제국의회처럼 선거를 치를 계획이 섰다는 말인가?"

"아닙니다. 지금 당장 조선인 중에서 제국의회 의원을 선출할 리가 있겠습니까? 그것이 아니라, 사실은 작년에 저한테 고향으로 돌아와서 면장 일을 해보는 게 어떻겠냐는 제안이 경남도지사실에서 들어왔습니다. 처음에 그 제안을 받고서는 일언지하에 거절했습니다."

"흠…… 자네, 실례네만 올해 나이가 정확히 어떻게 되나?"

"설 지나서 스물여덟이 됐습니다."

"스물여덟에 면장이라. 거절하기 잘한 것 같네. 너무 젊은

게 아닌가 싶지? 그건 그렇고, 방금 선거 이야기는 무슨 얘기인가? 면장 임명권도 각 도의 도지사에게 있는데 말일세. 그것도 연공서열이란 게 있어서 도청·군청·면 이사청에서 상당 기간 근무했던 경력도 있어야 하고 말일세. 내가 자네를 무시해서가 아니라 지금까지의 통상적인 면장 추천 과정과 달라서 물어보는 거라네."

"아! 대부님. 일이 어떻게 된 거냐 하면 말씀입니다. 작년에 이곳 경상남도 도지사로 부임한 세키스이 다케시 상이 처음 부임하였을 때, 전임 도지사였던 와다나베 도요히코 상과 이런저런 이야기를 나누다가 경상남도 각 군청 산하의 면장을 임명할 때, 가능하면 조선 사람 숫자를 늘려보는 것이 어떻겠냐는 의견들을 나누었다고 합니다. 그런 의견이 있고 나서는 저한테 합천에 있는 열일곱 개의 면 이사청 면장을 소개해 달라는 부탁이 있었고, 그러면서 제게도 고향인 용주면에서 면장을 맡아서 해보는 게 어떻겠냐는 제안도 받았습니다. 그때 일단 거절을 해놓았지만, 시간이 지나면서 일본보다는 조선에 돌아와서 뜻있는 일을 하며 살고 싶다는 생각이 계속 드는 게 아닙니까? 그런데, 아무래도 일본인들한테서 임명받고 면장 일을 맡기에는 마음이 다소 불편하고, 대부님 말씀하신 대로 나이와 경험 문제도 있고 해서 고민이 많았었는데 말입니다. 작년에 조선금융조합연합

회의 조직이 싹 개편이 되지 않았습니까? 그래서 선출직 금
융조합장에 출마해서 당선되면 그건 우리 조선 사람들 손으
로 저를 뽑아준 셈이 되는 것이니, 그때부터 면장을 겸직하
면서 지방행정과 금융조합 업무를 접목시켜 뭔가 효과적인
일을 해보려는 마음을 먹게 되었습니다. 면장하고 금융조합
장은 겸직이 가능하다는 의견을 도청에서 받았고, 결국 대
부님께서 이곳 갑산마을에서 진행하셨던 사업을 제가 합천
에서도 할 수 있겠다 싶은데…… 사실 이런 사업은 행정과
예산이 함께 어울려야 되는 일 아니겠습니까! 그래서 이렇
게 대부님을 급히 찾아뵙게 된 것입니다!"

"아! 자네 긴 시간 상당한 고민을 하고 있었구먼!"

일본은 1890년에 이미 제1회 제국의회 선거를 통해서 의
원을 선출하기 시작했다. 우리에겐 구한말이던 시절, 일찍
부터 의회정치를 시작한 일본은 서구의 선진 정치·경제체
제를 적극적으로 도입하였다. 그러나 그들은 대만의 병합
과 한일 합방 이후에도 식민지 조선과 대만에서만큼은 자신
의 나라에서처럼 국민에게 참정권을 부여하지 않았다. 다만
몇몇 금융단체나 농촌 식산을 위해 설립한 조합의 경우 선
거를 통해 단체의 장을 선출하게 법을 제정하여 시행하였는
데, 1918년에 제정된 금융조합령에 의해서 생겨난 지방금융

조합이 1933년 8월, 조선금융조합연합회로 새로이 개편됨과 동시에 기존의 비효율적 조직체계가 합리적으로 바뀌고, 각 지역의 조합장은 3년 임기의 선출직으로 임명하도록 정비가 되었다.

조선 땅에 새로이 도입된 선진 제도에 적극적으로 참여해 보려는 청년 김명수. 그는 조선왕조의 몰락, 대한제국의 패망과 함께 사라진 그 옛날 과거제도의 극적인 부활과, 빼앗긴 국권 회복이라는 꿈을 꾸면서 14세까지 신식 교육기관으로의 입학을 보류해 가며 서당에서 한학·유학(儒學)을 공부했다. 그러다 15세가 되던 해 당분간 독립은 어렵겠다는 판단이 서고, 홀연 일본 와세다학원에 유학을 떠났다가 이제는 28세의 신청년(新靑年)이 되어 고향인 조선으로 돌아오려 하고 있다.

열다섯 살 그가 혼자서 시모노세키행 관부선에 올라 현해탄을 건널 때 조용히 자신에게 물었다고 한다.

'조선인을 위한 지사(志士)가 될 것인가 아니면 일본식 교육을 받고 식민지 시대 출세(出世)를 꿈꾸는 자가 될 것인가?

그 질문이 어쩌면 김명수에게는 평생의 업(業)일 수 있는 것이었다. 그 고뇌 속에서 이번 기회에 조선의 지방행정조직 말단의 장이 됨으로써, 예전에 물거품처럼 사라져 버렸던 목민관(牧民官)의 꿈을 다시 가져보려 하고 있으나, 마음

212   해동의 새벽

한편에서는 자칫 친일 매신(賣身)의 멍에를 자신이 짊어지게 될까 봐 노심초사하고 있다. 새로 생긴 선출직으로의 출사(出仕)를 통해 민족의 손으로 선출된 지방 금융조직의 장에 먼저 올라 '선출된 위민친력의 정당성'을 확보해 보려 숙고에 숙고를 거듭하여 보지만, 당장은 정확한 해답을 찾을 수 없는 현실에 식민지 청년의 머릿속은 복잡할 수밖에 없다. 이는 비단 조선에서 태어난 청년 김명수, 그 혼자만의 고뇌가 아닐 것이다. 이 같은 난제는, 뜻을 세우고 이름을 떨치고 싶은 수많은 식민지 출신의 젊은이들에게는 평생 고달픈 숙제가 될 수밖에 없다.

두 사람은 한참 동안 김익현이 창조해 낸 드넓은 들판을 찬찬히 돌아보며 암울한 시절에 대하여 각자의 깊은 고민을 나눈다. 따뜻한 남쪽에서 겨울을 나고 이곳을 찾은 십여 마리의 백로 떼가 크고 우아한 날갯짓을 뽐내며 이들의 머리 위를 조용히 날아간다.

13

경성(京城) 복흥상회.

복흥상회 주인, 미나리꽝 이 서방 이민성은 며칠째 잠을 이룰 수가 없다. 낮 시간 가게에 나와 있어도 신경이 온통 다른 곳으로 쏠려 있다. 며칠 전 점포 앞에서 아들놈이 임신시킨 화류계 계집과 아들놈의 소실이 난투극을 벌인 이후부터 주위 사람들의 그를 보는 눈빛이 예사롭지 않다.

말을 함부로 하는 놈 중에 조선 땅에서 둘째가라면 서러운 촉새인 이웃 고춧가루 장수 강 서방 놈이 시중의 말을 들었다며 전하기를, 이민성이란 놈이 미나리꽝 천한 출신 주제에 돈푼깨나 벌었다고 해서 자식이 첩을 둘씩이나 들였다고 수군대는 사람들이 많다고 한다. 남의 눈을 그다지 의식하지 않고 살아온 이민성이었지만 지금의 경우는 다르다. 아들놈 이태준은 어디서 이 난리를 전해 들었는지 꽁무니를 빼고, 며칠째 코빼기도 보이지 않고 있다. 아들 녀석의 소실 창욱 어미도 건너편 잡화점의 가게 문을 걸어 잠그고, 며칠째 살림방에서 두문불출이다. 이 상황에서도 이민성은 손주 창욱의 배시시 웃는 모습이 보고 싶지만 길 건너 아들놈 소실 집을 찾아가기가 왠지 두렵다. 적당히 무시하고 적당히 천대해도 싹싹하게 애교를 부리며 이민성에게 밉보이지 않으려 노력해 왔던 아들놈의 소실이, 이제는 아들놈 계집질의 피해자로 둔갑을 한 상태이고, 이민성은 그 피해에 일조라도 한 것 같아 공연히 미안하고 무안한 마음이 든다. 아들놈의 난봉질에 탕자의 아비 된 죄로 몸 둘 바를 모르고 있는 셈이다.

급한 김에 하등미 열 가마 값에 해당하는 거금 100원을 쥐여 주고 병원에서 진찰을 보게 한 후 돌려보냈던 매향이라는 임산부도 당장 처치 곤란한 물건이다. 머리 꼭대기 피도 안 마른 놈이 벌써 소실을 둘이나 들여앉히고 세 집 살림이라니! 냉정하게 이야기하자면, 변변한 기술도 없고 직업도 없는 아들놈은 본처 하나도 제대로 건사할 재주가 없는 놈이다. 아비가 운영하는 이곳 복흥상회와 이창정미소를 나중에 이 녀석에게 물려주게 될 텐데, 이대로라면 영업을 넘기는 순간부터 몇 달도 채 넘기지 못하고 폭삭 망하게 되는 것은 기정사실인 듯하다.

답답한 마음에 냉수 한 사발을 들이켠 후 점포 안쪽에서 재고 파악을 하던 점원 이순제를 부른다.

"이 군아!"

"예, 아저씨!"

이민성을 아저씨라 부르는 이 청년과는 친척 사이가 아니냐고 모두 물어오지만 사실 이순제와 이민성은 아무 관계도 아니다. 1915년 법이 바뀌고 호적 사무 책임을 일선 경찰서장에서 일반 행정기관장인 한성부윤이나 각 읍·면장에게 넘

기고 나서부터 수많은 조선인 무적자들이 너도나도 호적을
만들기 시작했었다.

경찰에서 인적사무(호적사무)를 관리할 때는 순사 앞에서
거짓말을 하는 사람이 많지 않았다. 천민 출신들은 성(姓)이
없으면 없다고 하고 대충 이름만 대었는데, 그럴라치면 순
사의 공연한 놀림 뒤에 서기가 적당한 성을 붙여 호적을 만
들어 주었다. 경찰서에서 무안을 당하는 것이 왠지 께름칙
했던 이민성도 이때는 경찰서에서 호적을 만들지 않았다.
그러다 1916년도에 한성부에서 호적을 만들 때, 길 건너편
식당 주인 개봉이를 증인으로 세워 대충 이(李)씨 성을 가진
민성(民誠)으로, 양반댁 서자인 척, 성도 만들고 이름도 만들
려 작정하고 그곳을 찾았었다. 당시 호적을 만들 때 서류를
꾸미던 서기가 이민성에게 본관이 어디냐고 질문하자 본관
이 뭐냐고 되묻기 두려워 우물쭈물하고 있었는데, 뒤에 잔
뜩 줄을 서 차례를 기다리던 사람 중 한 명이 다가와 그에
게 '연안 이씨'라고 추임새를 넣어주고, 서기는 그 사내의 말
대로 본관을 기입해서 졸지에 연안 이씨가 되어버렸다. 그
때 이민성은 그 사내에게 본관 사용료 조로 1원을 지불하였
다. 천연덕스러운 표정으로 너무나도 당연하게 본관 사용료
를 달라는 터에 이민성은 엉겁결 에누리도 없이 선뜻 그 돈
을 내어주었다. 나중에 그 사내의 수작임을 알고 나서는 1원

의 돈이 너무나도 아까워 한동안은 자다가도 한밤중에 벌떡 벌떡 일어나 이불을 걷어차기 일쑤였다. 당시 막노동 일꾼의 하루 노임이 10전 안팎이었음을 감안하면 상당한 금액에 해당하는 돈을 순식간에 날려버린 셈이었다.

그러나 그렇게 억울하게 열흘 치 노동 일당을 주고 사용하게 된 '연안 이씨'라는 본관과 성이 자신의 아들과 손자 대에 이르러 아주 값지게 사용될 것임을 실감하게 된 건 최근이었다. 이곳저곳 거래처가 늘면서 사람들이 그에게 "어디 이씨요?"라며 본관을 물어올 때마다 자조 섞인 표정과 더불어 "근본 없지만 연안 이가요!"라고 대답하였는데, 이상하게도 그 대답을 들은 상대방은 하나같이 그를 무시하지 않고 깍듯이 대해 주는 게 아닌가. 심지어 시중에선 이조시대 대성(大姓)으로 '광금연리(광산 김씨와 연안 이씨)'라는 말이 돈다는 사실도 남의 입을 통해 알게 되었다.

그러다 어느 날 지인으로부터 이순제라는 이 점원 아이를 소개받아 채용하게 되었다. 마침 본관이 연안 이씨라고 하는 이 청년, 일가가 맞고 아니고를 떠나서 나이 차이로 인하여 자연스레 이민성을 '아저씨'라고 불렀는데, 마침 이순제가 나고 자랐던 경기도 광주의 작은 마을이 유명한 연안 이씨 집성촌이 아니었던가. 이 일로 인해 얼렁뚱땅 이민성이 사용하는 이씨 성이 소위 1원을 주고 산 성씨(姓氏)가 아닌 취급에서 더 나아가 이순제라는 이 녀석, 이민성이 온전한 연안 이씨 일족임을 거짓 입증하는 존재가 되어버렸다.

"태준이 소식은 들은 게 없냐?"

"없습니다요!"

"순제 너 이 녀석! 저번처럼 한밤중에 가게로 찾아온 태준이한테 쌀 세 가마니를 실어 내주고는 나한테는 그 사실을 숨기고, 거짓부렁하고…… 그런 짓을 다시 하다 걸리면 아주 혼이 날 줄 알아라!"

"아이고! 아저씨, 다시는 그런 일 없을 겁니다! 믿어주세요."

이때 바깥에서 얌전하게 멈추는 자전거의 브레이크 소리가 들리고, 곧이어 배달을 나갔던 정 군이 점포 안으로 들어온다.

"배달 다녀왔습니다!"

생글생글 웃는 정 군. 언제 보아도 사람을 기분 좋게 만드는 인상이다.

"그래 정 군아. 수고했다! 오면서 황금정통에 들렀더냐?"

"예. 그런데 사장님! 황금정통 대전식당 주인 어르신께서 저한테는 수금을 해줄 수 없으니 사장님께서 직접 와주십사 하고 정중하게 말씀을 하시더라구요!"

"그래? 네가 우리 집에 들어온 지 몇 달 되지 않아서 그러는 모양이니 행여 서운해 하지는 말거라. 세상인심이란 게

다 그런 거란다. 내가 나중에 시간이 날 때 천천히 다녀오도
록 하마."

이민성은 수금을 갔던 정 군이 거래처 주인의 불신에 혹여
마음이 상했을까 봐 걱정이 된다. 이를 달래주려 조심스레
세상의 불신 풍조를 일반화하는 위로의 말을 해준다.

몇 달 전 겨울, 유난히 추웠던 날이었다. 용산 엿 공장 견
습생으로 일하던 정 군이 가게 앞에서 기웃거리며 일자리를
문의할 때 마침 배달꾼이 필요했고, 그의 첫인상과 말투, 어
딘지 모를 자신감과 의젓함에 반해서 곧바로 채용을 마음먹
었다. 이미 마음속으로는 내일부터 출근하고 숙식도 가게
곁방에서 해결하라고 하고 싶었지만, 젊은 친구에게 일자리
구하기가 그리 쉽지 않다는 인상을 주기 위해서, 그리고 공
연히 그의 인성을 떠보고 싶기도 해서 보증인은 세울 수 있
냐고 물었다. 그러자 자신은 강원도 통천 시골에서 혈혈단
신으로 서울에 와서 가족은 없지만 지난 일 년간 일했던 풍
전 엿 공장 동료 쉰 명 이상의 보증서는 당장 받아오겠다고
큰소리를 치는 게 아닌가? 그래서 농담 반 진담 반으로 그리
해보라고 했더니, 글쎄 다음 날 저녁에 예순다섯 명이 찾아
와서 정 군의 보증을 서겠다고 줄을 서는 것을 보고 적잖이
놀랐었다. 이에 감탄하여 당장 출근하라고 하자 그의 반응

이 걸작이었는데, 자신이 맡아왔던 일이 비록 단순노동이지만, 일을 그만두면서 후임자에게 최소한의 업무 인수인계는 해줘야 한다며 열흘의 시간을 달라고 하는 게 아닌가. 이 모습을 보고 이민성은 이 젊은 친구의 책임감에 홀딱 반해버렸다.

낮이면 지게나 자전거로 쌀 배달을 하고, 밤이면 가게 점포 곁방에서 매일 한 시간 이상 책을 읽는데, 버는 돈의 3할은 책값으로 쓰고, 3할은 저축을, 나머지 4할은 동생들의 교육비로 모두 쓰는 모습에 이 젊은이가 범상치 않음을 느꼈다. 그래서 교육은 어디까지 받았는지 물었더니 보통학교를 우등으로 졸업했고, 서당에서 소학, 대학, 자치통감 등을 모두 뗐다고 한다. 더욱 놀라운 일은 민법과 상법, 형법 등의 법률 서적을 거뜬하게 읽어내는 실력이 있었고, 제법 유창한 일본어 실력에 더해 장부 정리를 복식부기 형식으로도 기입해 내는 놀라운 재주가 있었다. 어디서 이런 재주를 배웠냐 물었더니 일본어와 법학은 독학으로, 복식부기는 유명한 덕수 부기학원을 다닌 적 있었다고 한다.

어디서 이런 복덩이가 굴러들어 왔는지, 이민성은 정 군을 볼 때마다 기분이 좋아진다. 한편으로는 이런 훌륭한 젊은이가 점원으로 있는 터에 이에 비교되는 못난 자식 태준이 더 안타깝기도 하다.

　　　　　　　　　　　해동의 새벽

"아닙니다. 사장님! 저는 아무래두 상관이 없습니다요. 그런데…… 저기 뭐시냐, 제가 보통학교밖에 못 나와서 잘 모르겠지만서두…… 오늘은 사장님께서 대전식당을 한번, 나중이 아니구요, 지금 당장 다녀오셨으면 싶네요. 왜냐면 대전식당 사장님께서 장부를 들여다보시면서 고개를 갸웃거리시는 게…… 영…… 예, 예."

정 군의 말에 묘한 낌새가 느껴진다. 이럴 땐 뭔가 확인이 필요하다.

"그래? 네가 보기에 뭐가 이상했었냐?"

"예…… 제가 보통학교밖에 나오질 못해서 잘 모르겠지만서두…… 대전식당 주인아저씨의 말투나 행동이 조금 이상했어요."

정 군이 이상하다고 하면 분명히 이상한 게 맞다. 순간 뒤통수에 뭔가가 와서 탁 때리는 듯한 기분이 든 이민성이 앉은 자리에서 벌떡 일어서 정 군을 재촉한다.

"정 군아. 장부를 이리 다오! 그리고 자전거에 나를 좀 태워서 네가 몰고 가야겠다. 어여!"

정 군이 쏜살같이 자전거를 몰아 황금정통에 있는 대전식당으로 달려간다. 헐레벌떡 가게로 들어서는 이민성을 식당 주인이 반갑게 맞아준다.

"아이고! 태준 아버님 오셨시유?"

"그놈, 내 자식 아니오! 여기 쌀값 받으러 왔소!"

평소 예의가 바르고 말본새가 부드럽기로 소문난 복흥상회 이민성이 오늘은 그의 고객에게 첫인사도 생략한 채 다짜고짜 외상값부터 달라고 채근한다. 부엌에서 물 주전자를 들고나오던 이 댁 안주인이 이민성의 평소와 다른 언행에 말을 잃고 제자리에 멈춰서고, 작달막한 키에 얼굴에 곰보자국이 있는 이 집 주인장이 이민성을 달랜다.

"일단 여기 좀 앉으시어유. 뭔가 거시기 오해가 있으신 것 같은디유. 여보! 여기 언넝 보리차 한잔 내 드려어~."

복흥상회 정 군이 엉터리로 기입된 장부를 들고 쌀값을 수금하러 왔을 때 이미 이런 상황을 예견했던 식당 주인장이 침착하게 이민성을 달랜다.

"아이유, 참. 아드님이 이적까정 말씀을 안 드린 모양이네유. 요즘 태준 군이 말여유……."

"말씀은 무슨 말씀! 난 여기 쌀 외상값을 받으러 왔고, 그 쌀값을 지금 정산해야겠소. 그리고 태준이는 내 자식 아니오!"

"이러시지 말구유, 태준 아버님…… 일단 제 얘길 들어보시고 말씀하시어유. 지난 몇 달간 있잖유, 이곳에 쌀 배달을 정 군과 이 군이 해주고 나면, 이틀 뒤에 태준 군이 수금을 하러 왔었잖어유. 사장님이 일을 그렇게 시키셨구유. 기억 안 나셔유? 첨에는 그 뭐시냐 한 달 두 달 모아서 해주곤

해동의 새벽

했는디유, 6개월 전부텅은 거시기 외상을 달지 않구유, 하루나 이틀 만에 상등미를 할인된 가격으루 받었구유, 돈은 곧바루다가 태준 군이 가져갔시유. 지두 참 환장허겄네유~."

"6개월 전부터라고 했소?"

"잉, 그류~ 여기 영수증이 있구면유. 예전에 태준 아버님께서 직접 수금을 오시면 거시기, 굳이 영수증을 받아두지 않았지만유 태준 군이 수금을 맡으면서는유~ 이렇게 따박따박 거시기, 영수증을 받아두었시유."

대전식당 주인이 영수증 뭉치를 식탁 위에 꺼내놓고 이를 이민성 앞에 슬며시 들이민다. 이민성은 고개를 돌려 애써 영수증 확인을 꺼리고, 갈증이 났던지 식탁 위에 놓여 있던 물 주전자를 번쩍 들어 주전자 주둥이에 입을 대고는 목마른 소처럼 물을 벌컥벌컥 마신다. 주전자를 반쯤 비운 이민성이 다시 식당 주인에게 묻는다.

"그래서! 이제 이 집은 우리 가게에 한 푼도 외상값이 없단 말이오?"

"나 참, 환장 허겄슈~ 외상값이 문제가 아니라니께유. 얼마 전 태준이가유~ 지헌티서 백 원을 빌려 가기까지 했구면유! 이자를 한 달에 일 할로 쳐주겠고 두 했슈."

"여기…… 이 장부에 적혀 있는 오백 원이 거짓부렁이란 말이오?"

이민성이 재차 확인한다.

"잉! 맞어유. 우리 집은유, 그 댁 복흥상회에다가 갚을 외상값이 한 푼두 없구유, 오히려 태준 군이 저헌티유 백 원을 유 갚어야 혀유~ 이자는 별도이구유."

이민성은 가슴이 무너져 내린다. 눈앞이 캄캄해지고, 똑바로 앉아 있을 힘조차 없다. 대충 주위를 더듬어 손에 잡히는 의자를 자신의 옆으로 당겨 팔을 짚고 가게 입구 쪽을 바라보니, 정 군이 난처한 표정으로 이쪽을 바라보고만 있다. 아마도 점포에 들어와 이들의 대화를 지켜보는 것조차 민망했던 모양이다. 이민성이 정 군에게 도움을 청한다.

"정 군아! 이리 좀……."

정 군이 가게로 들어오자, 이민성이 자기 손에 들린 복흥상회 장부를 펼쳐 보이며 묻는다.

"정 군아! 여기 대전식당 미수금 오백 원 적혀 있는 게 맞지?"

"예…… 장부에는 그리 적혀 있지만서두……."

정 군이 머리를 긁적이며 이민성이 원하는 대답과는 다른 투의 답을 한다. 이를 지켜보던 이 집 안주인이 갑자기 언성을 높이며 끼어든다.

"그까짓 거짓 장부가 뭐라고요! 우리는 그 댁에 줄 외상값이 없다고요! 어디에 와서 행패를 부리는 거야, 행패를!"

해동의 새벽

때로는 여자의 드센 말투와 행동이 남자의 그것보다 더 효과적일 때가 있다. 마누라의 패악질에 가까운 행동에 대전식당 주인장이 민망했던지 그녀를 얼른 진정시키고, 조용한 목소리로 이민성에게 다시 말을 한다.

"태준 아버님유…… 예전에 기억나셔유? 십 년 정도 됐나, 을축년 대홍수 때 우리 집이 쫄딱 망해 가지구 먹을거리도 없을 때 말유…… 그때 태준 아버님이 저한테 오십 원이란 거금을 이자도 없이 빌려주셨구유, 쌀값도 6개월 동안 편안허니 외상으로 주셔가지구유, 우리 내외가 이나마 이렇게 먹고 살 정도는 됐시유. 그걸 기억하고 고마워하는 제가 어떻게 태준 아버님께 거짓부렁을 하겠시유…… 태준군의 부탁도 사실 그래서 들어줬던 거구유. 그러니께유, 제가 빌려준 백 원은유 안 받을려구유."

"미쳤어요? 왜 안 받아! 우리는 뭐 흙 퍼다 밥 지어 파나?"

안주인이 끼어들며 발끈 소리를 지른다. 살림하는 안사람 처지에서 백 원이라는 돈은 포기하기에 꽤 큰 거금이다. 북촌 한옥집 한 채 값이 이백 원에 거래되고 있으니, 분명 거금인 게다. 흥분한 안사람을 다시 달래서 주방 안으로 보내놓고는 식당 주인이 계속해서 이민성을 달랜다.

"태준 아버님…… 살다 보면 이런 일도 있고 저런 일도 있는 것 아니겠시유. 남두 아니구 아들 녀석이 돈을 가져다 썼으니께유, 그리 억울한 일은 아니라 생각하셔유. 이번 기회에 장부 정리도 다시 한 번 해보시구유. 태준 군 건강 상태도 한번 알아보시는 게 어떨까두 싶은 게유, 요즘 태준 군이 투전판에 들락거리구유, 이런 말씀…… 거시기, 아편에다가 두 손을 댄다는 말이 있시유. 아이구, 내가 시방 무슨 말을!"

이민성은 대답할 말이 없다. 천정을 주시하던 그의 두 눈에 눈물이 샘솟는다. 샘솟아 넘쳐흐른 눈물이 주르륵 얼굴을 타고 내려와 목덜미를 적시고, 이내 충혈된 눈을 손등으로 비비더니 조용히 자리에서 일어선다.

"실례가 많았습니다. 제가 제정신이 아니었던 것 같네요. 백 원은, 이자까지 쳐서 백십 원을 오늘 중에 갚아 드리지요…… 정말 죄송했습니다."

이민성과 정 군이 가게에서 나가자, 식당 안주인이 남편 옆에 붙어 서서 속삭거린다.

"저 영감, 행패라도 부릴 줄 알았는데, 순순히 가네요. 다행이에요."

"얼라? 이 여팬네가! 우리한테는 저 어른이 은인이여. 저분 아니었으면 자네나 나나 거지꼴을 면하지 못했을 거여. 그나저나 하나뿐인 아들이 저 모양이니 워쩔겨! 아무래두 말이여, 백 원은 돌려받지 않는 게 옳은 일 같어……."

"어머머! 당신도 참! 우리가 저 집에서 예전에 빌려 쓴 돈

을 떼먹기를 했어요? 쌀을 공짜로 갖다 먹기를 했어요? 우리
가 그동안 팔아준 쌀값이 얼만데, 그런 소리 하지도 말아요!"

이 말을 듣고 대전식당 주인이 안사람을 노려보며 버럭 화
를 낸다. 평소에는 안사람에게 화를 내지 않던 사람인데, 이
번엔 정말 화가 난 듯하다.

"예끼! 이 여편네야! 사람은 은혜를 알아야 혀! 을축년 대
홍수(1925년 여름 연달아 네 번의 태풍이 찾아와 한반도를 휩쓸고
갔던 기상이변)[20] 때 굶어 죽은 사람들이 부지기수였는디, 우
리도 장사 접고 밑천이 없어서 큰일 날 뻔했던 거를 저 어른
이 도와줘서 살아난 거여! 그때는 나한테 오십 원이 아니라,
오십 전도 빌려줄 사람이 없었구먼! 그러니께 다시는 그런
쉰 소리는 허덜 말어!"

식당 주인이 안사람에게 골을 내고는 가게 바깥으로 휙 나
가버린다. 바깥주인의 등을 말없이 바라보던 안주인이 새초
롬 입을 연신 삐죽거린다.

부엌 한쪽 갈라진 벽 틈 사이에서 수염이 길게 난 생쥐 한
마리가 고개를 빼꼼히 내밀어 두리번두리번 주위를 경계하
더니 이내 나왔던 구멍 안으로 사라진다.

14

갑산마을 김 군수댁 안채.

"소희야."

안채에서 민지영이 소희를 부른다. 아무 대답이 없자 한 번 더 소희를 부른다.

"소희야!"

"예, 마님! 잠시 뭘 쪼매 옮긴다꼬 몬 들었어예."

소희가 바깥채에서 안채 중문을 황급히 넘어서며 대답한다.

"함안댁은 어디 있느냐?"

방문이 열리면서 민지영이 앉은 채로 소희에게 묻는다.

"예, 함안아지매는 행랑채 마당에서 그릇 씻어 놓은 거를 정리하고 있어예. 날이 좋아서 식기들 모도 햇빛에 말릴라 카네예."

"함안댁, 이리 좀 오라고 해라. 그리고 너는 아랫동네 박서방한테 가서 여기 어르신이 찾으신다고 하고, 오면서 소작인 명부하고 토지 목록 책을 좀 가져오라고 일러라."

"예, 마님!"

"마님이라고 부르지 말래도."

"······ ."

민지영의 그 말에는 대답하지 않고, 소희가 총총 밖으로 달려 나간다. 햇볕 잘 드는 양지에 각종 바구니며 그릇을 말리고 있던 함안댁에게 안채에서 마님이 찾는다고 알리고는, 곧바로 박 서방네로 달려간다.

항상 열려 있는 소희의 눈과 귀에는, 아침 식사 직후부터 지금까지 이 댁 어른 김익현과 민지영이 뭔가 심각한 대화를 나누는 듯 보였다. 부뚜막과 안채 작은방, 그리고 대청마루를 걸레질하면서 안방에서 들려오는 대화 내용을 언뜻언뜻 엿들었을 때 얼마 전 다녀간 일본 신문사 조선인 국장 이야기도 하는 듯했고, 민지영의 서울 친정 이야기며 독립운동하는 사람들, 소작인들에 관한 이야기들, 이 댁 마름 박 서방 이야기, 무엇보다 신경이 쓰였던 이야기는 무당 갑년이네 이야기도 있었던 것 같다. 진주 시내 백정들의 폭동과 관련한 이야기도 나눈 걸 보면, 아마도 얼마 전에 있었던 영하 도련님 폭행 사건도 심각하게 이야기를 나눈 듯싶다. 소희 생각에는 천한 무당의 사생아가 결국은 치도곤을 당하는 게 아닌가 싶다. 당시 영하 도련님이 매를 맞는 데 방관만 했던 민규도 곧 혼쭐이 나는 게 분명하다.

그럼 그렇지, 이 일대 최고 명문가의 귀한 외동아들을 그 천한 것이 때리고 발길질까지 했는데, 두 모자가 온전히 살아있기를 바라는 것 자체가 말이 되지 않는 일이었다. 예전 같으면 어른들께 고할 것도 없이 아랫것들끼리 알아서 그 자식 놈과 어미를 한 명석에 함께 말아 때려죽였어야 할 일이었는데, 당시에는 아마 경황이 없어서 그냥 돌려보낸 것이 아닌가 싶다. 가쁜 숨을 쉬며 박 서방네를 향해 가는 소희의 의심은 서서히 확신으로 바뀌어 간다. 마음속으로 그 모자를 혼내줄 생각을 품고 있으면서 이 댁 마님이 어떻게 그런 너그러운 모습을 보일 수 있었을까 하는 의문도 든다. 이래서 양반네들 무섭다고 하는 말이 있는 것 아닌가.

소희를 통해 안채로 불려 올라간 함안댁이 긴장한 모습으로 댓돌 앞에 선다. 안채에서의 호출을 알리던 소희의 경직된 모습과, 이 댁 마름 박 서방까지 불러오라고 시켰다는 소희의 말 때문에 안채의 분위기가 평소와는 사뭇 무겁게 느껴진다.

"찾으싰습니꺼?"

"그래. 함안댁. 지금 민규 아범은 어디에 있나?"

"저 아래 방천 웃들에 소 몰고 쟁기질하러 갔십니더. 일꾼이 모지랜다꼬 민규 아바이 지가 쟁기질도 하고 거름도 내야 한다 카믄서……."

"민규는 어디에 있나?"

"즈그 아바이 따라갔십니더. 즈그 아바이가 민규헌티 올 해부터는 농사일로 가르친담서…… 쟁기질할 때 소 모는 것도 갈키고, 논에 거름 흩뿌리는 것도 해야 한담서…… 마님, 무신 일로 그라시는지……."

"민규 아범하고, 민규하고 두 사람 모두 데리고 오게."

"지금예?"

"그래. 지금 당장. 어르신이 찾으시네……."

"예……."

이유를 묻고 싶었지만, 아랫사람이 두 번을 물어볼 수도 없기에 뭔가 찜찜함이 묻어나오는 미적지근한 대답을 하고, 안채 앞에서 돌아선다. 막 돌아서는 찰나에 민지영의 목소리가 다시 들려온다.

"하던 일 잠시 멈추고 서둘러 다녀오게! 그리고 들에 가는 길에 훈장 선생댁에 들러서 영하도 집으로 얼른 들어오라고 하고!"

"예!"

엉거주춤 선 채로 나머지 당부도 듣고 나서 서둘러 집 대문을 나선다. 이게 도대체 무슨 일인지, 한창 일손 바쁜 시기에 논에 일하러 나가 있는 일꾼을 급히 호출하고, 이 댁 마름도 찾아 데려오라고 하고, 민규도 데려오라고 하면서 영하 도련님까지. 뭔가 큰일이 생긴 듯하다. 머리에 둘러쓰고 있던 수건을 벗어 몸에 묻었을 법한 각종 먼지와 티끌들을 툭툭 털어내고는 아랫마을 훈장댁을 향해 빠른 걸음으로 걸어간다.

낮은 담장 너머 훈장댁 공부방을 힐긋 들여다보니 열댓 살은 먹어 보이는 아이들과 함께 영하 도련님이 열심히 책을 읊고 있다. 맨 앞줄에 앉아 있는 영하 도련님. 뒷모습조차 귀티가 흐른다. 내 자식은 아니지만 내 젖을 먹고 자란 영하 도련님이 열심히 글공부하는 모습을 보니 가슴이 벅차오른다. 한편, 민규도 며칠 전까지 저곳에서 함께 공부했었는데, 이제는 농사꾼이 되어 똥지게를 짊어져야 한다는 생각에 서글픈 마음도 느껴진다.

도령들의 공부에 방해될까 하는 걱정에 엉거주춤 사립문 옆으로 비켜 서 있는 함안댁을 발견한 훈장이 아이들에게 잠시 책 읽기를 멈추라 하고, 영하에게 함안댁이 찾아왔다 알려 준다. 만면에 웃음 가득한 영하가 대충 아무 신발을 찾아 신고 달려온다. 순간 함안댁은, 신발이 너무 커서인지 바닥에 질질 끌며 자신에게 다가오는 영하를 번쩍 들어 올려 안아주고 싶은 충동마저 느낀다.

"유모! 우짠 일이고?"

우렁차고 명랑한 목소리다.

"대럼! 공부하고 있었능교?"

유모의 질문에 대답은 하지 않고, 저 혼자 하고 싶은 질문과 말을 한다.

"유모! 내 찾아온 기가? 민규는 여게 없다!"

"대럼, 마님께서 찾심더. 얼른 집에 가보소!"

"지금? 내 혼차?"

두 눈을 동그랗게 치켜뜨고 묻는 영하. 아이의 큰 눈망울이 어쩜 이리도 예쁠까.

"예. 지금 가보소! 나는 들에 가서 민규 데불꼬 갈라카이요. 어서 가보소!"

유모의 말에 영하가 천진난만하게 웃으며 훈장에게 조퇴를 허락받으러 달려간다. 지루한 공부를 잠시 접고 집으로 갈 수 있어서 마냥 좋다. 다른 아이들도 부러운 듯 쳐다본다. 글공부 중간에 생긴 예기치 못한 조퇴는, 아이들에겐 큰 횡재와 같다.

함안댁이 서당에서 나와 먼발치로 보이는 방천 웃들 논을 향해 잰걸음으로 달려간다. 저 멀리 남편과 아들이 보이자 그들을 향해 소리친다.

"보소! 민규 아바이요!"

"……."

"민규야!"

무논 한가운데, 쇠스랑을 든 민규가 거름을 여기저기 나누어 흩뿌리고 있고, 소를 모는 민규 아범은 그 소리를 듣는 둥 마는 둥 쟁기질에 열심이다. 그녀의 목소리에 쇠스랑을 세워 들고 허리를 편 민규가 함안댁을 알아보고는 제 아비를 찾는다.

"아부지요! 저 짝에 어무이가 오네요!"

"하던 일 계속해라!"

힐긋 한번 쳐다보고는 계속해서 소를 몰며 쟁기질하던 민규 아범이 함안댁이 가까이 오자 그제야 쟁기와 쇠고삐를 놓고 그녀를 상대한다.

"아이고. 민규 아바이! 우찌 불러도 대답이 없는교?"

"대답 하마 뭐 하겠노? 니가 와서 말로 해야 낼로 부른 이유를 알긴데…… 어르신이 부르는 기 아이모 일하는 데 찾아오지 마라! 그래, 무신 일이고?"

"어르신이 찾으시는구마! 퍼뜩 오라 카시니 어서 서둘러 가입시더."

아무 대꾸 없이 종아리에 묻은 흙을 논물에 헹구어 내는 민규 아범, 논두렁에 올라서며 민규를 부른다.

"민규야!"

"예! 아부지."

"아부지 없어도 거름 뿌리는 거는 할 수 있겠제? 아부지 갔다 올라카이 니는 쇠고삐 잘 묶어놓고 있거래이. 다 할 때 까정 아부지가 안 오거든 쟁기하고 멍에 하고는 논두렁에 잘 챙기 놓고 지게도 놔뚜고 소만 몰고 온나. 알았제?"

"아이고…… 어르신이 민규도 데불꼬 오라카네요! 민규 니도 어서 서둘거라!"

이 집 남자들, 무척이나 과묵하다. 민규도 아무 말 없이 쇠스랑을 들고 논 바깥으로 나와 돌아갈 채비를 한다. 민규가 쇠고삐를 잡고, 지게는 민규 아범이 진다. 주먹밥과 술 사발이 든 쟁반과 막걸리 주전자는 민규 어멈이 들고, 세 식구와 떡 벌어진 어깨의 황소 한 마리가 들판을 가로질러 집으로 향한다.

식솔들이 하나둘씩 안채 마당에 모여든다. 안방 문이 활짝 열려 있고, 열린 방 안에는 김익현·민지영 부부가 바깥을 향해 나란히 앉아 있다. 마루 끝에는 큰 마름 박 서방이 공책 여러 권을 들고 옆으로 비켜 앉아 있고, 그 뒤엔 작은 마름 소 서방도 와서 앉아 있다. 평소와 다른 점이 있다면, 영하도 방에 들이지 않고 마루에 앉혔는데, 그것도 마루 바깥쪽 작은 기둥 옆에 민규와 나란히 앉혀 두었다. 민규와 영하 앞에는 함안댁과 민규 아범이 무릎을 꿇고 앉아 있다.

김익현이 나지막한 소리로 민규 아범을 부른다.

"호길아!"

"……."

다들 어안이 벙벙, 호길이가 누군지 얼른 알아채지 못하다가 뒤늦게 호길이라는 이름이 민규 아범의 것이란 걸 깨닫고는 민규 아범의 표정을 살핀다. 자신의 이름이 불렸는데도 그는 대답하지 않는다. 최근 몇 년간은 이 서방, 민규 아범, 함안 아재 등으로 불려 왔는데, 오늘 새삼스레 그 이름을 부르는 상전이 낯설다.

"호길아!"

"예. 어르신."

"자네 본관이 어디인가?"

"……."

"자네 본관이 어디냐고 묻지 않나?"

"……."

"호길이, 이 사람. 왜 대답을 안 하는가? 내가 지금 자네 본관이 어딘지 묻지를 않는가?"

"예. 합천 이가라꼬 들었십니더."

사람들이 웅성거린다. 뚱하니 자신이 합천 이가라고 대답하는 민규 아범을 보고 다들 놀란 눈을 뜨고 쳐다본다. 무슨 큰 구경이라고 난 듯 이 댁 육촌 동서 황계댁도 사람들 뒤에

서서 까치발을 하고 고개를 내밀며 이 광경을 지켜본다. 모두들 민규 아범이 어려서 이 댁에 종살이하러 들어온 천애 고아라고 알고 있었기에, 편의상 이씨 성을 차용해서 쓰는 근본 없는 이 서방으로 생각하고 있었다. 그런 그가 자신이 사용하는 성의 본도 알고 있다는 게 신기한 모양이다.

"민규야!"

"예. 어르신!"

뒤에 무릎을 꿇고 앉아 있던 민규가 덤덤하게 김익현의 부름에 대답한다.

"너는 네 본관을 알고 있었느냐?"

"처음 듣습니다."

"그렇다면 너의 중시조 어른이 누구인지, 그리고 무슨 파인지도 모르겠구나."

"모릅니다. 어르신!"

민규가 아무런 표정도 짓지 않고 묻는 말에 짧게 대답한다. 사람들의 관심이 민규에게 쏠린다.

"민규야! 이리 가까이 와 보거라!"

"예⋯⋯."

사람들이 모여 앉아 있는 사이를 조심스레 비집고 지나 김익현의 바로 앞에 무릎을 꿇고 앉는다. 김익현이 부인 민지영의 책상반에서 만년필을 집어 들어 누런 갱지에 한문을 몇 자 적는다.

「君子不器」

"읽어 보아라!"
"군자불기입니다."
"무슨 뜻인지 아느냐?"
"……."

모두들 숨을 죽이고 김익현을 바라보며 김익현의 말 한마디 한마디를 놓치지 않으려 한다. 민규가 대답을 하지 못하자 김익현의 다음 질문을 궁금해하며 사람들이 귀를 쫑긋세운다.

"모르느냐?"
"모르지는 않지만서도 확실히 아는 것도 아입니더!"
"그래? 그렇다면 네가 아는 만큼만이라도 얘기해 보거라!"
"예. 군자에게는 그릇이 없다꼬 글자 그대로 해석이 되는데예…… 아마도 이 구절은, 논어에 나오는 글인 것 같십니더. 글자 그대로 해석하모 안 되는 기고예. 음…… 군자는 정해진 그릇의 모양이 없이 그때그때 상황에 알맞게 대처하는 능력이 있시야 한다꼬, 그래 배운 걸로 알고 있십니더."

사람들 사이에서 웅성거림과 탄성들이 들려온다. 함안댁

도 제 자식의 총명함에 놀랐는지 입을 틀어막고 눈을 크게 뜬다.

"민규야."

"예······."

"이건 무슨 뜻이냐?"

「不敢暴虎 不堪馮河」

"불감포호 불감빙하이고예······ 음······ 맨손으로는 감히, 음······ 호랑이를 잡을 수 없고예, 음······ 남의 도움 없이는 강을 건널 수 없다, 인 것 같십니더."

민규의 대답이 끝나자 여기저기서 사람들의 탄성이 들려온다. 민규의 대답이 끝나자, 김익현이 빙긋이 웃으며 민규에게 말을 한다.

"비슷하지만 틀렸다!"

"예······."

"어디에 나오는 말인지 아느냐?"

"모르겠십니더."

"이것도 논어에 나오는 말이란다. 그렇다면 이 글귀는 본 적이 있느냐?

「暴虎馮河」

"예. 압니더! 포호빙하! 조금 전 그 글귀하고 같은 말이네
예. 훈장님께서 갖고 계신 책에서 봤십니더. 맨몸으로는 큰
강을 몬 건닌다가 맞는 것 같심니더. 맨손으로는 호랭이를
몬 잡고 말입니더."

"빙(馮)자의 해석이 틀렸던 걸 알겠느냐?"

"예, 어르신. 헤헤……."

평소에는 과묵한 처신에 말이 별로 없고, 어른들에게 깍듯
이 굴며, 지나칠 정도로 예의 바르던 민규가 갑자기 버릇없
이 이 댁 남경 어른 앞에서 혓바닥까지 내밀며 헤픈 웃음소
리를 내고 웃는다. 지금의 대화가 너무 재미있었기에 자신
의 처지와 주위 분위기를 잠시 잊은 듯하다. 얼른 자신의 무
례를 눈치챘는지 정색을 하고 자세를 고쳐 앉는다. 김익현
이 민규의 어깨너머로 민규 아범에게 묻는다.

"호길아! 네가 합천 이씨 무슨 파 후손인지는 아느냐?"

"모릅니더, 어르신. 오늘 쪼매 이상하십니더, 어르신. 무
신 마음 잡숫고 이래 하시는지 도통 알 수가 없는데예. 남으
집 머슴살이하는 놈이 성이 무신 소용이고 누구 후손이모
우뜻습니꺼? 그라고 인자부터는 지는 민규를 서당에 안 보
내기로 했십니더. 농사 갈키가꼬, 고마, 농군으로 살아야 할

아를…… 공자왈 맹자왈이 무신 소용이 있고, 논어가 뭐신지, 밭이 뭐신지, 산이 뭐신지…… 공자님 논어라 카는 말은 들어는 봤십니다마는…….”

구경하던 사람들이 다시 웅성댄다. 이 틈에 민규도 조용히 일어나서 마루 끝 영하 옆으로 가서 앉는다. 아무래도 제 아비와 어르신 사이에 앉아 있기 거북했나 보다.

“호길아.”

“예. 어르신.”

“우리, 진주에, 남강 강둑에 붙어 있는 칠암리 논에 가본 적이 있지 않았나?”

“예. 뒤배리 언덕 바로 강 건니에 있는 논 말씀하시는 거 아입니꺼? 강 모래밭 옆에 말입니더.”

“그래. 기억하는구먼. 그곳에 우리 논이 얼마나 되는지 혹시 아는가?”

“에북(제법) 큰 기 한 덩거리 있지예. 오십 마지기가 한 데 고대로 붙어가 안 있십니꺼.”

“그렇지! 자, 잘 듣게. 박 서방 그리고 소 서방. 진주 칠암에 있는 논 소작은 소 서방이 관리해 왔지 않는가?”

김익현의 말끝에, 뒷전에 밀려 앉아 지금껏 아무 말 않던 소 서방이 다급한 목소리로 나선다.

“아이고야! 어르신. 그짝 논은 우리 당숙하고, 우리 집안

사람들 세 집에서 열대여섯 마지기쓱 노나 가꼬 부치 묵고 있십니더. 그란데, 소작료를 한 번도 속인 적도 없고, 모래 언덕에 숨구가(심어서) 기르던 땅콩도 반 치 이상씩은 이 댁에 내놓고 있십니더. 그 논 소작은 계속, 하던 사람이 하게 해주이소!"

소 서방이 지레짐작하며 제 집안 일가 사람들이 소작권을 빼앗길까 봐 읍소를 한다. 논 열다섯 마지기 이상을 소작하면 소작료를 내고 나서도 가족이 굶을 일은 없다. 굶어 죽는 사람이 지천으로 널린 궁핍한 시대, 소작권은 생명권이다.

"음…… 당장 소작권을 모두 회수하지는 않을 터이고 대신 봉곡동 논을 더 부쳐 먹게 해줄 테니 소 서방은 걱정 말게나. 다만 그쪽 땅 삼 할씩만 내어놓으라고 해야겠네. 그리고 박 서방!"

"예."

"그쪽 논 오십 마지기 중에서 가장 북쪽 가장자리에 있는, 도청 건너 방향으로 붙어 있는 강변 쪽 스무 마지기 있지 않는가? 닷 마지기씩 논둑하고 물길 잡아 놓은 논 말일세. 그 스무 마지기를 여기 이호길이 앞으로 등기하게. 그리고 한 집에서 소작권 닷 마지기씩 회수해서 열다섯 마지기는 여기 호길이가 직접 농사지어 먹을 수 있게 정리를 하고, 나머지 다섯 마지기는 3년간 소작을 인정해 주되 그 소작료를 지주

이호길에게 지불하도록 소 서방이 소작인들 정리를 하게!"

"······."

"······."

모두들 말이 없다. 자신들이 뭘 잘못 들은 건 아닌지, 눈만 껌뻑거리며 김익현을 바라본다. 잠깐의 침묵이 흐르고, 대강의 사태 파악이 덜 된 박 서방이 다시 김익현에게 묻는다.

"도청 건너편 닷 마지기짜리 논 네 도가리를 민규 아바이한테 명의 이전을 하고예. 그중에 세 도가리, 열 닷 마지기는 소작권을 회수해서 민규 아바이가 부치 묵게 하라 카시는 말씀 아입니꺼? 그란데, 소작료 닷 마지기 분을 민규 아부지한테 주라 카신 기, 무신 말씀이신지······."

"허허······ 참! 박 서방이 잘못 알아들었네. 나는 지금 민규 아범에게 소작을 주려는 게 아니고 논 스무 마지기를, 그 소유권을 넘기는 거라네. 논 스무 마지기의 소유권을 민규 아범이 가져가는데······ 기존 소작권을 다 딸려 보낼 수 없으니, 기존 소작농들이 7할은 그냥 부쳐 먹게 두고, 열다섯 마지기는 논 주인인 이호길이가 직접 농사를 지어먹을 수 있게 하라는 것이고, 3년 뒤에 나머지 다섯 마지기도 호길이가 지어먹든지, 소작료를 받고 계속 그 사람들에게 소작권을 주든지 하라는 게야! 그건 지주인 이호길이 마음 아니겠나! 내일 당장 등기소에 가서 스무 마지기 논의 소유권을 이

호길이 앞으로 옮기게! 명의만 이호길이 아닌 완전한 소유권 말이야!"

모두들 할 말을 잃고 쩍 하니 입을 벌리고 있다. 긴 시간 정적이 흐르고 함안댁이 무슨 볼일이 있는지 앉은 자리에서 일어나 신발을 신으려다 우당탕 넘어진다. 동시에 그녀의 옆에 선 소희의 비명이 들린다.

"아이고 우짜꼬!"

함안댁은 창피했던지 앉은자리에서 소희 옆구리를 쿡 지르고는 금세 다시 일어나 흙을 털고, 바로 몸을 돌려 행랑채 살림방으로 들어간다. 놀란 소희가 함안댁을 뒤따른다.

"함안 아지매! 괜찮은교? 함안 아지매!"

"……."

살림방으로 들어간 함안댁이 방문을 걸어 잠근다. 계속 소희의 부름에 대답이 없다. 잠시 뒤 옷을 갈아입고 나오는 함안댁을 빤히 쳐다보며 소희가 눈치 없이 큰소리로 묻는다.

"함안 아지매! 오줌 쌌능교?"

바지 엉덩이 쪽을 손바닥으로 쓸며 무안한 표정을 짓는 민규 어멈.

"휴…… 쪼매, 쌌뿌맀다. 암말 말거라!"

민규 어멈은 요실금 증세를 가지고 있었다. 그래서 평소에도 긴장을 한다거나 놀랐을 때 조금씩 소변을 지리고는 했었는데, 소희가 그런 함안댁의 증세를 알고 있던 터라 금세 알아챘던 것이다. 소작제도가 살아있던 시절[21], 자기 땅 없는 농민이 어지간한 횡재 없이 농토를 소유한다는 건 상상도 못 할 일이다. 그러니 오늘의 사건은 멀쩡한 사람도 오줌을 지릴 만한 일이다.

"하이고! 별일이 다 있구마요! 어젯밤에 용꿈을 꾸싰는가베? 똑똑한 민규를 보고는 논 스무 마지기를 고마 주삐리고…… 이기 무신 일이꼬?"

"고마, 가시나야! 시끄럽다. 고마, 용꿈인지 패가 망신살인지 아무도 모르는 기다. 암 소리 말거라!"

함안댁은 배운 적도 없는 '호사다마(好事多魔)'를 유념하는 듯하다. 갑작스러운 횡재에 깨춤을 추다가 사고가 날 수 있음을 알고 마음을 다잡는다. 두 사람이 다시 종종걸음으로 안채 축대 위로 올라간다. 김익현의 입장 발표가 계속되는 가운데, 댓돌 아래에 계속 서 있는 함안댁은 떨리는 팔과 다리를 주체할 수가 없다. 아직도 두렵고 실감이 나지 않는 모양이다.

"소 서방은 내일 박 서방이 진주 등기소에 갈 때 따라나서서 우리 영하고 민규네 식구가 살 집을 좀 알아보고 오게. 영하고 민규를 진주제일공립에 보낼 생각이야. 이 문제는 내가 아주 오랜 기간 심사숙고해서 내린 결정이니 내 결정에 대해서는 모두들 경청해 주었으면 하네. 왜들 영하를 보통학교에 보내지 않으냐고 물었을 때 그동안 내가 소이부답(笑而不答: 어떤 곤란한 질문이나 상황에 직접 답하지 않고 웃으며 대응하는 행동)했던 이유는 다른 데 있지 않았네. 바로 얼마 전, 무당네 아들 대만이와 우리 영하의 다툼과 같은 일이 자주 벌어질 것 같아서였다네. 명백히 우리 영하가 잘못을 했음에도, 이미 사라진 구시대적 신분의 귀천에 따라 대만이가 마을 아이들에게 몰매를 맞은 일이 있지 않았나. 우리 영하가 보통학교를 입학하게 되면 그 학교 상당수 학생들이 잠재적인 피해자, 즉 대만이 같은 억울한 일을 겪게 될 수도 있겠다는 생각에, 근처에 있는 보통학교에 보내지를 않았던 것일세! 그런데, 내가 마음을 바꾸었다네. 양반집 아이, 상민의 아이, 농민과 상민, 공업인의 아이, 심지어 백정의 아이와도 함께 어울려 공부를 하다 보면 우리 영하도, 민규도 온전한 성품을 가진 사람으로 성장하는 데 도움이 될 거라는 생각이 문득 들더구먼. 구태밖에 모르는 사람들에 둘러싸여 어릴 때부터 사람 귀한 줄 모르고 이미 법으로도 금지하는 신분의 귀천만 아는 아이가 어찌 공평무사를 배울 수 있겠는가 하는 생각이 들더구먼. 바뀐 세상의 상식을 모르는 사람이 부모의 신분과 많은 재산을 무기 삼아 아무 죄책감도 없이 횡포를 부리게 되면, 이 세상이 어떻게 되겠는가 생각을 해보았다네. 다행스러운 것은 우리 영하의 젖 동무인 민규가 의젓하고 싹수가 있으니 두 아이를 함께 같은 학교에 보내는 게 여러모로 좋을 것 같다는 생각도 들었다네. 그럼 왜 진주제일공립인가, 그 이유는, 이미 10여 년 전에 백정들이 일으킨 형평사운동 등의 신분제 철폐 운동의 비바람을 맞아 봤던 진주로 영하를 보내는 것이 새 시대를 가장 빠르게 받아들일 수 있도록 하는 일이란 생각이 들었다네. 진주제일공립은 벌써 20년도 전에 여학생 학급도 만들고, 천민 아이들도 차별 없이 받아왔던 학교이니 그쪽으로 보냈으면 하네. 그리고 아직 어린 영하를 돌봐줄 사람이 필요한데, 내가 전적으로 내 자식을 믿고 맡길 사람은 결국 호길이 자네와 함안댁 밖에는 없으니 그리 알고 호길이는 내 의견을 잘 따라주었으면 하네. 그리고 민규야!"

"예."

긴 시간 동안 무릎을 꿇고 앉아 있으면서도 꼿꼿하게 자세를 유지하고 있던 민규가 의젓하게 대답한다. 그 옆에 앉아 있는 영하는 좀이 쑤시고 다리가 저리는지 계속 몸을 비틀기도 하고 다리를 폈다 오그렸다 반복하고 있다.

"너는 합천 이씨 전서공파 후손이다. 너희 합천 이씨의 시조 어른은 이(李)자 개(開)자 어른이신데, 경주 이씨의 후손으로, 그러니까 합천 이씨는 경주 이씨 분적 성씨라고 보면 된다. 너의 아비가 20년 전에 조실부모하고 당장 궁핍해져서 우리 집안에 몸을 의탁하고 있었지만, 네 아비와 너는 엄연히 합천 이씨 전서공파 후손인, 뿌리가 있는 사람이다. 나중에 네가 보학(譜學)을 이해할 나이가 되면 네 아비의 고향인 하동 악양에 가서 보학공부도 하고 오너라. 네가 5대조 이내에 문반, 무반에 든 집안의 적손은 아니지만 그래도 정식 합천 이씨 성을 가진 집안이니 나중에 진주에서 보통학교에 다니더라도 절대 기죽지 말고 지내고, 항상 너보다 처지가 불우하고 가난한 사람들에게 측은지심을 가지고 대해야 할 것이다. 내 말 알아들었느냐? 그리고 네 아비는 내일부터 진주 칠암리 논 스무 마지기를 가진 소규모 농토의 지주가 될 테니 너는 그런 너의 처지를 감안해서 잘 처신하거라."

"예. 명심하겠십니더!"

민규가 똑 부러지게 대답한다. 이어서 김익현이 댓돌 옆에 서서 말없이 자신의 발치만 내려다보고 있는 민규 어멈을 부드럽게 부른다.

"민규 어멈."

"예, 어르신."

"내 집에 와서 십 년 넘게 고생이 많았네! 이젠 진주에 살림을 내서 당당하게 농사를 지으면서 민규를 교육시키고,

우리 자식 성장도 계속 도와주게. 자네가 우리 영하를 귀한 자네 젖을 먹여가며 업어 키우지 않았나? 내가, 계속 부탁함세."

"……."

지금까지 벌벌 떨고만 있던 함안댁은 여전히 아무 대답을 하지 않고, 그저 또르르 눈물만 흘릴 뿐이다. 얼떨결에 토지 하사받은 데에 대한 감격이 아닌, 그간 이 집에서의 자신의 노력에 대한 상전의 치하에 감동한 이유일 테다.

"호길아."

"예, 어르신."

"소 서방이 내일 진주에 나가서 이사 나갈 집 몇 채 보고 나서, 저 윗집 지관 모시고 가서 적절한 집 택하고 나면, 자네는 이 집에서 곧바로 나가주게! 그리고 소 서방하고 상의해서 당장 논 열다섯 마지기 농사도 이어받아 시작해야 할 테니 정신없이 준비해야 할 것이야. 그리고 내일 점심 먹고, 면 소재지 가서 민적 정리를 다시 하게. 합천 이씨로 본관을 기입하고 민규를 호적에 입적해야 할 게야. 민규의 정식 학적을 만들려면 호적이 있는 것이 좋을 테니 말일세. 면 이사청 서기한테는 내가 서신을 적어줄 테니 그 서신 그대로 가져가서 전해주기만 하면 호적을 새로 만드는 데 그리 까다롭게 굴지는 않을 것이네. 지금까지 자네는 내 호적에 올려

두었었네."[22]

"예, 어르신. 시키시는 대로 하겠십니더!"

민규 아범이 대답을 마치자 뒤에 서 있던 함안댁이 이번엔 감격 겨워 흐느끼기 시작한다. 옆에 서 있던 소희도 괜스레 눈시울을 붉히고, 그런 함안댁을 발견한, 여태껏 마루 끝에 앉아서 몸을 비비 꼬고 있던 영하가 함안댁 옆으로 슬며시 다가가 몸을 기댄다. 기대어 오는 영하를 민규 어멈이 쪼그려 앉아 끌어안는다. 근처 갑산 숲으로부터 짝을 찾아 울어대는 곤줄박이 새의 청아한 노랫소리가 들려온다.

15

중국 강서성(江西省, 장시성) 남창(南昌, 난창).

중국 동남부 지역의 온화한 기후와 비옥한 토지, 그리고 수려한 강과 호수가 어우러진 아름다운 도시, 강서성 남창이다. 물안개 자욱한 파양호 수변 객잔에서 오랜만에 게으른 늦잠을 즐긴 민상국이 편안한 옷차림으로 아래층으로 내려와 길 건너 호숫가에 마련된 탁자에 앉아 신문을 펼친다. 객잔 점원 아이가 다가와 커피와 빵을 탁자 위에 올려준다.

흰 설탕을 가득 넣은 뜨거운 커피를 가볍게 한 입 머금었을 때, 콧마루 아래에서 피어오르는 짙은 향과 입안 전체에 느껴지는 깊고 풍부한 질감은, 작전 중 겪은 삶과 죽음의 경계를 넘어선 뒤 오랜만에 즐기는 심적 여유에 더하여 물리적 감각을 통해 아직 그가 살아있음을 실감케 한다. 부드러운 바람에 묻어오는 향긋한 버드나무 잎 향기와 수변 부들 밑단에서 올라오는 고소한 흙냄새는 아무 때나 얻을 수 없는 귀한 덤이다.

목숨을 건 작전을 수행한 뒤 얻어낸 지금의 휴가를 끝내고 나면 그는 앞으로 공산 세력의 근거지인 이곳 남창에 새로 만들어진 위초(圍剿)원정 상설사령부에 적을 두고 근무해야 한다. 위초원정사령부는 말 그대로 이곳에 오랜 기간 자리를 잡고 7년 동안 국민당 정부를 힘들게 했던 홍군을 포위하여 궤멸시키기 위해 만들어진 상설사령부이다.

7년 전인 1927년, 상해에서 일어난 국민당 극우세력과 무장한 노동조합과의 일전으로 시작된 제1차 국공합작파기는 무자비한 폭력으로 얼룩진 참혹한 사건이었다. 피에 굶주린 국민당 극우세력의 공산주의자 숙청 과정은 너무나도 처참했다. 이들은 자신들의 공권력 남용을 은폐하기 위하여 상해의 암흑 조직인 청방(淸幇)까지 개입시켜 시가지 한복판에서 부녀자를 강간하고 죽이기도 하였으며 극렬히 저항하는 상대방에게 장검을 휘둘러 길바닥에서 살해하는 등 무자비한 살육전을 벌였다. 손문의 유지였던 국공합작을 일 방적으로 파기한 장개석의 이런 행위는 명백한 배신이자 배반 행위였다. 그 과정에서 신념으로 똘똘 뭉친 공산주의자들은 끝까지 살아남았다. 하루아침에 불법화된 공산당원들은 어쩔 수 없이 산간벽지로 몸을 숨겼고, 이들을 받아준 헐벗고 굶주린 소작농민과 노동자를 계몽하기 시작하였다. 그 고달픈 과정에서 공산주의자들은 그들의 급진적인 사회개혁을 시험해 볼 기회를 잡았다. 이들은 제일 먼저 군대를 조직했다. 공산당이 국민당에 철저히 압도당했던 원인은 자체 군대를 보유하지 못한 데에 있었다고 보았기 때문이다. 공산군의 훈련은 독일에서 군사 훈련을 받았던 옛 군벌 지휘관 주덕(주더, 朱德)이 맡아 순박한 농민군을 강군으로 길러냈다. 이렇게 무력을 확보한 공산당은 곧이어 대지주의 농토를 빼앗아 빈농에게 재분배하는 일을 포함한 각종 개혁에 착수했고, 빈농들은 당연히 이에 환호했다.

공산당이 강서성에서 자리를 잡아가는 동안 공교롭게도 국민당은 끊임없는 내분과 무력 충돌에 시달려야 했다. 장개석의 신경이 온통 내부 잡음에 쏠려 있는 동안 공산 세력은 무시할 수 없는 규모의 공산군을 육성했고 농촌을 장악해 나갔다. 산간의 근거지에서 천여 명의 병력으로 시작된 홍군의 규모가 수만 명에 이르게 되자, 그에 위협을 느낀 장개석은 1930년 첫 번째 위초원정을 단행했다. 잘 훈련된 국민당군 7개 사단이 투입된 이 전투에서 공산군은 예전과는 다른 모습을 보였다. 그들은 산간 지형에 익숙해 신출귀몰했고, 심지어 이념으로 무장되어 용감하기까지 했다. 반면, 주로 강서성의 지방군으로 구성된 국민당군은 공산군을 얕잡아봤다. 정찰과 적의 동향을 읽는 것을 게을리한 채 홍군이 쳐 놓은 함정 속으로 무작정 진격했다가 포위당하고, 수천 명의 병사가 생포됐다. 이 과정에 국민당군 제18사단장이 공산군으로부터 참수형을 당하고, 그의 머리는 뗏목에 실려 국민당군에게 보내졌다. 이때의 원정은 국민당군의 처참한 패배였다. 첫 번째 원정이 실패한 지 4개월 만에 장개석은 두 번째 원정을 더 큰 규모로 다시 시도했으나 17개 사단을 투입하고도 사단장 1명을 추가로 잃고 5개 사단이 큰 손실을 입게 되어 철수하게 된다. 그리고 한 달여 뒤, 장개석이 직접 30만 병력을 동원하여 세 번째 원정을 시작했으나 이번에는 국민당 내부에서 벌어진 파벌싸움에 더해 동북 3성에서 일어난 일본 관동군의 만주침공(만주사변)이 그의 발목을 잡았다. 결국 1930년 말부터 1931년 가을까지 40만 명의 병력을 동원한 세 차례에 걸친 공산군을 향한 위초원정은 실패로 끝나버렸고, 그 후 약 3년간 이곳 강서성은 홍군의 확실한 근거지가 되었다.

　세 차례의 위초원정이 실패하고, 1931년 만주사변과 1932년 상해사변, 1933년 열하사변을 거치면서 지난 3년간 벌어진 일본과의 충돌에 진저리를 쳤던 장개석은 결국 치욕적인 당고협정(塘沽協定: 1933년 5월 31일 중국 톈진시 탕구구에서 일본 제국과 중화민국이 맺은 휴전 협정)[23]을 맺게 된다. 그리고 그 치욕적 협정으로 일본과의 충돌이 어느 정도 소강상태에 접어들게 되자, 장개석은 한동안 내버려 두었던 강서성의 공산군 문제를 해결하기 위해 1933년, 이곳 난창에 위초원정을 위한 상설사령부를 설치하였고, 작전을 재개하면서 그동안의 원정 전략 자체를 대폭 수정하게 된다. 장개석의 새로운 전략은 '완전한 봉쇄'였다. 장개석은 홍군이 장악한 지역을 봉쇄하기 위해 수천 개의 참호를 만들고, 한 번에 몇백 m에서 몇 km씩 천천히 전진해 옥죄어 나가는 전략을 사용했다. 사람의 통행이 금지되었고, 무기도 당연히 들어갈 수 없었다. 소금과 의약품 반입이 금지되어 홍군은 고립되었다. 숨 막히는 국민당군의 완벽한 봉쇄에 공산군은 사기가 떨어져 갔고, 시간이 지나면서 홍군은 내부의 분열마저 겪게 된다.

　민상국이 이런 중요한 시기에 위초원정을 위한 상설사령부에 배속되어서 할 일은, 일본의 움직임과 공산당 내부 분열 조짐에 대한 각종 정보수집 업무, 그리고 그들 내부에 변

절자를 만드는 일이다. 그리고 공산주의를 불법으로 규정한 일본과의 각종 공작도 포함되어 있다.

민상국이 탁자 위에 펼쳐 놓은 신문을 꼼꼼히 읽고 있는 동안, 수변 도로를 따라 프랑스 시트로엥(Citroën)사의 상아색 C4 승용차가 서서히 다가와 선다. 전 세계 귀족들이 선호하는 최고급 신형 승용차다. 차량의 뒷문이 열리고, 흰색 군복을 차려입은 일본군 장교가 차에서 내리며 민상국을 부른다.

"어이! 민상국이. 잘 지냈나?"

"······."

낯익은 조선말에 민상국은 대답하지 않는다. 아무 반응을 보이지 않고 계속해서 신문 기사에 열중인 그를 일본군 장교가 다시 부른다. 이번엔 중국말이다.

"헤이! 왕싱하오. 니하오?"

그제야 고개를 들고 자신을 부른 일본 장교에게 눈길을 준다. 견장과 옷깃, 소매에 붙은 소좌(소령) 계급장은 해군의 표식이다. 일본 해군 장교가 중국 한복판에서 조선말, 그리고 중국어로 민상국을 부르는 모습은 일반적이지 않다.

"오랜만이야. 고하세 사부로!"

조선말로 일본 해군 장교에게 인사말을 건네는 민상국. 이 장면 역시 예사롭지 않다. 민상국이 자리에서 일어서 다가오는 고하세 사부로(少長谷三郎)를 두 팔 벌려 환영하며 포옹한다.

"들려오는 소식에, 상국이 자네가 이번 시안에서의 작전을 혼자서 진행했다고 들었다. 위험하지 않았나?"

조선어 발음이 어색한 고하세 사부로.

"자네도 알다시피 장쉐량의 군대 내부에 일본과 수시로 내통하는 스파이가 한두 명이 아니지 않는가? 정보만 주고 장쉐량 측에서 해결하게 내버려 두었다면 괜히 소문만 무성해지고, 일이 쉽게 마무리가 되지 않았을 거야. 그래서 내 손으로 직접 해결했지. 그건 그렇고, 저 차는 뭔가?"

민상국이 C4 차량을 턱으로 가리키며 묻는다.

"아! 저거. 상하이 프랑스 조계지에 차려진 우리 무역회사에서 해군에 제공해 준 차량이야. 상하이에서 이곳 난창까지 600㎞가 넘는 거리야. 차로 오는 게 나는 좋아!"

고하세 사부로의 조선말 실력은, 군데군데 어색한 표현도 있고 발음도 정확하지는 않지만 둘 사이 대화에는 전혀 지장이 없을 정도이다. 고하세 사부로는 어린 시절 경성에서 소학교를 다녔다. 일본 육군 장교였던 사부로의 부친이 용산에 있는 조선 주둔군에 배속되었을 때 가족 모두가 경성으로 이주해 왔기 때문이다.

일본이 식민지 조선에서 정착시킨 교육제도는 시작부터 차별이 있었다. 조선인을 위한 교육제도는 보통학교 – 고등보통학교 – 전문학교로 이어지는 실용 교육이었고, 조선 거주 일본인에게는 소학교 – 중학교 – 대학으로 이어진 일본의 교육체계를 그대로 적용했다. 이때 극소수의 조선인만 일본계 교육기관의 취학이 허락됐는데, 민상국의 아버지는 그의 두 형들과 달리 민상국을 일본계 소학교에 보내어 근대 일본식 교육을 받게 했다.

민상국과 고하세가 다녔던 소학교에서는 당연히 일본어로 수업이 진행됐고, 학교에서 조선어를 사용할 일은 거의 없었다. 따라서 민상국의 일본어 실력은 고하세의 조선어 실력보다 월등히 나았지만 무슨 이유에서인지 고하세는 민상국과의 대화에서는 일본어 사용을 자제하고 조선어를 사용하려고 노력하였다. 그때로부터 20여 년이 지난 지금도 마찬가지다.

"이것 봐, 고하세 군! 상하이에서 여기까지 여객선을 타고 오면 1등 칸 침대에서 지내면서 편안하게 올 수 있었을 텐데, 괜한 고생을 했구먼!"

"아니야, 상국이. 그거는 아니야. 상하이에서 이곳까지 거리가 부산에서 시모노세키 사이의 거리에 삼 배, 곱하기 삼의 거리인데, 이상하게 나는 강과 운하에서 여객선을 타면

멀미가 나!"

"아니, 이 친구야! 일본 해군 장교가 뱃멀미를 한다는 게 말이 되나?"

"상류에서 하류로 가는 배는 괜찮아. 그런데 하류에서 상류로 거꾸로 가는 배는 힘들어. 그리고 중국 여객선은 시끄럽고 불쾌하고, 나는 배로 다니는 긴 여행은 싫다!"

"해군이 배를 싫어하다니! 말이 안 되는구먼! 하하."

민상국이 고하세를 손가락으로 가리키며 크게 웃는다.

지금 이들이 함께 있는 강서성 남창은 상해에서 남서쪽으로 600㎞ 이상 떨어진 내륙지방이다. 상해에서 이곳 남창으로 오는 방법은 통상적으로 장강을 본류로 하는 대운하를 이용한 뱃길이 무난하다.

중국에 건설된 대운하는 그 규모나 기술 면에서 상상을 초월하는데, 중국 북동부 만리장성 아래 베이징(北京)에서 시작해 중국내륙의 주요 거점도시와 대륙의 동부, 남부의 태평양 연안 해안 도시들까지 곳곳이 대운하로 연결되어 있다. 예로부터 중국은 자연 하천인 중국 북부의 황허(黃河)와 양쯔(揚子)강을 포함하여 5개 수계를 연결하는 2,000㎞의 대규모 인공수로를 건설하였고, 그렇게 만들어진 대운하는 오랜 세월 동안 중국의 경제적 번영과 안정에 중요한 역할을 해왔다. 더욱 놀라운 것은, 이러한 대운하 건설이 기원전 5

세기부터 시작되었다는 것이다. 오래전 시작된 이 대역사(大役事)는 제방과 둑, 다리 등의 구조물과 돌이나 흙, 흙과 대나무와 짚의 혼합물 등의 재료에 관한 연구 등은 중국 문명이 유구한 역사를 거치는 동안 이룩한 중국 고유의 수리공학(水利工學)의 결정체였다.

"고하세 군! 이번에 자네 쪽에서 우리 측에 넘겨준 정보는 정말 고마웠네. 기왕 우리를 도와주는 김에 이것 하나만 그쪽 보스에게 전해주시게. 어차피 일본에서 알고 있는 내용일 테지만, 이번 우리 위초원정은 중국대륙이 적화가 되느냐 아니냐의 기로에 서 있는 중요한 작전이 아니겠나. 우리가 중국 대륙 내 곳곳에서 발호한 공산군을 모두 섬멸하는 과정에서 적어도 1년 동안만 일본과 우리 사이의 평화가 지속되었으면 좋겠다는 말씀이야. 지난번에도 위초원정을 나설 때마다 일본에서 군을 움직이는 바람에 두 번이나 다 잡은 마오(마오쩌둥)[24]와 저우(저우언라이)[25]를 놓쳤다네. 일본에서도 사실, 아시아 전체에서의 공산주의 팽창을 경계하고 있지 않은가 말이야."

고하세 사부로는 일본 해군의, 민상국은 중국 국민당군의 정보장교이다. 두 진영의 정보장교인 이들이 만나서 꾸미는 내밀한 공작은 다른 정보기관의 공작과는 다소 성격이 다르다. 민상국은 장개석 개인에게 충성하기 때문에 장개석

의 정적 제거가 우선순위이고, 고하세 사부로 역시 일본 참
모본부나 해군 군령부가 아닌 노무라 기치사부로(野村吉三郎)
제독의 정치적 목적에 주안점을 두고 활약하고 있다.

  상하이사변 직후인 1932년 봄, 상하이 침략군의 수장이었
던 노무라 기치사부로와 중국 국민당군 총사령관이었던 장
개석이 상하이사변 처리 과정에서 개인적 이익을 위한 비밀
합의를 했던 것이 한 가지 있었다. 각자 자신의 측근을 내세
워 정보를 나누고 공유함으로써 각자의 정치적 영향력 제고
(提高)를 위해 협조하자는 신사협약(紳士協約)을 맺는 것이었
다. 한 사람은 국가의 수반이었고 다른 한 사람은 해군 대장
이자 정치인이라서 두 사람 간의 격이 맞지 않을 수도 있었
다. 하지만, 당시 장개석은 중국 전체에 대한 장악력이 다소
미흡했고, 그의 입장에서는 일본의 천황 혹은 임기가 불안
정한 일본 정부의 내각 수반과 개인적 이익을 위한 협정을
맺을 수도 없는 일이었기에 어쩔 수 없이 일본 군부의 실력
자인 노무라와 이러한 밀약을 맺을 수밖에 없었다. 법률을
초월한 결정을 내리고, 개인적 충성의 원칙이 애국보다 중
요하게 작용하는 군국주의 국가에서는 이런 형태의 정보 작
전이나 외교 밀약협상은 빈번한 일이었다.
  우연인지 아니면 의도된 인사 조치였는지 모를 일이지만,

양측에서 실무를 맡은 고하세 사부로와 민상국은 그야말로 '긴말이 필요 없는 사이'였다. 얼마 전 민상국이 시안에서 직접 제거한 스파이 차준은 일본 육군성에서 중국 군부 내부의 분열을 이용하기 위해 그들이 포섭한 간첩이었고, 육군성과의 경쟁 관계에 있던 해군성은 자국 육군성의 독주를 견제하고자 노무라 기치사부로의 계획에 의해 그의 심복 고하세 사부로를 통하여 장개석 쪽에 정보를 제공하였기에 가능한 일이었다. 국내 정치에서의 주도권을 잡기 위해서 이적행위도 서슴없이 자행하는 정치인들은, 예나 지금이나 존재한다. 하물며 총칼로 권력을 틀어쥔 전시(戰時)의 군 출신 정치인들은 그 정도가 심했다고 볼 수 있다.

"공산주의 팽창을 막기 위해 우리 일본과 중국 양측에서 뜻을 모아야 한다는 명분은 설득력이 있는 것 같다. 상하이로 돌아가서 도쿄에 있는 우리 쪽 상부에 그 말씀은 내가 반드시 전하겠다."

일본에서도 공산주의자들에 대한 경각심이 상당했었다. 1925년도에 제정된 치안유지법을 빌미로 공산주의자들을 단속하기 시작했다. 소위 '3·15 사건'이라고 부르는 1928년도에 있었던 대규모 공산주의자 체포 사건이 그 대표적인 예이다. 당시 검거된 공산주의자 488명이 재판에 넘겨졌는데, 그 이듬해에도 3·15 사건 당시 도망쳤던 공산당의 거물 당원 339명이 추가로 기소되었다. 이른바 4·15 사건이었다. 그 후에도 여러 번의 공산주의자 검거 열풍이 불었는데, 1930년 2월에는 무려 1,500명이 검거되고, 그중 461명이 기소되었다.

고하세 사부로의 이 같은 대답에 민상국이 반색한다.

"이번에는 반드시 자네 측 수뇌부를 설득해 주게. 공산주의는 위기를 먹고 사는 괴물과 같은 녀석이라, 평화로운 시대에는 눈에 잘 띄지 않다가 국가와 사회에 위기가 닥치면 숨겨두었던 이빨과 발톱을 드러내 기존 체제의 약한 고리부터 끊고 세력을 확장시킨다고 확신하네. 우리 서로 2년만 도발을 자제하고 각자의 내실을 위한 시간을 갖자고 꼭 전해 주게!"

지금 이 두 사람은 개인적 사담(私談)이 아닌 한 나라의 군부, 더 나아가 국가 운영 전략까지 논의하고 있다. 그것도 수시로 상대방을 향해 총부리를 겨누며 전쟁 아닌 전쟁을 하고 있는 상황에서 각 상대방 진영 영관급 장교들이 다루기에는 상당한 무게가 있는 내용의 대화를 이렇게 나누고 있는 것은, 일본과 중국 두 나라 모두 사실상 군인들이 국가를 운영하고 있었기 때문이다.

1868년 메이지유신 이후 1877년의 세이난전쟁(西南戰爭), 1894년 청일전쟁, 1904년 러일전쟁 등 19세기 말부터 시작된 전쟁의 영향으로 일본은 군인들에 의한 통치가 일반화되어 있었다. 중국 역시 1840년 아편전쟁을 겪은 이후 군권을 강화하였는데, 1881년 이홍장이 러시아의 실질적 영향력 아래에 있던 신장지역을 정복하여 복속시키고, 직후 조선을 관리하는 부서를 예부(禮部)에서 군부로 이양시키며 군권의 입지를 강화했다. 그에 더해 1894년에 시작하여 1895년에 끝난 일본과의 전쟁에서 패배한 중국에서는 그동안의 문치(文治)가 무너졌고, 1911년 신해혁명, 우창 봉기가 있은 뒤부터 전국 각지의 지방 군벌들이 나라를 지배하기 시작하였다.

　　지금 장개석은 중국 내 각 군벌 세력들과의 전쟁, 이른바 동정(東征), 북벌(北伐)의 성공을 이룬 뒤 중국을 침공한 일본은 물론 중국 내 공산 세력을 상대로 전면전을 앞두고 있다. 격동의 시절 기존 동아시아 구질서의 맹주 중국과 새로이 부상한 초강대국 일본은 그야말로 군인시대(軍人時代)의 한가운데로 들어서고 있었다. 호숫가 절벽 위에 사는 작은 물총새가 흙을 파내어 만든 자신의 작은 굴에서 빼꼼 고개를 내밀고 주위를 두리번거린다. 수면 바로 아래를 헤엄치는 작은 물고기를 발견하고는 잽싸게 날아가 낚아채 다시 자기

굴로 돌아온다.

16

경상남도 진주 삼봉 나루터.

큼직한 보퉁이를 머리에 인 무당 갑년이가 아들 대만을
데리고 구불구불한 오솔길을 따라 부지런히 길을 재촉한
다. 치맛자락엔 흙먼지가 엉겨 붙어 있고, 어미의 뒤를 따
라 걷는 대만의 이마에는 땀방울이 송골송골 맺혀있다. 어
미를 따라 터덜터덜 걷는 대만은 자신의 양손에 들린 보따
리의 무게가 버거웠던지 수시로 어깨에 둘러멨다가 다시 내
려, 팔심으로 들어 올렸다 내렸다가를 반복한다. 더운 날씨
에 지친 듯 제 어미에게 신경질을 낸다.

"옴마! 오데 가는 기고? 안죽 멀었나?"

"하마 다 온 것 같다. 쪼매만 더 가자."

"옴마! 우리 진주 장에 가는 기 아니었드나? 진주는 하모
벌씨로 지나친 거 같구마는…… 벌씨로 이십 리는 지나온
거 아이가?"

"진주는 지나친 지 오래됐다. 진주 가는 기 아이다!"

해동의 새벽

"그라모…… 오데 가는 긴데? 디(힘들어) 죽겄다. 팔도 빠질라 카고."

"……."

"진짜로…… 오데로 가는 기고?"

갑년이 짜증을 내는 아들에게 툭 던지듯 대답한다.

"느그 아부지한테 가는 기다!"

"……."

아버지라는 말에 대만이 갑자기 걸음을 멈춘다. 멈춘 자리에 오도카니 서서 어미를 쳐다보고, 이런 대만의 행동을 알아챈 갑년도 걸음을 멈추고 천천히 뒤를 돌아본다. 머리에이고 있는 보퉁이 짐이 무거워서인지 돌아서는 몸동작이 조심스럽다.

제자리에 서서 어미를 빤히 쳐다보는 대만의 눈에는 놀라움과 호기심이 뒤섞여 있다. 집안에서 어른 남자의 부재가 부자연스러운 것이란 것을 느낀 아주 어릴 적부터 '울 아부지는 오데 있노?'라며 골백번은 더 물어보았지만, 그때마다 어미의 대답은 '죽었다', '니는 아부지가 없다'였다. 그런데 갑자기 어미의 입에서 '아부지한테'라는 말이 너무도 자연스럽게 튀어나온 터라 적잖게 당황한다. 그에게 아버지는 자기 삶에 아무런 영향이 없는 막연한 존재이지만, 또 서러움의 원인이기도 했고, 원망 그 자체이기도 했다. 그리고 어떨

땐 동화와도 같은, 막연하게 어딘가에 있을지 모르는 상상
속 극적인 구원의 상징이기도 했다.

"뭐 하노? 빨리 안 오고?"

"……."

"어여 가자! 다 와 간다."

우두커니 제자리에 선 채 어미의 표정을 살피던 대만이 아
무 말 없이 무심히 앞서가는 제 어미를 따라 걷기 시작한다.
두 모자 모두 아무 말 없이 터벅터벅 한참을 걷는다. 작은
굽잇길을 돌아 야트막한 언덕을 넘어서자 소나무 숲 사이로
고즈넉한 강변 나루터가 보인다. 조심조심 걸어 내려가 나
룻가에 짐을 내려놓고 지친 숨을 돌리는 동안에도 두 사람
은 말이 없다.

강 건너 빈 조각배 고물에 걸터앉아 있던 뱃사공이 이쪽을
바라보며 소리친다.

"강 건널끼요?"

"예! 부탁 좀 하입시더!"

"뱃삯은 두 사람 4전이요!"

"안죽 쪼매난 얼라구마는…… 쪼매 깎아주소!"

"헤엄치가 오던가……."

흥정은 끝나지도 않는데 뱃사공이 상앗대를 밀며 이쪽
으로 넘어온다. 이쪽 나루터에 배를 대고, 갑년이 전해주는

보퉁이 짐들을 먼저 뱃전에 실은 후에 대만을 먼저 태우고, 곧이어 갑년의 손을 잡아 갑년의 승선을 돕는다. 충분히 혼자 탈 수 있는 정도의 뱃전과 나루의 간격인데, 아마도 젊은 여인에 대한 과잉 호의 같다. 작은 얼굴에 오뚝한 콧날, 잘록한 허리를 가진, 아직 삼십 줄에 들지 않은 갑년은 남자라면 다시 한 번 쳐다봄 직한 미인 축에 든다.

뱃사공이 상앗대를 밀어 강 건너 반대쪽으로 가는 동안 대만도 갑년도 심지어 뱃사공도 아무 말이 없다. 나루터에 배를 대고, 뱃사공이 짐을 하나하나 들어 내려준다. 갑년이 허리춤에서 돈을 꺼내 셈을 치른다.

"여게, 뱃삯 4전이요."

"됐소. 고마 그냥 가소!"

"이 아재가 와 이카노? 받으소!"

뱃사공의 수작질로 느꼈는지 갑년이 발끈하며 셈을 치르려 다그친다. 푼돈 가지고 함부로 희롱하지 말라는 경고의 뜻이기도 하다.

"앞으로 자주 보겠구마는…… 저 짝 주막에 새로 장시 시작할 주모 아니오?"

"내를 아능교?"

"달포 전에 저 짝 문 닫아놓은 주막에 새로 장시 시작할 기라꼬 왔다 가지 않았소?"

두 사람의 짧은 대화에 대만이 깜짝 놀란다. 무당인 어미에게 주모라고 부르는 뱃사공의 말에, 또한 부정하지 않는 어미의 행동을 보며 생각이 복잡해진다.

"눈썰미가 좋으시고마. 맞소!"

"앞으로도 장 보러 댕기모 뱃삯은 안 받을라 카이, 가끔 냉수 한 사발씩은 꽁으로 주소!"

"그래 합시다! 고맙구마!"

호기롭게 대답하고 짐을 챙겨 걷기 시작하는 갑년의 뒤를 대만이 졸졸 쫓아 걸어간다.

나루터에서 얼마 떨어지지 않은 거리에 싸리나무로 담장을 두른 제법 넓은 마당의 주막이 나타나고, 갑년이 주막의 사립문을 열고 거침없이 들어선다. 대만은 담장 밖에 서서 들어서지 못하고 어미의 행동을 지켜만 본다.

"들어온나!"

"……."

"모 하노? 들어온나!"

"옴마!"

"와?"

"옴마…… 무당 막실한 기가?"

"시끄럽다, 고마! 무당이라카는 소리 인자 절대 하는 거 아이다! 어서 들어온나!"

어미의 닦달에 대만이 마당 안으로 들어서고, 갑년은 머리에 이고 왔던 큰 보퉁이를 살림방으로 보이는 큰 방 안에 들여놓는다. 대만이 내려놓은 보따리는 대충 마루 한쪽에 치워 두고는 갑년이 대만을 불러 옆에 앉힌다.

"대만아……."

"……."

"니는 옴마가 무당 하는 거 싫다 안 캤나?"

"……."

"대만아! 옴마 무당 하는 기 싫다고 만날 천날 얘기해 놓고 오늘은 와 말이 없노?"

"……."

"니 핵죠 안 가고 싶나? 보통핵죠 가고 싶다고 안 했드나?"

한참 동안 고개를 숙인 채 발끝만 까불거리던 대만이 갑자기 반응을 보이며 어미를 힐긋 본다.

"핵죠?"

"그래 핵죠. 보통핵죠 가고 싶다 안 캤나?"

"옴마! 그기 말이 되는 소리가? 내가 우찌 보통핵죠 댕긴단 말고. 진주서 돈 많은 백정들도 핵죠 받아 돌라꼬 했다가 난리가 났다꼬 동네 사람들 막 캐쌌는 거 다 들었고마! 돈 많은 백정 아들도 몬 들어가는 핵죠를 내가 우찌 가노?"

"옴마가 무당 안 하모 되는 기 아이가?"

"그기 무신 소리고? 옴마, 옴마가 무당인지로 갑산 사람 모도 아는데, 무당 안 한다꼬 무당이 아인기가?"

아들 대만의 표정을 한참 동안 물끄러미 바라보던 갑년이 두 손으로 대만의 얼굴을 감싸며 조용하고 인자한 목소리로 말을 잇는다.

"대만아. 잘 들어라잉? 인자 우리는 갑산마을서 완저이 나와 뿌렸다. 인자 갑산에 갈 일도 엄꼬, 가서도 안 되는 기라! 고마, 이 동네서 밥 끓이 팔아서 우리 대만이 보통핵죠 보내고, 그리 살 끼다, 알겠나?"

"진짜가? 진짜 무당 막실하고 내는 보통핵죠 보내주는 기가?"

"하모!"

얼굴에 화색이 돌아온 대만이 어미를 빤히 쳐다보며 큰소리로 확인하듯 묻는다. 어미의 확신에 찬 대답에 눈이 커졌다가 다시 시무룩한 표정으로 고개를 숙이며 한마디 한다.

"내가…… 성도 없다, 아이가! 성이 없이모, 핵죠 몬 간다 카드만…… 불상놈이라꼬, 성 없는 아는 핵죠 몬 간다!"

"니가 와 성이 없노? 성 있다!"

"그기 뭔 소리고? 내가 성이 오데 있노?"

"있다! 내일 갈챠 주꾸마! 아부지 오거등 물어보라 마! 아부지 성이 니 성 아이가?"

"아부지?"

"그래 아부지!"

"참말로 내한테 아부지가 있단 말가? 오데 있는데?"

"늦어도 내일까지는 일로 오실 끼구마! 그건 그렇고, 배고
프제? 우신에 퍼뜩 밥 끓이가 줄라 카이 니는 저 짝 아까 배
내맀던 강분에 가서 물이나 길러 오이라! 저 물지게 지고 가
서 빈 독아지에 한가득 채와 놓거라!"

대화를 끝낼 양 어미가 일어나 부엌으로 들어가고, 대만은
고개를 연신 갸웃대며 마당 한쪽에 놓인 물지게를 한쪽 어
깨에 둘러메고는 옹기 물독 이것저것을 열어본다. 잠시 뒤
대만이 제 어미를 부른다.

"옴마! 여게 전부 물이 가득 찼고마! 또 길러 와서 오데다
가 부아야 하노?"

부엌에서 나온 갑년이 물독 하나하나 뚜껑을 들어 들여다
보고는 뭔가 생각이 난 듯, 집 뒤꼍에도 가보고 마루 아래도
들여다본다.

마루 아래에는 통나무를 톱으로 잘라 차곡차곡 재어놓은
나무들이 한가득하고, 집채 옆과 뒤꼍에는 솔가지와 솔가
리, 장작들이 잔뜩 쌓여있다. 누군가 이들을 위해 단단히 장
만을 해둔 듯하다. 갑년이 집 구석구석을 탐색하듯 돌아본

후 부엌으로 들어가고, 때마침 싸리나무 담장 너머로 소달구지를 몰고 나타난 중늙은이가 주막 입구에 멈춘다. 소목에 달린 워낭소리가 영롱하다.

이를 발견한 대만이 엄마를 부른다.

"옴마! 여게, 소금장시 천 서방이 왔구마! 소금장시 천 서방이 이 동네에도 오는갑다!"

싸리 담 너머 천 서방이 함박웃음을 지으며 대만을 내려다본다. 웃는 입, 앞니 대부분은 썩어서 빠져 있고, 쭈글쭈글한 볼살이 초라해 보이지만 처진 눈꼬리와 깊은 주름이 웃음 띤 그의 얼굴을 더 좋은 인상으로 보이게 한다. 달구지를 끄는 소도 주인을 닮았는지 한쪽은 위로 한쪽은 아래로 향한 비대칭의 뿔에, 축 늘어진 목덜미 가죽에, 늙은 모습. 영 볼품없다.

"우리 대만이가 낼로 알아보는구마는!"

"그라모요! 소금장시 천 서방 아잉교! 얼마 전에는 내한테 엿도 한 똥가리 주고 갔다 아잉교! 여게도 소금 팔러 오는갑네요!"

"하하! 옴마 어데 계시노?"

이때 갑년이 부엌에서 손에 묻은 물기를 행주에 닦아내며 빠른 걸음으로 나오고 갑년을 바라보던 천 서방도 활짝 웃으며 반가워한다.

"오는 길 고생 많았구마! 밥하나?"

"들어오소! 와 그라고 섰능교?"

손에 잡히는 마른걸레로 마루 한가운데를 닦으며 천 서방에게 자리에 앉을 것을 권유한다.

"이짝으로 앉으소! 야야! 대만아! 아부지한테 인사 디리라! 느그 아부지다!"

능청스럽게 소금장수 천 서방을 대만의 아버지라고 소개하는 갑년. 잠시 얼음처럼 멈춰 서 있던 대만이 아연실색한 표정으로, 기어들어 가는 듯 작은 목소리로 혼잣말을 한다.

"아부지…… 아이다."

"뭐하고 섰노? 인사 디리라!"

슬금슬금 뒷걸음을 치던 대만이 이번엔 큰 소리로 제 어미에게 소리친다.

"천 서방은 우리 아부지 아이다! 우리 아부지 아이다!"

계속해서 '아부지 아이다!'를 되뇌며 바깥으로 뛰쳐나간다. 조금 전 제 어미와 함께 건너왔던 나루터를 향해 달려간다. 갑년과 천 서방은 그리 놀라지도 않은 듯 달려 나가는 대만을 빤히 바라보고 있다.

눈물을 쏟아내며 서러운 듯 '아부지 아이다!'를 반복하며 달리던 대만이 나루터 앞에 도착한다. 조각배 위에 앉아 곰

방대를 물고 있던 뱃사공이 대만을 발견하고는 아무 표정 없이 큰 소리로 묻는다.

"주모 아들 아이가? 와 우노? 옴마한테 뚜디리 맞았나?"

"아재요! 내 좀 건니주소! 강 좀 건니주소!"

"오데 갈라꼬?"

"내 쫌 건니 주소! 건니야 돼요…… 내는 집에 갈라요!"

"느그 집이 오덴데?"

"고마! 건니 주소!"

묻는 말에 대답은 하지 않고 맹랑하게 자기 할 말만 하는 어린 꼬마 녀석에게 뱃사공이 살짝 심술이 났는지 빈정거리는 투로 어깃장을 놓는다.

"뱃삯은 5전이다! 니, 돈은 있나?"

돈이 있을 턱이 없다. 이런 큰 충격 속에서 소금장수 천서방을 아버지로 받아들일 수 없다는 결연한 의사표시와 화풀이를 겸한 가출을 하려 해도, 당장 뱃삯 없이는 어딜 가지도 못하는 노릇이다. 무능력 탓에 결연한 의지 앞에서도 큰 벽을 만날 수 있다는 교훈을 최초로 깨닫게 된 순간, 미래에 꽤 능력 있는 어른이 되어서도 대만은 이때를 정확히 기억한다. 무당의 아들이라는 비루한 삶을 살면서도, 언젠가는 구원의 수단이 될 수도 있다고 막연한 상상 속에 간직하던 '아버지'라는 무한 능력의 존재가, 모두 썩어서 빠져버린 이

해동의 새벽

빨에 쭈글쭈글한 볼때기를 가진 쭈그렁 영감탱이 소금장수 천 서방으로 치환이 되어버린, 이 절망적인 순간에 뱃삯 5전 이라는 어찌 보면 하찮은 장애물이 불공정한 현실을 절대로 받아들이지 않겠다는 저항 행동의 시행과 시위의 과정에 있어 중요 변수가 되고 있는 것이다. 대만의 관심이 갑자기 뱃삯의 공정함으로 옮겨간다.

"아까 참에 우리 옴마하고 두 사람에 4전이라 안 캤소?"

"4전은 있나?"

"둘이 4전이모, 내 혼차는 2전 아이요?"

"2전은 있나?"

샘솟아 흐르던 눈물이 뱃삯 2전에 말라버렸다. 눈물과 같이 흐르던 콧물을 얼른 풀어서 털어버린다.

"니미럴, 조또!"

천 서방이고 아버지고 간에 지금은 뱃사공의 장난 섞인 심술에 부아가 치민 대만이 어디서 배웠는지 혼잣말로 욕설을 한다.

"니, 금방 모라 캤노?"

뱃사공이 발끈한다.

"돈 없소! 난중에 주마 안 되능교? 일단 내를 건너주고 난중에 2전을 받으소!"

"이런! 이, 봉알에 털도 안 난 놈이 벌씨로 욕하고 몬된 외상질부터 배았고마! 이누무시키, 절로 안 가나?"

들고 있던 곰방대를 들고 한껏 휘두르는 시늉을 하는 뱃사공의 몸짓에 대만이 흠칫 놀라서 뒷걸음을 친다. 이내 시늉뿐이라는 걸 알고는 발치의 돌멩이를 걷어차고 나루터 옆 큰 나무 그루터기에 앉아서 먼 산을 쳐다보는데, 새벽 댓바람부터 짐을 챙겨 여기까지 오는 동안 한 끼도 못 먹은 뱃속에서 연신 꼬르륵 소리가 난다. 이내 서늘한 바람, 가슴팍에 한기까지 든다. 늦은 오후 강바람이 차다.

터덜터덜 걸어서 아까 뛰쳐나온 주막 앞에 와서 보니 늙은 소가 끌던 달구지가 보이지 않는다. 소금장수 천 서방도 안 보인다. 부엌에서부터 매캐한 연기에 섞인 고소한 밥 익는 냄새가 삽짝 너머까지 흘러나오고, 배고픈 대만이는 조금 전의 비장했던 투쟁심을 잊은 듯 제 어미가 쭈그리고 앉아 있는 부엌 아궁이 옆으로 간다.

"왔나? 밥 묵자! 마루에 앉거라!"

대만의 시위를 대수롭지 않게 여기는 어미의 표정에 또 심술이 나지만, 그래도 어쩔 수 없는 것이 배고픔이다. 냄새만으로 보리에 쌀이 들었는지 아닌지 알 수 있다. 큰 굿판이 벌어지고 나면 어미는 대만에게 종종 쌀이 듬뿍 든 밥을 지어준 적도 있다. 이 냄새는, 쌀이 많이 섞였다. 틀림이 없다.

마루에 앉은 지 얼마 되지 않아 유채 나물에 갓 지은 밥을 개다리소반에 얹어 나오는 엄마가 지금은, 대만에게 있어 구원의 존재다.

"배고팠제? 얼른 묵자. 천천히 마이 무라!"

아무 말 않고 밥그릇에 담긴 밥을 내려다보는 대만은, 마냥 서럽다. 갑자기 또 눈물이 쏟아진다. 대만 어미는 아무 말 없이 대만을 보고만 있다.

"대만아……."

"……."

"핵교 개학은 벌씨로 했다 카드만…… 그래도 내일 저 짝으로 5리만 가모, 지수보통핵교가 있다 카이, 아부지 따라가서 월사금 내고 핵교 바로 들어가라! 4월에 개학을 했다 카이[26] 딱 한 달 늦었고마. 지수보통핵교에는 니가 무당집 아들인 거로 아무도 모린다. 고마 니가 입 꾹 다물고 핵교 댕김서 공부 열심히 하모, 옴마가 여게서 밥 끓이 팔고, 아부지가 소금 팔아가꼬 그 돈으로 우리 대만이 진주, 마산에 있는 상급핵교도 보내고, 다 해 줄기다. 고마 공부만 잘하모 된다. 무신 말인지 알겠제? 아부지는 오늘 안 오시고 내일 아침에 오실 끼다. 오시거등 암말 말고 인사 제대로 드리고 핵교도 가고 면 이사청에 가서 니 호적도 만들고…… 무신 말인고 알겠제? 자! 어여, 묵자. 밥 식는다."

어미의 다정스러운 말에 눈물이 더 쏟아진다. 닭똥 같은 눈물이 계속 밥상 위로 떨어지고, 이를 지켜보던 갑년도 눈시울이 붉어진다. 자식한테 눈물을 보이기 싫은지 얼른 일어나 부엌으로 달려간다. 성장을 위해 자기 가죽을 모두 벗어 던지는 동물이 있다. 하물며, 인간에게 있어서 탈피(脫皮)라는 것은 분명 쉬운 일이 아니다.

일본 동경(東京, 도쿄).

 평년의 2월보다 하루가 더 있는 윤년, 1936년 2월 29일이
다. 에도 막부 시절[27] 은화(銀貨) 주조소가 있던 긴자(銀座)거
리는 서유럽의 한복판 같은 이국적 분위기를 품고 있다. 메
이지 유신 후 막부시대 전통 건물들을 걷어내고, 서구식 대
형 건물들이 연이어 들어선 이 구역엔 화려한 부티크와 커
피숍, 영화관과 댄스홀이 들어서 있고, 으리으리한 고급 호
텔들도 여럿 있다.
 인근 지요다(千代田) 중심 지역에 화려한 3층 건물로 세워
진 데이코쿠 호텔[28] 스위트룸 거실에서 김익현과 부인 민지
영이 룸서비스로 들어온 서양식 아침 식사를 하고 있다. 창
밖으로 보이는 건물 지붕과 옥상엔 소복하게 눈이 쌓여있
다. 며칠 전 기록적인 폭설로 눈이 30㎝ 이상 쌓였다고 한
다. 도쿄 니치니치 신문에 의하면 54년 만에 과거 적설 기록
을 갈아치운 폭설이라고 한다.

해동의 새벽

"아직 반란 진압이 완전히 이루어진 게 아닌가 봐요. 도로에 전차(戰車)들이 그대로 있는 걸 보면 말이에요. 우린 폭설에, 또 이 나라 군인들 정변에 열흘 가까이 이렇게 호텔 객실에만 갇혀 있게 됐네요."

"하하! 난 오랜만에 이렇게 단둘이 있는 게 좋기만 한데 부인은 싫은가 보오?"

"……."

얼굴을 붉힌다. 벌써 혼인을 한 지 20년이 넘었건만 가끔 김익현의 장난 섞인 애정 표현에 어쩔 줄 몰라 한다.

"존황유신군(尊皇維新軍)이라고 적혀 있던 깃발이 반란군의 깃발이었다면 진압이 된 것 같소. 오늘은 그 깃발이 보이지 않으니 말이오."

"그런데 반란이 진압이 됐다면서 왜 삐라(전단)들을 저렇게 뿌려대는지…… 호텔 직원한테 부탁해서 한 장 가져와 달라고 했는데 아직 가져오지 않고 있네요."

마침 초인종이 울리고, 호텔 직원이 길거리에 뿌려진 전단지 한 장을 민지영에게 전해주고 간다.

"Thank you! I appreciate it."

"My pleasure ma'am"

민지영은 난징과 상하이에 있을 때도 일어나 중국어가 아닌 영어나 불어를 사용하고는 했다. 중국어와 일본어도 유창한 실력이지만 가능하면 외국인을 상대할 땐 영어를 사용했다. 특히 같은 동양인 앞에서 유독 거만하게 구는 일본인, 조선인 복장을 보고 경멸 섞인 눈빛을 보이는 중국인들 앞에서는 먼저 영어로 대화를 시작해 상대방이 말문이 막히면 그제야 일본어나 중국어를 사용하기도 하였다. 조선인을 덮어놓고 얕잡아보는 일본인들과 중국인들에게 조선인인 자신을 함부로 대하지 말아 달라는 일종의 자기 보호를 위한 수단으로 영어 혹은 불어를 사용해 왔는데, 당시 서양에 상당한 콤플렉스를 가지고 있던 일본인들과 중국인들에게는 꽤 효과적인 수단이었다.

"하하! 당신 아까 Flier라는 단어를 몰라서 쩔쩔매는 호텔 직원을 골려 먹는 걸 보고 얼마나 웃겼는지……. 못 알아듣고 계속 고개를 갸우뚱하는 직원에게 전단지를 가져다 달라고 일본말로 하면 될 것을. 참 당신도 짓궂을 때가 있더구먼, 오랜만에 재미는 있었소만."

"그래서, 당신께서 삐라(ビラ)라고 거들어 주시지 않으셨나요."

이렇게라도 조선인들을 얕잡아보는 일본인들에게 소심한 시위를 해야 하는 현실이 슬프기도 하다. 실제 일본인들은 자신들이 아시아의 맹주라는 자신감이 대단했고, 중국인과 조선인들은 수십 년 동안 계속된 일본의 핍박과 무력 다툼에서의 패배로 일본인들을 대할 때 열등감을 가질 수밖에 없는 상황이었다.

"그래, 삐라에는 뭐라고 적혀 있소?"

"네-에, 아직 늦지 않았으니 즉시 소속 부대로 복귀하고…… 저항하는 자에게는 발포할 것이다. 그리고, 음…… 당신들의 부모와 형제가 당신들 걱정에 잠을 이루지 못하고 있음을 잊지 말라…… 뭐 이런 얘기 들이네요. 이걸 보면 정변이 아직 진압되지 않은 게 확실한 것 같아요."

"음. 이거 참 난감하구먼. 하필이면 우리가 이곳을 찾았을 때 이런 일이 벌어지다니. 당신에게는 이번 동경 방문이 처음이라서 내가 당신을 데리고 여기저기 보여주고 싶은 곳도 많았는데 말이오!"

"저는 관광이나 유람보다는 우리 상국이 소식이 더 걱정이랍니다. 혹시 우릴 초대한 고하세 사부로 군에게 무슨 일이라도 있는 건 아닌지, 이번 정변에 휘말리기라도 했을까 봐 걱정이네요. 지난주에 호텔로 전화를 주었을 때만 해도 곧바로 만날 수 있을 것 같았는데 말이에요."

지난달 중순, 민지영은 동생 민상국의 어린 시절 친구인 고하세 사부로에게서 뜻밖의 전보를 받았다. 전보에는 이유 없이 '근일 동경 방문 요망'이라는 내용만 적혀 있었지만, 막냇동생 소식이 있을지도 모른다는 확신을 품고 곧바로 도항증을 발급받아 도쿄로 향했다. 2월 21일, 이곳 제국 호텔에 여장을 풀고 고하세 사부로와 잠시 통화할 수 있었다. 고하세는 2월 26일에 찾아오기로 했으나, 당일 아침 전화로 사고가 생겼다며 방문이 하루 이틀 정도 늦어질 수도 있으니 기다려 달라고 했다. 그러나 그날 이후로 그의 연락은 완전히 끊겼다. 아마도 당일 새벽에 있었던 정변으로 인해 외부와의 연락이 두절된 듯했다. 더욱이 고하세의 부친이 육군 장교라는 사실을 알고 있는 민지영이기에 이번 군인들 간의 충돌 사건이 더욱 불안하게 다가왔다.

전화벨이 요란하게 울린다. 식사 중이던 두 사람이 잠시 동작을 멈추고, 민지영이 협탁으로 다가가 그곳에 놓인 수화기를 든다.

"Hello."

"……"

"Sure!"

"……"

"고하세 군!"

"……"

"많이 걱정을 했어! 그래! 해군? 왜 육군이 아니고? 부친께서는 육군이시잖아?"

"……"

"그렇구나! 얼마나 걱정을 했는지 몰라. 도대체 무슨 일이 벌어진 건지 알 수가 없었기에. 너는 괜찮은 거지?"

"⋯⋯."

"그런 일이 있었구나. 맙소사! 알겠어. 그리하자고. 이렇게 전화 줘서 고마워. 그래, 기다릴게."

식탁에 앉아 있던 김익현이 수화기를 내려놓는 민지영을 유심히 바라본다. 어림잡아 30분 가까운 시간 나눴던 두 사람의 통화 내용이 너무나도 궁금한 표정이다.

"고하세 군 말이, 대학을 졸업하고 지금은 해군 장교로 복무하고 있답니다. 부친께서는 육군 장군이신 거로 알고 있는데 왜 해군에 입대했냐고 물었더니, 과거 사쓰마번 지역 출신은 해군으로 가는 것이 일반적이라고 하더군요. 혹여, 제가 잘못 알아들은 건 아닌지."

"당신이 옳게 들었을 거요. 일본 육군은 원래 조슈번 출신의 영역이고, 해군의 기득권은 사쓰마번에 있다고 보아야 하오."

"어머! 그런 게 있나요? 우리의 예전 사색당파나 노론·소론처럼 말인가요?"

"그것과는 개념이 조금 다른 거요. 사색당파와 노론·소론의 개념은 죽기살기식의 세력다툼이 원인이었지만, 이들의 번벌 정치는 서로의 역할과 능력에 대한 존중에서 시작됐다고 보면 이해가 쉬울 것이오. 일본 사람들은 예로부터 각 파벌에 따라 각자의 기득권을 인정하고, 한 번 합의하고 나면 어지간한 사고가 나지 않는 이상 서로의 영역을 지켜준다오. 고하세 군의 부친께서 사쓰마번 출신이면서 육군에 계시는 것이 오히려 이례적인 일이었겠지. 고하세 군이 해군에 들어갔으면, 집안의 전통이 제 자리를 찾은 것이라고 봐도 무방할 것이오!"

김익현의 말대로 메이지유신 이후 일본의 정부에는 조슈 · 사쓰마 · 도사 · 히젠이라는 네 개의 주요 번(藩) 세력이 있었고, 이들이 정부의 요직을 독점해 왔다. 특히 메이지유신의 주역을 맡았던 조슈번과 사쓰마번 세력이 정부와 군 요직을 독점했기에, 번벌 정치에 반대하는 비주류 세력으로부터 상당한 불만을 사기도 했다.

"네―에, 그렇군요. 그래서 고하세 군이 육군과 해군의 갈등과 다툼, 뭐 그런 말을 했었나 보네요."

"무슨 말을 했었소?"

"지금 해군 연합함대가 도쿄만에 들어와 있고, 상당수의 해군 소속 육상 전투력이 배에서 내려 도쿄 각지에 주둔 중인데, 육군과의 충돌이 걱정된다고 하더군요. 지금의 반란 세력은 육군 소속인데, 이번 반란 과정에서 해군장성 출신 정치인 여럿이 육군 반란 세력들에 의해 살해되었다는군요.

해동의 새벽

그런데, 어제 이미 천황이 이번 군사 행동을 반란이라고 규정했고, 육군성에서 철수 명령이 내려졌기에 이 사건이 곧 수습될 것 같으니, 하루 이틀만 기다려 주면 고하세 군이 조속히 이곳으로 오겠다고 하네요."

"그렇다면 다행이오. 이 나라는 어찌 된 노릇인지 평소에는 선진사회 같기도 하고, 어떨 땐 무법천지의 미개한 나라 같기도 하고, 대체 종잡을 수가 없구먼."

1930년도를 전후한 일본은, 국가 운영 전반에 있어 볼썽사나운 전횡을 일삼는 군부를 통제할 세력이 전무했다. 남만주철도의 부속지와 일본인 근로자 등을 보호하기 위해 파견된 관동군의 참모장교들이 만주 지역 군벌 장작림을 암살하려 계획했다. 이에 대한 승인을 본국에 요청하였으나, 천황과 육군성은 그 계획이 침략행위라 규정하고 승인을 거부했었다. 그럼에도 결국 관동군은 무단행동에 나서 장작림의 특별열차에 다이너마이트를 설치해 암살에 성공했고, 3년이 채 되기도 전에 관동군은 다시 한 번 본국의 반대에도 불구하고 만주사변을 일으켰다. 당시 중국군과 충돌한 관동군에게 더 이상 적대행위를 하지 말라는 내각과 참모본부의 명령이 있었으나 관동군 현지 사령부는 이 지시를 무시한 채 만주의 전 지역을 휩쓸었었다.

일본 군부의 전횡은 비단 해외 주둔지에서뿐만이 아니었

다. 육군예산 증액에 반대해 왔던 대장상(국가 예산을 관리하는 장관)인 이노우에 준노스케를 도쿄 한복판에서 암살해 버리고, 얼마 지나지 않아 총리대신인 이누카이 쓰요시마저 만주국 승인에 반대했다는 이유로 살해해 버렸다. 그 외에도 군부 내 극우 인사들의 전횡을 비판해 왔던 육군 군무국장 나카타 데쓰잔 장군, 미쓰이 그룹의 총수 단 다쿠마 남작 등의 주요 인물들도 도쿄 시내 한복판에서 무참하게 살해되는 일이 벌어지기도 했다. 군대의 총칼과 군화 아래 놓인 일본은 최근 무법천지와도 같은 상태이다.

"이 나라 국민들은 하루하루가 불안해서 어떻게 살아갈 수 있을까요? 하루가 멀다 하고 총질에, 그렇지 않아도 지진 때문에 한시도 맘이 편하지 않은데 말이에요."

"그러니 오래전부터 지속적으로 조선을 침략해 왔지 않소. 지진피해가 거의 없는 조선 땅을 차지하기 위해, 그리고 계속되는 전쟁으로 인하여 피폐해진 민심을 바깥으로 돌려보려는 정치적 계산에 그런 수작들을 벌여왔지. 그런데, 고하세 군은 조선말을 제법 잘하는가 보오. 부인이 계속 조선어로 대화를 하는 것을 보니 말이오."

"네! 고하세 군은 어린 시절에도 우리 집에 놀러 오면 반드시 조선말을 사용하려 노력했답니다. 고하세 군의 부친께서 그리 가르치셨다더군요. 조선 땅에서 사는 동안에는 이곳 사람들에 대한 존중과 예의를 갖추며 살아야 한다며 말이지요. 학교를 마치고 상국이와 우리 집에 와서 함께 시간을 보낼 때마다 집에서 부리는 아랫사람들에게까지 정말 예의 바르게 굴었답니다."

당시 조선에는 공식적으로만 50만 명이 넘는 일본인이 살고 있었다. 이들은 각종 일본인 단체에 소속되어 지내면서 하루에 조선말 한마디 쓰지 않아도 생활하는 데 전혀 불편함을 느끼지 않았고, 일본어를 구사하는 조선인 종업원을 부려가며 생업을 이어갈 수 있었다.

"그것참! 듣기만 해도 기분 좋은 얘기구먼. 그건 그렇고, 그래…… 처남에 관한 이야기는 없었던 거요?"

"네-에, 통화 시작 때 통신보안에 신경을 써야 한다며, 자세한 이야기는 만나서 하자고 하기에 묻지 않았네요. 기다릴 수밖에요."

"그래. 조금만 더 기다려 봅시다. 지금까지 얼마나 오래 기다려 왔소?"

김익현이 건네는 위로의 말에도 민지영의 얼굴에 드리워진 근심의 그림자는 짙어만 간다. 입맛이 없어졌기도 하고, 민지영의 긴 통화 중에 음식이 식어버렸기에 두 사람 모두 포크와 나이프를 내려놓는다. 룸서비스 테이블을 정리한 후 복도로 밀어놓고는 두 사람이 나란히 서서 창밖을 바라본다.

대형 폭격기 한 대가 요란한 소리를 내며 동경 시내 한복판을 가로질러 날아가고, 이어서 소형비행기 여러 대가 전단지를 뿌려대며 저공으로 비행한다.

다음날, 호텔에서 객실에 무료로 나눠준 도쿄니치니치 신문(東京日日新聞) 첫 장에는 반란군 진압 소식과 3·1절(만주독립기념일) 축하 기사가 비슷한 비중으로 소개되고 있다. 일본이 만주의 건국기념일을 3월 1일, '3·1절'로 명하게 된 일은 조선 사람들에게 많은 생각을 하게 만든다.

김익현과 민지영 부부는 잠시 후 도착하게 될 고하세 사부로의 방문을 기다리고 있다. 조금 전 전화로 한 시간 후 도착할 것 같다는 고하세 군의 연락이 있었다. 민지영이 옷매무시를 가다듬는 동안 초인종이 울린다. 김익현이 객실 방문을 열고 손님을 맞는다. 해군 제복이 잘 어울리는 고하세 사부로, 민지영의 눈에 비친 그의 모습은 마치 깎아놓은 밤처럼 말쑥하다.

"고하세 군! 너무 늠름해졌어. 길에서 마주치면 못 알아볼 정도네."

첫인사를 마친 민지영이 반가움에 목멘 소리를 내며 고하세 군을 맞이한다. 그녀의 눈시울이 살짝 붉어져 있다.

"누나 소식은 상국이를 통해 몇 년 전에야 들을 수 있었습니다. 일본으로 돌아와서 20년 가까이 조선에서 만났던 사람들과는 교류가 거의 끊겼다가 약 4년 전에 우연히 상국이를 난징에서 만나게 됐습니다. 누나는 여전히 예쁩니다!"

거의 20년 만에 만난 동생의 절친한 친구 입에서 상국의 이름을 듣는 순간 북받쳐 오르는 감정을 주체하기 힘들었는지 민지영이 눈물을 주르륵 흘린다. 고하세 군과 맞잡은 손에 힘을 주며 다음 말을 기다린다.

"상국 군은 아주 건강히, 아주 잘 지내고 있습니다!"

"세상에! 이런 고마운 일이!"

민지영이 저도 모르게 기쁨의 탄성을 지른다. 이 말 한마디가 얼마나 듣고 싶었는지 모른다. 이 말 한마디를 듣고자 부산을 통해 시모노세키항으로, 시모노세키항에서 도카이도선(東海道線) 기차를 타고 서른두 시간을 더 달려 이곳 도쿄에 도착했다. 시모노세키에서 출발해 히로시마, 고베, 오사카, 나고야, 그리고 요코하마를 지나 도쿄에 오기까지, 일등칸 차창 밖으로 보이는 아름다운 태평양 해변의 전경과 공업단지의 굴뚝, 화려한 불빛 등의 볼거리가 민지영의 눈에는 전혀 들어오지 않았다. 오는 내내 오로지 동생 민상국의 근황과 무사함을 기대하며 마음을 졸였고, 도쿄에 도착해 폭설과 정변 사건으로 열흘 가까이 호텔 객실에서 꼼짝을 못 하고 있으면서도 동생의 소식을 들을 수 있다는 희망

하나만으로 지루한 시간을 견뎌낼 수 있었다. 4년간의 노심초사가 한꺼번에 사라지는 느낌이다. 고하세가 돌아서 김익현에게도 인사한다.

"자형! 멋쟁이 자형이 생겼다고 상국 군으로부터 전해 들었습니다. 저는 민상국의 친구 고하세 사부로입니다. 지금은 일본 제국 해군 장교로 근무하고 있습니다. 만나서 반갑습니다."

절도 있는 인사에 김익현이 만면에 웃음을 띠고 포용한다. 민지영은 두 사람의 인사 장면을 기쁜 표정으로 바라보고 있다.

"만나서 반갑네! 나 김익현일세! 자네 이야기는 지난 한 달 가까운 기간 동안 우리 집사람을 통해 귀에 못이 박히게 들었다네! 역시 기대했던 대로 멋진 사나이구먼! 어려서도 의젓하고 배려심이 많은 소년이었다고 들었는데, 이렇게 직접 만나고 보니 기대 이상으로 훌륭한 친구 같아! 그리고 무엇보다도…… 고맙네! 자, 이제 자리에 앉지!"

세 사람이 거실 테이블에 둘러앉는다. 식은 커피는 돌려보내고 막 내린 커피와 카스텔라를 더 주문한다. 과일과 간단한 양과자 종류도 함께 시킨다.

"누나! 상국이는 지금 중국 국민당군 소속 군인인 걸 알고 있지요?"

고하세가 민지영에게 묻는다. 누나의 높임말인 누님이라는 단어는 이미 잊어버린 듯하다. 최대한 예의를 갖추고 절도 있게 행동하는 해군 제복 차림의 장교 입에서 '누나'라는 단어는 왠지 낯설다. 그러나 아무도 그 호칭에 대해서 개의치 않는다. 그저 반가울 뿐이다.

"마지막으로 소식을 받은 지가 4년이 넘었어. 어쩜 그렇게 딱 소식을 끊고 사는지 알 수가 없어. 그러고는 관동군 헌병대에서 우리 상국이를 수배자 명단에 넣었다고 하는 소식은 있었는데…."

"누나. 지금 상국이는 신분을 속이고 지내고 있습니다. 이름도 성도 숨기고 중국인으로 지내고 있습니다. 중국식 이름을 내가 누나한테 알려드릴 수도 없습니다. 상국이의 중국 이름을 아는 사람은 아마 나밖에 없을 겁니다. 제가 알려드릴 수 있는 건 딱 여기까지입니다. 누나도 당분간은 모르고 있어야 한다고 상국이가 신당신부, 아니 신신당부했습니다."

자주 사용하지 않아 잊은 듯한 조선어 어휘를 억지로 찾아내려 애쓰는 모습이 한편으로는 어수룩해 보이고 한편으로는 정겹다. 이미 중년이 된 해군 중령 고하세지만 코흘리개 시절을 기억하는 민지영의 눈에 비친 그는 마냥 귀엽게 보인다.

"그리고 누나, 어제 전화에서 말했듯 반란은 실패했습니다. 이제 더 이상의 소요 사태는 없을 것 같으니 도쿄에 오신 김에 이곳저곳 유람도 하시는 게 어떻겠습니까? 제가 안내하겠습니다."

"그래, 그래, 그래야지. 고마워. 난 무엇보다도 상국이가 무사하다는 소식을 듣게 된 사실과, 우리 고하세 군을 다시 만나게 된 게 여간 좋은 게 아니야! 그리고 세상에! 어릴 적 친구끼리 지금까지 서로 돕고 있다니. 국적을 초월해서 말이야. 난 지금 여러모로 행복해. 고마워, 고하세 군!"

"누나! 내가 상국이 편지를 가지고 왔습니다. 여기서 지금 드릴 테니 읽어 보고 나에게 다시 주세요. 이걸 보관하고 있는 건 좋은 생각이 아닐 것 같다고 상국이도 걱정을 하기에, 내가 보는 앞에서 누나가 읽어 보게 하고는 바로 없애겠다고 했습니다. 여기……."

고하세가 군복 주머니에서 두툼한 두께의 편지 봉투를 꺼내 민지영에게 건네고, 봉투를 받아 든 민지영은 벅찬 감동을 억누르지 못한다. 긴 심호흡과 함께 남동생이 쓴 편지를 뜯지도 않고 자신의 가슴팍에 댄다. 그리고 한참을 움직이지 않다가 떨리는 손으로 서서히 편지를 개봉한다.

'사랑하는 우리 누나'로 시작되는 편지 첫 줄을 읽기 시작하면서부터 그녀는 눈물을 쏟는다. 한 글자도 놓치지 않으

려 또박또박 읽어 내려가는 민지영의 눈에서는 굵은 눈물방
울이 쉴 새 없이 떨어진다. 시대가 만든 이산가족의 비애를
지켜보는 고하세 사부로도 가슴이 먹먹해짐을 느끼며 이내
눈시울을 붉힌다.

한 시간이 넘도록 편지에서 눈을 떼지 못하는 민지영을,
두 남자가 아무 말 없이 지켜만 보고 있다. 읽고, 또 읽고,
가슴에 품었다, 다시 읽고를 반복한 민지영이 충혈된 눈으
로 고하세를 바라본다. 고하세가 안타까운 표정으로 편지를
돌려받기 위해 손을 내민다. 민지영은 편지를 품에 안은 채
고개를 가로젓는다. 돌려주기가 너무나 싫다. 지금 민지영
에게는 이 편지가 막냇동생 상국이고, 상국이가 이 편지다.
한참을 품에 안고 흐느끼던 민지영이 긴 한숨을 내쉬고 나
서 고하세에게 편지를 건넨다. 곧이어 고하세가 편지에 불
을 붙여 태운다. 철제 휴지통 안에서 재로 변해가는 편지를
바라보는 민지영이 자신의 가슴팍을 부여잡고 서럽게 흐느
낀다. 김익현도 눈물을 감추려 천정을 향해 고개를 든다. 민
지영의 흐느낌이 서러운 울음소리로 변해가면서 모두들 감
당하기 힘든 비감에 젖는다. 호텔 정원 소나무 가지에 내려
앉은 멧비둘기 울음소리가 구슬프다.

2

경성(京城) 복흥상회.

신당동 복흥상회 앞 너른 길가에 자전거 여남은 대가 줄
지어 서 있다. 각종 곡물이 진열된 작은 평상 옆에는 뼈대만
남은 자전거의 몸체, 바퀴와 기어, 체인이 분해되어 어지럽
게 널브러져 있다. 기름이 잔뜩 묻은 광목천으로 분해되어
있는 부품들을 하나하나 닦아내고 다시 각종 연장들을 이용
해 조립하는 이 가게 점원 정 군의 손놀림이 제법 그럴싸해
보인다.

길 건너에서 복흥상회 주인 이민성이 가게 앞으로 다가
온다.

"이게 다 뭐냐?"

"아! 안녕하세요, 사장님! 이제 나오시는 거예요? 조반은
드셨고요? 이건 우리 자전거들이구요, 저기 세워져 있는 것
들은 저쪽 유기전 박 사장님께서 맡기신 자전거, 그 옆은 정
미소 자전거, 그리고 그 옆에 죽 세워진 것들은 아랫동네 포
목점하고 어물전, 그리고 광화문 최 사장님 댁 자전거들입
니다."

부품들을 손질하던 정 군이 벌떡 일어나 이민성에게 허리

숙여 인사하고 줄지어 세워진 자전거 하나하나를 손으로 가리키며 대답한다.

"글쎄, 이 근처 점포들 자전거인지는 짐작이 되는데, 이 비싼 물건들이 왜 여기 다 서 있냐는 말이야."

자전거 한 대값이 변두리 집 한 채와 맞먹던 시절이다.

"아! 예…… 그게, 저, 겨울 내내 자전거들을 모두 험하게 써서 볼트며 너트며 한 번씩 손을 봐줘야 하구요, 체인도 늘어져서 이것들을 손질해 주지 않으면 자꾸 체인이 빠지고 자전거들이 고장이 나서 말이죠. 제가 보통학교밖에 못 나와서 아는 건 없지만서두…… 이것들 한 번씩 풀어서 닦아 내고 조이고 또 기름칠해 주면 자전거 수명이…… 제가 아침 일찍 배달 모두 마치고 시간이 조금 남아서, 예전에 이것들 손봐주기로 했던 말빚이 있어서요. 죄송합니다만 두어 시간 정도 손봐주고 또 우리 점포 일 하겠습니다."

자신의 가게에서 월급을 받으며 일을 하는 종업원이 낮 시간에 남을 돕는 것이 주인 입장에서는 마뜩잖을 수도 있겠다, 생각이 들었는지 처음엔 웃으며 설명하다가 이내 멋쩍은 표정으로 옹색한 변명을 한다.

"이 녀석아! 내가 언제 너더러 근무 시간에 딴짓한다고 야단을 친 적이 있느냐? 그게 아니라, 이곳저곳 인심을 얻는 건 좋다마는…… 아니다! 나중에 얘기하자. 기왕지사 손봐

주기로 한 거 야무지게 해 주거라!"

입 밖으로 나오는 잔소리를 삼키듯 참고, 이민성이 점포 안으로 들어서는 찰나에 이 가게 다른 점원 이순제가 요란한 브레이크 소리를 내며 가게 앞에서 자전거를 멈춘다. 이를 본 이민성이 다시 돌아서 나오며 이순제에게 묻는다.

"그래! 가 봤냐?"

"북촌 작은 형수님도 형님 소식을 저한테 묻더라고요. 길 건너 창욱이네서 지내시는 줄 알고 있던데요."

"아니 태준이 이 녀석 도대체 어딜 간 게야?"

"아저씨께서도 짐작 가는 곳이 없으세요? 벌써 열흘이 지났는데요."

"마음 다잡고 제대로 살아보겠다고 해서 다시 가게에 들여놨는데, 또 무슨 사고를 친 건 아니겠지? 순제 너, 이 녀석! 뭔가 알면서 숨기는 게 있으면 그땐 국물도 없을 줄 알아!"

"아저씨도 참…… 제가 그럴 이유가 없습니다!"

2년 전, 장부에 외상값 미수금을 잔뜩 적어두고서 수금한 돈을 모두 횡령해 노름으로 날려 먹고, 큰 빚까지 진 상태로 만주로 달아났던 아들 이태준이 지난겨울 거지꼴을 하고는 다시 나타났다. 1년 넘게 만주 등지를 떠돌다 몸을 많이 상해서 돌아온 하나뿐인 아들 녀석을 쫓아낼 수도 없는 노릇이라 일단은 용서해 주고 가게 배달 일만 시켜왔다. 현금은 물론, 쌀 한 가마, 참깨 한 말 이상의 값나가는 물건의 배달은 손도 대지 못하게 하고, 닷 되 정도의 쌀이나 한 말 정도 되는 보리를 받아 가는 부녀자 손님들한테만 딸려서 배달을 보냈다.

이태준이 만주로 달아났을 때 남산만 한 배를 끌어안고 찾아왔던 매향이라는 요릿집 색시는 결국 이태준이 만주에 있는 동안 사내아이를 출산했고, 이민성이 북촌에 작은 집 하나 장만해서 살림집을 내주었다. 씨도둑질은 못 한다고, 매향이가 낳아온 사내아이는 첫눈에 태준이 자식이요 이민성의 손주가 맞았다. 이미 손주 하나를 낳아 기르던 아들 녀석의 첩 창욱 어미는 매향이에게 북촌 살림집을 내준 사실을 알자마자 손주 창욱이를 이민성의 쌀집 안방에 내려놓고는 집을 나가 한 달이 넘도록 소식이 없었다. 그러다가 제풀에 지쳐 돌아왔는데, 시위를 하려고 해도 가진 것이 없으니 잡화점 영업으로 그럭저럭 밥술 뜨고 살 수 있는 첩실 자리를 미련 없이 걷어차지는 못했던 모양이다. 못 이기는 척 다시 돌아와 길 건너편에 살면서 가끔 손주 녀석 창욱이를 앞세우고 복흥상회를 찾아와 시아버지를 붙잡고 신세 한탄이라도 할라치면, 그 하소연이 길어지기 전에 적잖은 입막음용 현찰이 계속 들어가고 있다.

못난 아들 녀석 태준이는 이제 겨우 이십 대 초반임에도 벌써 본처와 첩실 둘, 딸 셋에 아들 둘을 가진 처자식만 잔뜩 거느린 무능한 날건달에 팔자 좋은 한량이 되어 있었다. 이민성의 입장에서는 속이 터져 죽을 입장이지만, 그래도 대를 이어줄 손자가 둘 생겨서 그 점은 안심이긴 했다. 비록 얼떨결에 1원의 사용료를 주고 쓰기 시작한 가짜 연안 이씨 성씨였지만 그래도 자신의 대를 이을 고추 달린 손주가 둘이나 있는 게 여간 든든한 게 아니다.

"분명 이 녀석, 어딘가에 구린 똥을 내질러놓고 사라졌을 게다. 혹시라도 너희들한테 무슨 소식이라도 들어오거든 곧바로 내게 알려다오!"

"네, 아저씨!"

"예! 사장님!"

정 군과 이순제에게 다짐을 받고, 근심 어린 표정으로 점포 안을 들어서던 이민성이 발길을 다시 돌려 정 군에게 다가선다. 정 군은 그사이 다시 기름걸레를 붙잡고 해체한 자전거 부품들을 닦고 손질하고 있다.

"정 군아!"

"예, 사장님!"

"너 이리 잠시 와서 앉아봐라!"

이민성이 점포 앞 평상 한편에 앉으며 옆자리에 정 군을 불러 앉힌다.

"정 군아!"

"예, 사장님!"

"네가 이곳에 온 지 얼마나 되었느냐?"

"3년 됐습니다."

"벌써 그렇게나 시간이 흘렀구나. 참 세월이 빠르다."

"예, 사장님. 듣고 보니 세월이 참 빠르네요. 그런데요 사장님…… 제가 보통학교밖에 못 나와서 아는 건 없지만서두, 남의 집에 고용된 사람으로서 근무 시간에 다른 일하는 건 옳지 않다는 건 잘 알고 있습니다. 여기 이 자전거 얼른 정리하구서…… 저기 창고 안에 정리 못 한 콩자루며 어제 들어온 보리들도 정리를 싹 해놓겠습니다. 밤늦게까지 잠을 줄여서라도 말입니다요."

이민성의 심사가 불편한 것을 눈치챈 정 군이 조금 전에 했던 변명을 계속하려 하자 이민성이 손사래를 치며 정색하고 말을 한다.

"이 녀석아! 내가 지금 너를 못 부려 먹어서 이러는 것 같으냐? 나는 네가 무슨 짓을 해도 다 이유가 있겠지, 생각을 한단다. 그리고 너를 믿는 내 마음은 너도 잘 알 게다. 그러니 가게 장부며 은행 예금증서들을 모두 네게 맡겨둔 게 아니겠냐!"

"예…….."

이민성의 말에 정 군이 고개를 푹 숙이며 맥 빠진 대답을 한다. 뭔가 잘못을 하긴 한 것 같은데, 주인장이 어디에 기분이 상했는지 도대체 감을 잡을 수 없으니 고개를 숙이고 경청할 수밖에 없다.

"정 군아!"

"예, 사장님."

"저쪽 진근이 애비가 운영하는 자전거포에 가서 바퀴 빵꾸를 때우면 얼마를 줘야 하냐?"

"예, 우리 자전거는 1전에 때워줍니다. 다른 사람한테는 2전도 받고 3전도 받고요."

"그럼, 우리 자전거 체인이 늘어나서 그거 한 칸 떼어내고 다시 조립해 주면 그건 얼마를 줘야 하냐?"

"예, 그래서 제가 이렇게 직접 고치는 겁니다. 얼마 전에 하루에 두 번씩이나 자전거 체인을 손 볼일이 있어서 갔는데, 글쎄 잠시 잠깐 공구를 가지고 풀고 조이고 하구서는 4전이나 받는 게 아닙니까? 그래서 그 돈이 아까워서…… 그리고요, 기왕 우리 자전거 손보는 김에 이 근처 다른 집 자전거도 예방 차원에서 늘어진 체인 손봐주고 기어 위치 틀어진 게 있으면 여기 이 워셔링하고 끼워 넣고 해서…… 제가 보통학교밖에 안 나와서 잘은 모르지만, 그래도 손재주는 조금 있어서 말이지요. 예, 예……."

"이런 멍청한 놈!!"

자기 점포 자전거의 수리비를 아끼고, 주위 거래처 상인들의 인심도 얻고 해서 좋은 게 좋은 것이 아니냐는 말과 함께, 칭찬을 기대하며 주절주절 말하는 정 군에게 호통이 떨어지자 적잖게 당황한 정 군이 이민성을 놀란 눈으로 쳐다본다.

"이 녀석아! 네가 이렇게 자전거들을 주욱 세워 두고 수리점 점원 짓을 하면 저쪽에서 자전거포를 운영하며 밥 벌어먹는 진근 애비가 너를 뭐로 보겠으며, 나는 또 뭐가 되는 거야?"

"⋯⋯."

이민성의 뜻밖의 책망에 정 군은 꿀 먹은 벙어리다.

"우리 자전거 한두 대 분해해서 소제하고 손보고 하는 건 누가 뭐라고 그러겠냐? 그런데 여기가 무슨 자전거포도 아니고, 네 손재주 좋은 건 이 일대가 다 아는데, 여기 여남은 대 다 고쳐주고 나면, 그것도 공짜로 고쳐주고 나면, 다음부터 사람들이 자전거를 끌고 진근 애비한테 가겠느냐? 아니면 너를 찾겠느냐? 그때 가서 난 못 해주오 하면 공연히 서운한 일을 만들게 되는 게야. 그리고 진근 애비는 아마도 너를 앞으로 웬수 대하듯 할 게다. 내게도 그렇게 대할 것이고. 알아듣겠느냐? 이 멍청한 녀석아!"

순간 정 군이 낯빛이 창백해진다. 좋은 마음을 먹고 인심을 얻기 위해 했던 일들이 나중에는 좋지 못한 결과를 가져오게 되고, 다른 사람의 밥그릇을 깨뜨리는 행동이 될 수도 있다는 말에 두뇌 회전이 빠른 정 군이 사태의 심각성을 알아채고 안절부절이다. 이민성의 벼락같은 꾸지람이 자기 잘못을 더 크게 느끼게 하고, 어떻게 이 사태를 수습해야 할지 걱정이 앞선다.

"어이쿠! 사장님. 제가 큰 실수를 했습니다. 저야 혼자서 욕을 먹으면 그만이지만 자칫하다가는 사장님까지 욕보이게 생겼으니 이를 어떡해야 하겠습니까?"

"이런…… 쯧쯧쯧. 곧바로 알아들으니 다행이구나. 기왕 손을 댔으니 성심성의껏 손질을 해주고 있거라! 나는 우선 저쪽 자전거포에 가서 진근 애비한테 자초지종을 설명하고 양해를 구해야겠다. 그리고 유기전 주인 박가 놈하고 포목점 김가 놈, 그리고 어물전하고, 광화문 최 사장님께는 점심 먹고 내가 찾아가서 조심스럽게 말씀을 드리도록 하마!"

"예, 사장님! 제가 공연한 짓을 해서……."

"아니다! 좋은 일 하려다 그리됐으니 다들 이해할 게다. 일단 손 보던 것들 깨끗이 마무리해 주고 가게 일은 이 자전거들 모두 손볼 때까지는 순제한테 맡겨라!"

"예, 사장님!"

말을 마친 이민성이 휘적휘적 큰 걸음으로 진근 아비가 운영하는 자전거포를 향해간다.

　정 군은 곧바로 각종 연장들을 챙겨 서둘러 자전거들 손을 본다. 채용한 지 3년인데 정 군은 처음이나 지금이나 행실에 변함이 없다. 항상 남들보다 먼저 일어나서 일을 하고, 밤에는 책을 읽고, 장부 정리를 한 후 남들보다 늦게 잔다. 가게 앞 청소를 할 때도 다른 점포 앞까지 깨끗이 비질을 해놓는다. 사람을 보는 눈은 모두 비슷하다. 거래처 주인들마다 정 군에 대한 칭찬 일색이다. 농담 반 진담 반으로 높은 급료를 제시하며 직장을 옮길 생각이 없냐고 물어오면, 이 친구는 생글생글 웃어가면서도 요지부동이라고 한다.

　눈썰미도 좋고 손재주가 있어서 자전거가 고장이 나면 곧바로 고쳐낸다. 복잡한 정미소 기계들은 작동원리를 어떻게 깨우쳤는지 옆집 정미소 장비들 하나하나 정 군의 손을 거치지 않은 게 없다. 이런 아들 녀석이 하나 더 있으면 얼마나 좋을까? 하는 생각이 요즘 들어 자주 든다. 그나저나 자전거포 주인 진근 아비와는 별로 말을 섞고 싶지 않은 사이인데, 이까짓 일로 나이가 많은 본인이 찾아가서 직접 사과까지 하려고 보니 왠지 꺼림칙하다. 그러나 자식같이 아끼는 정 군이 괜한 미움이라도 사게 되면, 입으로 먹고사는 입심 센 상인들 사이에 구설이 만만치 않을 텐데. 이런 일이 있을 땐 성가시고 자존심이 조금 상하더라도 최대한 빨리 수습을 해주는 것이 상책이다.

이민성이 잰걸음으로 걸어가며 혼잣말을 한다.

"내 자식은 아니지만 정말 반듯한 게, 나한테는 왜 저런 아들자식이 없는 게야? 하긴, 강원도 통천 시골이라지만 번듯한 하동 정씨 종자와, 1원 주고 얻어 쓰는 가짜 연안 이씨 종자는 분명히 달라! 에잇. 니미럴, 태준이 이 물건은 내 자식이지만 분명히 정 군 녀석하고는 종자가 다른 게야."

이민성이 오만상을 찌푸리고 한동안 내뱉지 않던 욕지거리까지 해가며 진근 아비의 자전거포를 향해 걸어간다.

이때 갑자기 검정색 지프차 한 대가 가게 앞에서 요란한 소리를 내며 급정거를 한다. 먼지가 일고, 차에서 내린 두 명의 사내가 이민성에게 다가가 다짜고짜 반말로 묻는다.

"네놈이 이민성이야?"

"네, 그런뎁쇼. 무슨 일이십니까?"

이민성이 당황스러운 모습으로 그 사내들에게 되묻는다. 두 사내, 검은색 가죽점퍼 차림에 검은색 바지, 구두도 군인들이 주로 신는 워커 차림이다.

"이 자식이! 네놈 아들이 이태준이지? 우린 경기도 경찰부에서 나온 고등경찰들이다. 이태준이 어디다 숨겼어?"

아들자식 이름이 나오자, 이민성은 다리에 힘이 풀리는 걸 느끼고, 이내 그 자리에 주저앉는다.

　이때 옆집 이창정미소 마당에 놓아기르던 똥개가 달려 나와 두 사내를 향해 거칠게 짖어대고, 그중 한 사내가 그 똥개를 냅다 걷어찬다. 배를 걷어차인 똥개, '깨갱!' 비명을 지르더니 이내 꼬리를 사타구니 사이로 말아 넣고 정미소 대문 안으로 후다닥 달아난다.

〈2권에 계속〉

격|동|의|역|사,

꼭|알|아|야|할|순|간|들

【한국전쟁】

▷ 1950년 6월 25일 새벽, 북한 조선 인민 해방군의 기습남
　침으로 시작되어 1953년 7월 27일 휴전협정 체결로 중
　단된 3년간의 대규모 전쟁

　북한의 기습으로 시작된 전쟁으로 3일 만에 서울이 함락
되고, 8월에는 경상도 일부를 제외한 전국이 인민군의 점령
하에 들어갔다. 인민군은 순식간에 점령지의 행정권도 장악
했는데, 미국의 적극적인 참전을 예상하지 못한 북한은 8월
중에 전쟁을 끝내고 남·북한을 아우르는 총선거를 할 준비
까지 하고 남침을 감행했다. 전쟁 시작 초기에는 북한의 일
방적 승리가 예상됐으나 소련의 외교적 실수(1950년대 유럽
주둔 미군의 세력 약화를 위해 소련이 한국전쟁의 확대를 의도적으
로 획책하였다는 설이 최근 학계에서의 지배적 의견)로 UN에서의

거부권 행사가 불발되고(UN 총회에 거부권을 가진 소련이 출석하지 않았기에 유엔군 참전이 승인), 유엔군의 적극적 참전으로 북한군 대 남한군의 전쟁 구도에서 북한군 대 유엔군의 전쟁으로 확대되었다.

9월 15일 미 해병대의 인천상륙작전이 성공하면서 전세가 역전되어 자유 진영은 9월 28일 석 달 만에 서울을 수복하였다. 10월 1일 기존 38선을 돌파해(이날이 국군의 날 기념일이 됨) 북진을 거듭한 유엔군은 10월 20일 평양을 점령하고, 11월에는 압록강을 눈앞에 두고 북진통일을 완성하는 듯했으나 곧이어 중공군의 개입으로 이 전쟁은 자본주의 진영과 사회주의 진영이 맞붙은 세계 최초의 전쟁으로 기록된다.

중공군의 대규모 참전으로 다시 열세에 놓인 유엔군은 북한지역에서 퇴각하게 되고, 동부전선에서 퇴로가 막혀 버린 미군과 한국군은 흥남부두에서 부산으로 해상 철수를 하게 된다. 그리고 서울은 다시 인민군 치하에 놓이게 되었다. 1951년 전열을 가다듬은 연합군이 다시 서울을 재탈환하고, 1953년 7월 휴전이 될 때까지 임진강 선에서 강원도 고성에 이르는 지금의 휴전선 근처에서 일진일퇴의 공방전이 2년간 계속되었다. 그 과정에서 부산 교두보를 제외한 한반도 전 지역이 전쟁의 참화를 겪었기에 그 피해가 엄청났다.

2년여 간의 휴전 협상에서 당시 남한의 대통령 이승만은 휴전을 적극 반대하고 북진통일을 주장했으나 세계 3차 대전으로의 확산을 우려한 미국과 영국 등 여러 나라의 압력으로 결국 1953년 7월 27일 한국이 빠진 채 미군, 중공군, 북측 대표끼리 휴전 협정문에 서명한다. 이승만과 같은 입장이던 맥아더 장군은 미국 내 정치적 상황에 의해 전쟁 중 해임되고, 비교적 온건파인 리지웨이 장군이 한국전쟁을 서둘러 마무리 짓게 된다. 이에 따라 한반도 통일이라는 절호의 기회는 물거품처럼 사라지게 되었다.

【만주사변】

▷ 1931년 9월 18일 남만주철도와 일본인 거류지역의 안전을 위해 파견된 일본 관동군 소속 군인들이 남만주철도의 선로 일부를 스스로 폭파하고 이를 중국의 소행으로 뒤집어씌워 중국군을 공격한 사건

여기까지가 우리가 역사 수업 시간에 주로 배운 만주사변에 대한 정의이다. 그러나 만주사변이 일어나게 된 경위는 교과서 한두 페이지로 설명할 수 있을 만큼 단순하지 않으며, 만주사변으로 인해 연속적으로 발생한 각종 사건들이 동북아의 정세를 어떻게 바꾸었고, 세계 정세에 어떤 영

해동의 새벽

향을 끼쳤는지에 대한 다양한 시선에 대해서는 자세히 기술된 자료가 우리 주변에서는 쉽게 찾아보기 어렵다. 따라서 이번 기회에 만주사변과 관련한 여러 다양한 관점들을 모아 설명을 해보고자 한다.

1. 만주사변 당시 일본 일반 국민 대부분은 '만주 서부지역은 일본에 기득권이 있어 왔으며 언젠가는 반드시 찾아와야 하는 일본의 빼앗긴 영토이자 재산'이라고 생각했었다.

① 만주사변이 일어나기 37년 전인 1894년 여름, 9개월간 중국과 일본은 한반도 일대와 중국 요녕성 근처에서 청일전쟁을 치렀다. 당시 일본이 전쟁에 투입한 비용은 2억 엔에 가까운 천문학적인 금액이었는데, 그때 일본의 1년 국가 예산이 1억 엔이었음을 감안해 보면 상당한 금액을 9개월간 치러진 청일전쟁에 사용한 셈이 된다. 청일전쟁이 일본의 승리로 끝이 나고, 전승국 일본은 시모노세키 조약을 통해 전쟁배상금에 더해서 랴오둥반도(요동반도), 타이완, 펑후제도를 할양받아 일본의 영토로 편입한다. '할양'은 말 그대로 영토를 떼어서 넘겨주는 행위를 말하는데, 식민지와는 전혀 다른 개념이다. 이때 러시아·프랑스·독일 등의 서양 세력은 힘을

합쳐 동양의 신흥강국 일본의 중국 본토 진출에 결사적으로 반대하게 된다. 결국 일본은 이 3국의 반대를 이기지 못해 전쟁배상 금액을 올려서 3억 6,000만 엔으로 합의하고, 랴오둥반도는 다시 청나라에게 돌려주게 되는데, 이때부터 일본은 랴오둥반도를 언젠가는 되찾아야 할 자신들의 영토로 생각하게 된다.

② 이렇게 일본이 '차지했다가 **빼앗긴**' 랴오둥반도 일대의 기득권이 3년도 되지 않아 엉뚱하게도 러시아에 넘어간다. 1896년 중동철도부설, 1898년 뤼순과 다롄의 25년 조차권, 거기에 더해 만주 지역 일대의 철도 부설권(여기엔 시베리아 철도와의 연결 계획도 포함)까지 러시아에 넘어가게 되는데, 이 상황은 청일전쟁에서 이긴 일본이 랴오둥반도를 할양받자 일본의 급부상을 우려한 러시아가 프랑스, 독일과의 합작으로 "랴오둥 반도를 돌려줘라!"라고 일본을 압박한 후에, 일본이 토해내자마자 곧바로 러시아가 '남이 사냥한 먹이를 채가듯이' 그 일대를 차지해 버린 셈이 된 것이다.

2. 러시아의 이러한 얄미운 행동에 일본은 분개하고, 역사적으로 전무후무한 사건인 대한제국 황제의 러시아 공사관으로의 피신 등으로 인해 결국 러일전쟁이 벌어

해동의 새벽

진다.

① 일본이 피 흘려 **빼앗은** 중국 영토를 러시아가 비상식적 방법으로 가져가 버린 데다가 이에 더해, 일본이 공을 들이고 있던 한반도에까지 상당한 영향력을 미치려는 러시아를 바라보는 일본의 시선은 고울 리가 없었다. '아관파천'으로 알려진 러시아의 조선에 대한 내정 간섭 사건 등 한반도·랴오닝·지린성·헤이룽장성에 대한 러시아의 영향력이 노골적으로 확대되자 일본은 강대국 러시아와의 도박과 같은 전쟁을 시작하게 된다.

② 러일전쟁이 시작되자 놀라운 일이 벌어진다. 먼저, 중국이 비공식적으로(공식적으론 중립이었다) 일본을 돕기 시작한 것이다. 위안스카이가 2만 냥의 은을 일본에 제공했고, 각 지방의 토호들(나중에 크고 작은 군벌이 됨)이 성금을 거둬 일본을 지원한다. 게다가 만주 일대에서 벌어진 크고 작은 전투에서는 중국 농민들이 자진해서 일본군을 도와 길잡이와 정탐 등을 맡기도 했고, 첩보원이 되기도 했다.

③ 더욱 놀라운 건 영국과 미국에서 활동하던 유대계 자본이 일본을 도왔던 일이다. 잘 알려진 유대계 금융기관인 J·P모건도 이 당시 일본의 전비 국채발행에 일부 도움을 주었고 그 외 유대인들이 관여된 상당수 영

국계, 미국계 금융기관들이 일본의 전쟁비용을 후원하게 된다. 결국 러일전쟁은 당초 예상을 깨고 일본의 대승으로 끝나게 되고, 그 직후 만주 일대에서 일본이 러시아를 몰아내고 우월적 영향력을 행사하게 된다. 그에 더해 한반도를 둘러싼 모든 열강들을 제거한 일본은 손쉽게 조선을 식민지로 삼게 된다.

3. 청일전쟁과 러일전쟁의 승리로 인해 동북 3성의 실질적 지배권을 확보한 일본은 한발 더 나아가 1914년에 시작돼 1918년에 종결된 제1차 세계대전의 승전국이 되면서 초강대국이 된다. 전쟁이 끝나고 독일이 차지하고 있던 산둥반도 일대와 남태평양의 사이판·팔라우제도·캐롤라인제도·마셜제도·마리아나제도마저 일본 영토로 편입하게 된다.

① 제1차 세계대전은 오스트리아·독일·터키 등의 동맹국들을 상대로 영국·프랑스·러시아·세르비아 등의 연합국이 싸운 대규모의 전쟁이었다. 1914년 7월 28일에 전쟁이 시작됐는데, 일본은 8월 23일에 독일에 선전포고한다. 유럽의 전쟁에 일본이 뛰어든 이유는 산둥반도와 남태평양에 주둔하던 독일해군과의 교전을 통해 전략적으로 중요한 태평양 일대 항구를 확보하기 위해서

재빠르게 뛰어든 전쟁이었다. 유럽에서의 전면전에 총력을 다해야 하는 독일의 등 뒤에서 갑자기 총질을 한 셈이 되는 당시 일본의 이런 행동을 어떤 학자는 '불난 집을 터는 도둑처럼'이라고 표현한다.

② 이렇게 제1차 세계대전의 전승국이 되면서 일본은 아시아지역에서 가장 강력한 해군을 보유한 나라가 되고, 곧이어 중국·일본·한국·필리핀·베트남 일대에서는 일본과 경쟁할 서양 해군력이 아예 없어져 버렸다.

③ 일본이 중국 내 독일령까지 빼앗음으로써 영국 이외에는 누구도 가지지 못했던 중국내륙의 자오지 철도(칭다오-지난-텐진-베이징)를 손에 넣게 되는 역사적 대전환을 맞게 된다.

이렇게 일본이 1894년도 청일전쟁부터 1918년도 제1차 세계대전 종전까지, 국가의 모든 역량을 동원해 확보한 중국 내 주요 영토와 주변 이권을 어쩌면 다시 빼앗겨야 할지도 모르는 돌발 상황이 일어난다. 그것은 지금까지 아시아지역에 대한 주요 위협 세력이었던 서방 강대국이 아닌, 중국 내 군벌들의 세력 확장이었다.

신해혁명으로 청나라가 몰락한 이후 중화민국이 세워졌으나 중화민국이 직접 행정과 조세부과 등을 펼칠 수 있는 지역이 30% 정도밖에 되지 못하였고 나머지 지방들은 지역 군벌들에게 그 권한들이 넘어가 있었다. 이 군벌들은 국가의 형태를 갖추지 못하였기에 기존 국가 간 조약들을 무시하기 시작했고, 군벌 세력들과 일본과의 우발적 충돌이 여기저기서 벌어진다.

일본이 청일전쟁, 러일전쟁, 제1차 세계대전으로 확보한 각종 권리들에 대한 침해가, 정상 국가가 아닌 중국 지역 군벌들로부터 야기가 되었기에 일본 입장에서는 특단의 조치가 필요했고, 결국 일본이 통제하고 관리할 수 있는 꼭두각시 정권 혹은 국가의 설립을 계획하게 되는데, 이 계획의 실행이 바로 만주사변과 만주국 건국이었다. 만주사변 발발을 전후한 당시 중국 동북 3성의 실질적 지배 세력은 실제 마적 출신인 장쭤린·장쉐량 부자였는데, 일본 관동군이 이 세력을 몰아내고 청나라 마지막 황제 푸이를 데려와 만주국을 건국하게 된다.

여기까지가 만주사변까지의 동북아시아와 유럽 등의 관계가 얽힌 정세였고, 다음 기회에 만주사변으로 시작되어 일본에 쓰라린 패망을 안겨주게 되는 태평양전쟁 등 일련의 역사적 사건들을 설명하기로 하겠다.

【형평사운동(衡平社運動)】

▷ 가장 보수적인 지역에서 일어난 가장 진보적인 신분해방
운동

1894년 갑오개혁으로 법적으로는 신분제도가 폐지되었으
나 여전히 식민지 사회 전반에서는 양반·상놈·천것의 구별
이 있었다. 1923년 백정의 자식에 대한 보통학교 입학차별
이 사회적으로 큰 파장을 몰고 오자 당시 백정 신분이면서
도살과 피혁제조로 큰 자산을 모은 이학찬이 양반 신분의
신현수·강상훈·천석구 등과 뜻을 같이해 경남 진주에서 최
초로 형평사(衡平社)를 창립했다.

일본은 한일 합방 이전부터 자기네 나라에서 신분제도를
폐기했지만, 조선총독부에서는 호적상에 백정 신분은 반드
시 신분 난에 표시하도록 하였다. 그에 반발하여 당사자가
이를 거부할 경우 관공서에서 호적에 별도로 붉은 점(赤點)
의 표시를 해 두었었다. 그에 더하여 일반 생활에서도 백정
들에게는 목욕탕·이발소·요리점 출입을 제한하는 등 실생
활에서의 차별은 여전했었다.

이러한 폐단을 없애기 위하여 진주에서 80여 명의 회원으
로 출발한 형평사 조직은 창립 1년 만에 전국적으로 지사 12
개, 분사 64개의 대규모 단체로 급격히 발전하였다. 이러한

형평운동의 급격한 발전은 양반과 평민들의 거센 반향을 가져오게 되는데, 진주에서는 우육(쇠고기) 비매 운동이 벌어졌고, 인근 합천 삼가에서는 유림을 중심으로 반형평 시위가 번졌다.

전국에서 계속 일어난 반형평운동의 최일선에는 모든 사람들의 예상과는 달리 양반이 아닌 평민들이 깃발을 들고 앞장서 나서게 되는데, 충청도 제천에서 열린 형평사 제천 분사 창립 축하식에는 이 일대 평민노동자 수백 명이 몰려와 행사장을 파괴하고 기물을 부순 후에 형평사 회원들에게 강제로 패랭이를 씌우고 끌고 다니며 온갖 매질과 모욕을 가하였다.

그런 과정을 거치면서도 세를 확장한 형평사 관련 단체들에 시간이 지나며 서서히 좌익계열 단체가 관여하기 시작하였고, 나중에는 공식적으로 사회주의 사상을 받아들이며 그 순수성이 변질되더니, 급기야 1935년 4월에는 일제의 식민 통치를 정당화하고 그에 영합하는 단체인 대동사(大同社)로 그 이름마저 바뀌게 되었다.

주

1. 당시 우리나라는 대통령을 국회에서 선출하도록 하는 대통령 간접선거제도를 채택하고 있었다. 국민들로부터는 높은 지지를 받았던 반면, 국회의원을 포함한 정치인들과는 사사건건 반목이 심했던 당시 대통령 이승만은 1952년 국회에 대통령 직선제 개헌안을 제출했지만, 의회의 권력이 약해질 것을 우려한 국회의원들은 이를 부결시킨 바 있다.

2. 인도가 영국에서 독립한 후 초대 총리를 지낸 인도의 독립 영웅 자와할랄 네루가 감옥에서 저술한 《세계사 편력》을 보면, 조선 민중의 3·1 만세운동의 세계사적 의미를 제3세계 지도자들이 얼마나 중요하게 생각하고 있었는지 가늠할 수 있다.

3. 창장강: 장강(長江) 혹은 양쯔강이라 부르는 길이가 무려 6,300㎞에 달하는 아시아에서 가장 긴 강이다. 흔히 중국에서 강남으로 불리는 난징 인근의 융성을 논하는 경우도 많고, 명나라, 청나라를 거치는 동안 양쯔강 중류 지역이 개발되어 양쯔강 하류 상하이 인근 삼각지를 능가하는 곡창지대가 형성되었다.

4. 데스트리에(Destrier)는 유럽 중세시대 최고의 전투마로 손꼽힌다. 유럽의 기사 중에도 이 말을 탈 수 있는 지위를 가진 자는 많지 않았고, 대부분은 데스트리에보다 한 단계가 낮은 명마인 코서나 라운시를 타고 전투나 창검술 시합에 나설 수 있었다.

5. 벤토우(弁当, べんとう), 우리말 도시락의 일본어 표현

6. 손문(孫文 쑨원)은 대만과 중국 본토에서 공히 건국의 아버지로 추앙받는 인물이다. 1911년 남경에서 신해혁명을 크게 성공시 킴으로써 1912년 1월 1일 중국 최초 공화정 국가인 중화민국 임 시대총통이 되었으나, 북양군벌의 거두 위안스카이와 타협, 같 은 해 3월 1일 위안에게 실권을 위임하였고 급기야는 같은 해 3 월 10일 위안에게 대총통직을 넘겨주었다. 쑨원의 묘는 남경에 있다.

7. 장개석(蔣介石, 장제스)은 중화민국 국민정부의 제2, 4대 총통 및 국부천대 이후 제1~5대 총통(1925~1975년)을 역임하였다. 1906 년 바오딩 군관학교에 입학하고 다음 해 일본 육군사관학교로 유학했다. 1926년 국민혁명군 총사령관으로 취임하여 북벌을 시 작하였으며 1927년 4월에는 상하이 쿠테타를 일으켜 중국공산 당을 축출하고 1928년에 베이징을 점령하여 북벌 완수를 선언했 다. 이후 남경에 수도를 정하고 국민정부를 선포, 국민정부 주석 과 육군, 해군, 공군 총사령이 되어 정당과 정부의 지배권을 확 립했다. 그러다 1949년 중국공산당에 밀려 타이완으로 정부를 이전하였다. 중화민국의 총통과 국민당 총재로 장기 집권하다가 1975년 사망했다.

8. 본 작품에 자주 등장하게 될 이난영의 〈목포의 눈물〉은 사건 배

경인 1934년이 아닌 1935년도에 발표된 곡이다. 배경과 시점이 맞지 않는 곡임에도 내용의 극적 전개를 위해 선별하였음을 알린다.

9. 지금의 부산역은 1907년 초량역으로 개통했다. 이후 부산역으로 개칭했음에도 여전히 많은 이들이 그곳을 초량역으로 불렀다. 참고로 경부선의 종착지는 부산역이 아닌 제1부두와 여객터미널 사이에 지어진 부산잔교역이었다. 부산잔교역은 1961년에 철거되었다.

10. 중국 섬서성(산시성 陝西省)의 서안(시안 西安)은 이 작품에 여러 차례 등장하는 장소이다. 중국 산시성(陝西省)의 성도. 한나라, 수나라, 당나라 등 중국 여러 왕조의 도읍이었으며, 예전에는 장안(長安)이라고 불렸다. 삼국지에서 동탁의 근거지였던 그 유명한 관중 지역을 일컫는다. 1974년도에는 한 농부의 우연한 발견으로 진시황이 만든 병마용갱이 발굴되기도 하였다. 이 작품에서는 섬서성을 '산시성', 서안을 '시안'으로 표기하는 경우가 있으니 참고하기 바란다.

11. 상해사변: 1932년 1월 28일 중국 상하이 국제 공동 조계 주변에서 중일 양군이 충돌했던 사건이다. 일본은 이 일로 대륙의 북동부 만주 지역과 남동부 상해지역에 걸쳐 실질적 지배권을 행사하게 된다.

12. 청천백일기: 1893년 반청(反淸) 혁명운동가 육호동(루하오둥)이 처음으로 도안을 설계했다. 청천백일기는 신해혁명을 전후하여 전국 각지에서 봉기한 세력 중 쑨원의 세력을 대표하는 데 처음 사용되었으며 1919년 중국국민당이 결성될 때 당기로 지정되어 현재까지 내려오고 있다.

13. 장학량(장쉐량, 張學良): 신해혁명 직후 중국 최대의 군벌인 봉천군벌 장작림의 아들이다. 아버지 장작림은 가난한 농민의 아들로 태어나 마적 생활을 하다가 1892년 청나라 정규군에 입대해서 1906년경부터 청나라 육군 장군의 지위에까지 올랐다. 나중에 봉천 권역은 물론 동북 전 지역으로 자신의 세력을 넓혀 사실상 동북 지역을 자신의 통치 국가처럼 지배했다. 이후 다른 군벌들과 다툼을 벌여 승리하고, 1924년에는 지위가 막강해져서 수도 베이징에까지 지배력을 행사하기 시작했고, 결국 1926년에는 대원수 직에 취임했다. 1925년 일본 제국 조선총독부와 비밀리에 미쓰야 협약(三矢協約)을 체결하면서 일본으로부터 군자금과 통치자금 등을 지원받는 대가로 만주 내 항일 독립운동가의 씨를 말리게 된다.

14. 미쓰야 밀약(三矢密約): 만주 각지에 있던 한국독립군 활동이 활발히 전개되자, 일본 제국은 그때까지 조선 독립운동 세력을 후원하던 장작림을 상대로 한국독립군 진압에 관한 교섭을 추

해동의 새벽

진하였다. 이 비밀 협약은 1925년 6월 11일, 조선총독부 경무국장 미쓰야 미야마쓰가 만주 군벌 세력 장작림과 만주 지역 독립군의 활동을 진압한다는 내용을 골자로 맺었다. '한국 독립운동가를 체포하면 반드시 일본 영사관에 인계할 것과 인계받은 대가로 포상금을 지급하되 그 일부는 체포한 관리에게 줄 것'을 규정한 조항이 있다. 이 협정으로 인해 만주 군벌 세력과 관리들은 한국독립군 적발에 전력을 기울였으며, 이 사건 이후 만주 지역 독립운동사는 그 명맥이 끊기게 된다. 최근 일각에서 제기하는, 대한민국 백선엽 장군이 1940년대 초반 만주군 장교 재직 시 만주 지역 독립운동가들을 토벌했다는 설이 설득력이 없음을 뒷받침하는 사건이기도 하다.

15. 글자 그대로 한국의 부산(釜山)과 일본의 하관(下關, 시모노세키) 사이에 가로놓인 240㎞에 달하는 바닷길을 연결하는 여객선을 말한다. 일본열도 끝과 조선반도 양쪽의 철도 운행시각에 때를 맞춰 여객선이 왕복한다는 점이 당시에는 매우 획기적인 일이었다.

16. 당시 일본의 학제는 복잡하다. 일반적으로는 초등(소학교 내지 보통학교) 6년, 중등(중학교) 5년제로 운영되었다. 따라서 당시 중학교 교육과정은 지금의 중·고등학교 통합과정이었으므로, 본 작품에서의 '중학교'라 함은 '중·고등학교'라 이해하기 바란

다. 참고로 당시 조선에는 5년제 중학교의 상위 단계인 '3년제 고등학교' 과정이 없었고, 고등학교 과정에 갈음하는 경성제국대학 내 2년의 예과 과정이 있었다. 대개의 조선인 엘리트는 중학교 (혹은 사범학교 과정이 통합된 7년제 중학교) 졸업 후 조선에 있는 전문학교(연희전문, 보성전문 등)나 일본의 와세다, 게이오 등 전문학교(당시 와세다, 게이오 등의 사립학교는 대학이라 부를 수 없었고 실업부, 전문부, 대학부 등이 있는 학교임)로 진학하였다. 그 외 동경제국대학, 북해도제국대학, 경도제국대학 등의 '대학교' 과정에 들어가기 위해서는 중학교 졸업 혹은 중학 과정 4학년을 수료한 뒤 수재들의 요람이라 할 수 있는 '3년제 고등학교'를 졸업해야 했다.

17. 당시 원산 삼방스키장은 국제대회를 열 수 있을 만큼의 규모를 갖춘 겨울 스포츠 명소였다.

18. 동양척식주식회사. 1908년에 설립되어 조선의 토지를 대량 매입, 개간, 간척하여 조선 농민에게 소작을 놓거나 일본인 이주자들에게 불하하는 등의 사업을 영위했던 대표적 식민지 수탈 기관 중 하나이다.

19. 1930년 12월. 조선총독부는 지방제도 개정을 통해 1930년부터 식민지 조선에서도 지방의회 의원 선출제도를 시행한다. 기존에 이미 있었던 임명직 자문기구였던 도평의회(道評議會), 부·

면 평의회(府·面 評議會)를 대신하여 선출직 도회의원, 부회의
원, 면회의원 제도를 도입하는데, 나중에 이 제도도 유명무실
해지면서 실질적으로 행정권에 대한 견제는 없었다고 해도 무
방하게 되었다.

20. 당시 대홍수로 한강의 물길이 바뀌어 지금의 한강 물줄기로 자
리를 잡았다. 그 이전에는 한강 물줄기가 잠실 한복판을 지나
갔고, 지금의 롯데월드 뒤쪽 삼전동 일대가 그 이전에는 삼전
도라는 이름의 섬이었다. 송파 나루터도 대홍수 이후 쇠락의
길을 걸었다.

21. 해방 후 이승만 정부가 들어서며 우리나라에서 소작제도는 헌
법에 따라 금지되었다. [대한민국 헌법 제121조 ① 국가는 농
지에 관하여 경자유전의 원칙이 달성될 수 있도록 노력하여야
하며, 농지의 소작제도는 금지된다.]

22. 1915년 민적사무, 1923년 조선 호적령에 따라 정비된 당시 호
적을 보면, 가족란에 노비 혹은 동거 머슴의 존재도 가족으로
기록한 내용이 다수 나온다.

23. 당고협정(塘沽協定, 탕구협정): 1933년 5월 31일 중국 톈진시 탕
구구에서 일본 제국과 중화민국이 맺은 휴전협정. 중국은 앞서
일어난 일본의 만주, 상해, 열하성 침공 등에 처음엔 적극적 대
응하려 하였으나 공산당과의 내전이 진행되고, 국제적으로도

지원을 받지 못한 탓에 일본과의 전쟁을 계속할 여력이 없었다. 이러한 국내외 정세를 정확히 파악한 일본은 만리장성 남쪽 100㎞로 되어 있는 비무장 지대를 베이징-톈진까지로 확장할 것, 만리장성은 일본군 측이 점령할 것을 집요하게 요구하였다. 결국 공산 진영과 일본이라는 두 적을 상대할 자신이 없었던 장개석은 일본의 무리한 요구를 받아들여 휴전협정을 맺었다. 이 협정으로 2년간 벌어진 일본의 만주 침공이 공식적으로 종료되었다.

24. 마오쩌둥(毛澤東, 모택동): 중국공산당 창립 멤버 중 하나로 대장정 과정에서 당권을 장악했다. 처음엔 수십 명에 불과한 게릴라 부대의 지도자였으나 중일전쟁 기간 중화민국과 일본군의 격전을 이용해 세력을 확장했고, 일본 제국의 패망 이후엔 수백만 대군을 거느린 장제스와의 국공내전에서 승리해 중국을 손에 넣었다. 1949년 10월 1일 베이징에 중화인민공화국 국무원을 수립하고 초대 중화인민공화국 주석으로 선출되어 1976년까지 종신 집권했다.

25. 저우언라이(周恩來, 주은래): 중화인민공화국의 정치인. 초대 국무원 총리 겸 외교부장을 지냈다. 내전 당시에도 중국국민당과 중국공산당 양쪽으로부터 폭넓은 존경을 받았으며, 아직도 중국인들이 가장 존경하는 현대 중국 지도자 가운데 한 명이다.

해동의 새벽

26. 당시 각급 학교 개학은 4월에 있었다. 현재도 일본의 학교들은 4월에 개학한다.

27. 에도 시대에 일본을 통치했던 막부. 임진왜란 중 도요토미 히데요시가 사망하고 조선에서 철군한 일본은 다시 내전 상태에 들어가게 된다. 이 과정 중 1603년 세키가하라 전투에서 도요토미 가문 세력을 격파한 도쿠가와 이에야스에 의해 새로운 막부가 수립된다. 도쿠가와 요시노부가 천황에게 권력을 반납하는 1867년 11월 9일의 대정봉환까지 약 264년간 일본을 통치한, 일본의 무사정권 중 가장 오랫동안 존속된 막부이다. 보통 중심지였던 도쿄의 옛 지명을 따서 에도 막부라고 부르지만, 집권 쇼군의 성씨를 따 도쿠가와 막부라고 부르기도 한다.

28. 데이코쿠(帝國)호텔: 시부사와 에이치(渋沢栄一)와 오쿠라 기하치로(大倉喜八郎) 두 사람이 '유한회사 데이코쿠 호텔 회사'를 설립해 건설하였다. 처음엔 목재로 뼈대를 세운 벽돌 건물이었으며 3층에 60개 객실이 있었다. 1919년 화재로 전소되었다가 미국의 유명 건축가 프랭크 로이드 라이트가 설계하여 1923년 총 270개 객실을 보유한 대형 호텔로 거듭났다. 1964년에 철거되어 1970년 지금의 모습을 갖춘 건물이 완성되었다.

해동의 새벽 1

초판 1쇄 인쇄 2025년 04월 30일
초판 1쇄 발행 2025년 05월 20일
지은이 김훈영

펴낸이 김양수
책임편집 이정은
교정교열 연유나

펴낸곳 휴앤스토리
　　　　　출판등록 제2016-000014
　　　　　주소 경기도 고양시 일산서구 중앙로 1456 서현프라자 604호
　　　　　전화 031) 906-5006
　　　　　팩스 031) 906-5079
　　　　　홈페이지 www.booksam.kr
　　　　　이메일 okbook1234@naver.com
　　　　　블로그 blog.naver.com/okbook1234
　　　　　페이스북 facebook.com/booksam.kr
　　　　　인스타그램 @okbook_

ISBN 979-11-93857-15-1 (04810)
　　　　　979-11-93857-14-4 (SET)

＊ 이 책은 저작권법에 의해 보호를 받는 저작물이므로 무단전재와 무단복제를 금지하며,
　이 책 내용의 전부 또는 일부를 이용하려면 반드시 저작권자와 휴앤스토리의 서면동의
　를 받아야 합니다.

＊ 책값은 뒤표지에 있습니다.

＊ 파손된 책은 구입처에서 교환해 드립니다.

＊ 이 도서의 판매 수익금 일부를 한국심장재단에 기부합니다.

휴앤스토리, 맑은샘 브랜드와 함께하는 출판사입니다.